菖蒲汤

邵秋　著

中国出版集团
中译出版社

图书在版编目（CIP）数据

菖蒲汤 / 邵秋著. -- 北京 : 中译出版社, 2023.1
ISBN 978-7-5001-7297-0

Ⅰ. ①菖… Ⅱ. ①邵… Ⅲ. ①长篇小说－中国－当代
Ⅳ. ①I247.5

中国版本图书馆CIP数据核字(2022)第246356号

菖蒲汤
CHANGPUTANG

出版发行 / 中译出版社
地　　址 / 北京市西城区新街口外大街 28 号普天德胜科技园主楼4层
电　　话 / （010）68005858，68358224（编辑部）
传　　真 / （010）68357870
邮　　编 / 100044
电子邮箱 / book@ctph.com.cn
网　　址 / http:// www.ctph.com.cn

策划编辑 / 范　伟
责任编辑 / 张若琳
封面设计 / 柒拾叁号工作室
封面插画 / 张天奇
排　　版 / 柒拾叁号工作室
印　　刷 / 北京中科印刷有限公司
经　　销 / 新华书店

规　　格 / 880毫米 × 1230毫米　1/32
印　　张 / 11.25
字　　数 / 255千字
版　　次 / 2023年1月第1版
印　　次 / 2023年1月第1次

ISBN 978-7-5001-7297-0　　定价：48.00元

给读初中的妹妹和弟弟

你们喜欢听我聊大学生活
但今天我要讲的故事发生在大学之前
它使我明白了我名字的含义

放心，里面没有难懂的词和句子

目录

小学

当冉故挎着书包推开大门时，吊在房檐上的弹珠叮当作响。她把手放在嘴边，冲屋里喊道：“我走啦，不要担心我哦！”

她爬上路边的石墙，伸开手臂。道馆和学校是一个方向，闭着眼睛也能摸到。所以今早她打算换条不一样的路。

飞来一只蜻蜓，透明的翅膀在阳光下扇着。蜻蜓大多是棕色或红色的，她还没见过蓝色的蜻蜓。听说遇见蓝蜻蜓的话，你会先倒霉再幸运再倒霉再幸运。冉故蹦起来抓，蜻蜓一会儿就不见了踪影。她脚下一滑，叽里咕噜地滚到墙下的沟里。

沟里铺着一层厚厚的稻草与树叶。冉故拍拍手站起来，把身上粘着的草秆拔掉。这可不行，去道馆还有一堆跤等着摔，不能在路上就透支了体力。

现在她决定变身成宇宙飞船。她攥紧拳头，把胳膊举到面前，低下头向前冲，嘴里发出嗡嗡的引擎声。来到路口时，她刹住脚步，猛地向右拐去。我是一艘需要猪肉大葱包子当燃料的飞船，她心想。

早餐铺的炊烟早就升起来了。邻居们在巷子里排起队，有的提着空饭盒，有的拎着空纸袋。如果是小艾姐的话还会拿个水壶，她喜欢喝豆浆。冉故踮起脚，在蒸笼柱子中露出脸，“请给我一个油饼和一个包子。”

她摸出几枚硬币，放在竹筐旁边。筐里盛着粽子，个个扎得结结实实。明天就是端午了。

等她再一次从墙上跳下时，包子和油饼一点不剩了。小院的门像往常一样敞着，但里面的喧哗声比平时大了几倍。冉故竖起耳朵，男孩女孩都有，还数女孩的笑声最大。这可不寻常，馆里仅有的那三五个小姑娘都腼腆又安静。她拽着书包带子，匆匆跑上台阶，握住把手准备一探究竟。

“哎哟！”拉开大门的一瞬间，冉故的脑门上挨了重重一击。她被这飞来之物砸得七荤八素，原地转了好几个圈，才看清掉在地上的是一只鞋——敢情她脸上现在有一个大红印。

她捂着脑门，道馆里的目光齐刷刷地向她投来。果然，那三五个小姑娘靠墙坐着，关切地望着她。男生们围成了一个圆圈，圆圈的中心是一个扎着马尾辫的脑袋。冉故从没见过这个女孩子，这大概就是师父昨天说的“新人”。她是希望来个姑娘没错，可是没想到个子会这么高。一眼望去，只有老头能超过她了。十里才到她耳朵，野兔还没她下巴高。可怜的野兔，按个头排他原来是倒数第一，现在……还是倒数第一。

冉故的视线往下移，发现这姑娘的脚上缺了一只鞋。而剩下的那只和她面前的一模一样。

“好家伙，你踢我！”

她两手叉腰，“而且师父没有告诉你吗？不能穿着鞋子踩在地板上。”

男生们渐渐退到了两旁，现在冉故更能看清她的模样了：细长的眉毛，下面是两只小眯眼，脸上挂着两只酒窝——冉故可想要酒窝了。

道馆里静得能听见风扇转动。突然，高个姑娘扑哧一声笑了出来，她一手捂着肚子，一手指着冉故的头发，“哈哈哈哈，我从没见过那么冲天的羊角辫。”

冉故瞪大眼睛。有没有天理了？先是从墙上摔下来，到了道馆一只鞋砸上脸，还被不知从哪儿来的妞儿嘲笑。“你——你的头发乱得像喜鹊窝，好意思说我？”

“这是刚刚弄乱的，”喜鹊窝姑娘把一缕杂毛别到耳朵后面，“那个红脸小胖子，我一进门他就跟在我身后，非要和我切磋切磋。”

冉故瞥了一眼蹲在角落的十里。十里向她摊开手，比了一个口型，“她——太——厉——害——了——”

“结果这一切磋，我已经撂倒三个了，”喜鹊窝姑娘冲她抬了抬下巴，“你要不要来？”

我来，我来你还不得把我拎起来？冉故在心里嘀咕着。“我告诉你，可别仗着个子高就得意啊。小心我踹你膝盖窝，一踹一个准，叫你躺地上起不来。”

“我听见有人要踹膝盖？”

坐在墙边的、蹲在墙角的、气势汹汹立在中间的，一转眼全排齐了队伍。师父掀开帘子迈出来，“让我瞧瞧是谁？”

大伙不敢说话。冉故低着头站在第一排正中央。她真希望自己能高一点，至少能站在第二排或第三排。有时候个子低很不起眼，有时候个子低很起眼。

“冉故。”

“不是的，师父，”她连忙抬起头，“是她先动手的，她跟十里打架。”

“我还没说是你呢。”

冉故憋着一口气，盯着膝盖上的补丁。每边有八个圆点，二八一十六。

“你想一辈子拖着一条腿走路吗？”

冉故摇了摇头。“我只是为了吓吓她而已”——话到嘴边她又给咽下去了，这样更得招来一顿骂。

师父锐利的眼神从左边扫到右边，再从右边扫到左边。所有人把脖子缩进衣领里，生怕被剐掉一层头皮。“我看你们这群小子又皮痒痒了，欺负女孩算什么本事。”

“我们没欺负她！”十里忍不住插嘴，“她欺负我们还差不多……”

师父一挥手，“昨天才说的话今天就忘光了？转过身，给我读上十遍。”

不就是“己所不欲勿施于人”吗？冉故叹了一口气，根本不用转身，廊下挂着的那几幅书法大字，闭着眼也能背出来。

“行。”师父跟喜鹊窝姑娘说，“站到后排去吧，站在那个男孩旁边。”

喜鹊窝姑娘经过她身边时，冉故高高举起手，“师父！她进馆不脱鞋，是不是该罚她出去跑十圈？”

“咋呼什么，再嚷嚷罚你去院子里跑十圈。”

冉故闭上了嘴。早知道今早她绝不会换一条路，碰到什么讨厌的蜻蜓，结果落得这个处境。以至于今天的单腿跳都没那么有趣了。

何况师父还夸奖那妞儿的动作到位，要知道这些夸奖平日里可是她的。不过像平日一样，野兔又被按着背压筋，按得他吱哇乱叫。

接下来是对打。冉故一般和野兔一组，他俩个头差不多，一个倒数第一，一个倒数第二。有时也和禾禾打。禾禾生得瘦，辫子又黄又短，像是企鹅的尾巴。别看她瘦，踢足球时比男生还厉害，一脚猛虎射门，谁都挡不住。

那喜鹊窝姑娘八成只能和老头一组了。果然，他们俩面对面鞠躬的时候，仿佛两座特高的水塔弯下来。老头挠了挠耳朵，手不知道往哪儿搁，他还从来没和女孩交过手呢。

冉故和野兔你一拳，我一拳，你一脚，我一脚，眼睛直往后面瞟。野兔吸溜着鼻子说，“我怕老头输。”

“不可能，你以为老头那么弱？”

话虽如此，她心里也捏了一把汗。老头千万不能输，输了他们道馆的面子往哪儿搁呀，出去还不得被人家笑话死，二十多个人没一个能打过新来的妞儿。冉故干脆停下了动作，反正野兔也没有练下去的心思。

喜鹊窝姑娘向前迈弓步，“那我就先进攻啦。”

“中。”老头点了点头。冉故在后面直跺脚，就不会多说几句有气势的话？

喜鹊窝姑娘右脚蹬地，左腿前踢。老头向后滑行一步，避开了这一击。喜鹊窝姑娘转了一个身，背对老头来了个后踢。这回老头左手从上向下格挡。冉故的脑袋几乎转了个一百八十度。不只是她，禾禾的手插进背带裤的兜里，十里的胖脸蛋和苹果一样红，羽毛的粗眉毛快打成一个死结。野兔张着嘴，两颗大门牙闪闪发亮，活像一只憨兔子。

最终老头赢了，和女孩打他不好意思使全劲。双方再一鞠躬，四周响起雷霆般的掌声。冉故不得不承认，这是有史以来最精彩的一次对打。

喜鹊窝姑娘气喘吁吁地抹了把汗。师父说，“很不错，拳法还可以再加强。”至于老头，他没跟他讲一句话，只是拍了拍他的光脑袋。

“先休息会儿，然后做你们的作业。”

在师父掀开帘子之前，十里追上去问，“师父，那小妞……那姑娘，她明天还来吗？”

“来，而且以后天天来。”

只听扑通一声。冉故扭过头，十里仰面朝天倒在了地上。

道馆外，太阳懒洋洋地挂在空中，像个金黄的火球，晒得小草也直不起腰了。冉故蹲在柿子树的阴影里，嘴里含着一块薄荷糖。她从旁边摘下一枝雏菊，一边拔花瓣一边嘟囔，“不买、买、不买、买……”

学校门口的文具店出现了一盒吊坠，这是她前天去买橡皮时发现的。虽然学校放假，但文具店不放假。有爱心的、蝴蝶的、钻石的，冉故眼睛都看花了。尤其是那拿着弓箭的光屁股小子的，只剩下一个了，如果把它穿在五彩绳上，那得多有趣。老板说要三块。她掰着指头算，那得一个星期吃不了薄荷糖，也没法给水枪换新喷嘴，一直在攒钱想买的《天生一对》的碟，更不晓得猴年马月才能看上。

可是，她咬咬牙，薄荷糖和喷嘴总会有的，而小艾姐的生日一年只有一次。

她就知道最后会是“买”，因为她是从“不买”先开始数的，这枝雏菊有十二片花瓣。冉故把光秃秃的花秆抛到一边，满意地擦了擦脑门上的汗。这一擦可不要紧——“哎哟！”

要不是新来的那个家伙，什么喜鹊窝，水塔怪，芝麻眼，她今天会好过得多。还有罪魁祸首那只鞋，鞋不长眼睛人还不长眼睛的吗？冉故闷闷不乐地踢着石子，惊起一只蟋蟀，三两下蹦走了，钻进篱笆下的沟里。那可是著名的藏宝沟，里面什么东西都有。有一次羽毛趴在这儿找着了师娘丢了好久的一只手镯，十里说他像滚了一身土的洋娃娃，他俩打了一架。

当她回到屋里时，好位置早被占满了。风扇周围坐了一大圈人，"热——"的叫声被转动的叶片割成了许多条波浪。而喜鹊窝——或者叫水塔怪芝麻眼随便什么都行——正靠着墙眉飞色舞地演讲，那三五个腼腆的女孩聚在她身边。要知道她们平时都是听禾禾讲故事，讲《海贼王》里的路飞如何不畏困难追求梦想。冉故翻了个白眼，凑那么近干嘛，等会儿唾沫星子全喷你们脸上。

就在这时，野兔忽然嗷了一嗓子。所有人一齐转过头，十里指着他，"血！"

可不吗，野兔的身上都是红色斑点，这儿一块那儿一块，染得衣服特别喜庆。源头是他的鼻子，正连绵不断地淌着小溪。这下冉故也慌了神，她平时顶多刮破点皮，从没像这样轰轰烈烈。

还不够她慌的呢，后头又是一阵惊呼。原来羽毛闭着眼睛歪在了墙角，棕色的卷毛汗津津地粘在脑门上。他仰泳特厉害，浮在水面的样子像是一根羽毛，所以得了这样的外号。而且师父说他出拳不用劲，轻飘飘的像羽毛。亏他好意思自夸有千钧一样大的力气，能像《哪吒传奇》里的小哪吒一样拉开轩辕弓。

十里最先跳起来，一把掀开帘子，"我去喊师父！"

大伙跟热锅上的蚂蚁一样，吹风扇的抓石子的翻花绳的都不知道如何是好。"是不是该让他往后仰？"冉故问。

"不行，那样血容易流回嘴里。"

发声的是喜鹊窝姑娘。她没有尖叫，没有到处乱跑。她扳住野兔的肩膀，左手伸到他的后脑勺，轻轻往下按，右手捏住他的鼻子两侧，一边说，“张嘴呼吸，等会儿就好了。”

“羽毛呢？他不会是要咽气了吧？”冉故的羊角辫都在颤抖。

“别怕，他应该只是晕血。”喜鹊窝姑娘还是那么镇定，“给他喂点水，有糖水就更好了。”

老头抬起羽毛的下巴。老头吓得脸色和羽毛一样苍白，乍一看不知他俩谁晕血。冉故把薄荷糖全扔进了水瓶里。真可惜，没想到羽毛有这毛病，这下他离自己的硬汉目标又远了点。他每天拧着两根粗眉毛，就是为了看起来凶一些。

“他的扣子，把他的扣子也解开。”

冉故挑开羽毛衣服上头的扣子。这小子脖子上戴着一个大金锁呢，他说算命师傅说他五行缺金，难怪他爸妈给他取这个大名。

等十里领着师父进来的时候，野兔的鼻血已经不流了。羽毛刚醒过来，还没想起要拧他的眉毛，“我怎么躺下了？”

“谁知道你晕血啊，”冉故把水瓶移开，松了口气，“亏我没把糖吃完。”

羽毛立马假装电视剧里的军官，一手抓着隐形的帽子，一手握着隐形的枪，耳朵根都红了，“别扶我，我要上马，去把敌人杀个落花流水！”

“杀你个大头鬼。你要是能打仗，我还能要火眼金睛的如意棒呢。”

羽毛又板着脸敬了一个军礼，“感谢救命之恩，以后你有困难我一定鼎力相助。”

“别满嘴跑火车了。”冉故摆了摆手，“真想报答，你先去超市买一整罐薄荷糖送我。”

羽毛还在嘟囔他从来不说假话。师父似乎扫上一眼便晓得发生了什么，“把脸和手洗洗。天气太热，你们少在太阳底下跑动。今天有银耳汤，喝了消暑。”他看着野兔，“你去换件衣裳，这件让你师娘洗一洗。”

等师父刚一离开，馆里顿时炸开了锅。十里嚷嚷起来，“我的天，小妞……不对，姑娘，你太厉害了！”禾禾也说，“你可真冷静，我还没见过那么多血呢。”

冉故还以为喜鹊窝姑娘会神气得鼻子翘上天，结果她的鼻子好端端地长在脸上。她只是笑了笑，“没啥大不了的。我上幼儿园的时候老是流鼻血，我姥姥教我要这么做。”

冉故抿着嘴。她瞄了喜鹊窝姑娘一眼，又抠起裤子上的补丁，“你挺有两下的嘛，多亏你了。”

“我们该把零食都送给你！”十里挥舞着拳头，“对了，还不知道你叫什么呢。”

“我叫严穆，严肃的严，穆桂英的穆。”

严穆，她记住了这个名字。她不会写“穆”这个字，但是穆桂英挂帅她是知道的。老头总是学他奶奶在嘴边哼着：“辕门外三声炮——如同雷震——”所以冉故也记住了这个如同雷震的故事。

换好衣裳的野兔掀开帘子，后面进来的是师娘，端着一盘子西瓜。羽毛每次都一马当先主动站起，帮师娘接过盘子放在桌上。大家立马从四周冲上来，赶着大的拿，一转眼满满一盘没剩几块了。喜鹊窝姑娘——严穆——第一天来，还没锻炼出速度。眼瞧着十里已经要抓第二块了，冉故叹了口气。她像条泥鳅似的钻到桌子底下，摸到盘里最大一块，然后递给坐在最后的严穆，“吃吧。”

师娘咳嗽了两声，“我在篱笆下发现了这个。”

她从身后变出一只鞋，一只沾满泥巴和树叶的鞋。“你们哪个小子又淘气了，把鞋玩丢了也不知道？还是说谁恶作剧，把别人的鞋藏起来了？”

冉故把头埋得低低的，快埋进西瓜里了。她不担心被惩罚，师娘说过，小朋友调皮一点没关系，调皮的孩子以后有出息。但是当众承认总不大好意思，而且偷偷摸摸做坏事，确实不光彩。喜鹊窝姑娘也没那么糟糕，如果野兔还是满脸血，羽毛还是醒不过来该怎么办，他们得损失两名伙伴。

“是我的。”

严穆举起手，“我去院子里溜达，不小心把鞋落在那儿了。”

刚才院子里只有冉故一个人，不过谁也没有注意。师娘摇了摇头，“这么脏的鞋，我给你刷刷吧。”

西瓜吞下肚，冉故用手背抹抹嘴。她从书包里面掏出暑假作业和笔盒。书包上还粘着一根草秆呢，她把它摘下来。

十里凑到羽毛身边，“五十六除以七是多少？”

“自己掰指头算去。”羽毛恶狠狠地推开他的脑袋。

“我没有五十六根手指，想借你的用一下。”

“是八，”老头说，“你背一下九九表就知道了。”

十里便从头开始背。另一边，野兔正抓耳挠腮，“这道题更怪：小白兔有三十二根萝卜，小灰兔的萝卜比小白兔少十五根，小黑兔的萝卜比小灰兔多八根，他们一共有多少根萝卜？”

冉故哈哈大笑，“这题不是专为你出的吗，你说有多少根萝卜？”

野兔吸着鼻子思考了一会儿，“一共有两百根。小黑兔说，要是把萝卜种进地里，春天会长出更多的萝卜。于是他们一起劳动，第二年一共收获了三百根萝卜。三只小兔吃了五十根萝卜，又把五十根送给朋友。”

冉故竖起拇指，“徐老师说了，劳动最光荣。”

禾禾望着严穆的练习册，“你的作业怎么和我们的不一样？”

“我不在师大附小读书。”

“难怪没见过你。你为啥来我们道馆？”禾禾在背带裤的许多个口袋里摸来摸去，找出一包子弹和一盒擦炮，“给，见面礼。我是禾禾。”

“谢谢。我姥姥住这儿，我爸妈送我来姥姥家过暑假。我是光明小学的。”

大家都皱起眉头，只有十里说，“我知道！我表妹在那所学校，那里靠着东海。”他伸直胳膊比画了一个圆圈，“光明小学特别大，一个年级有十几个班。”

二年级十四班，冉故在心里想象着。真奇怪，还是二年级四班好听。不过开学就要变成三年级四班了。

饭菜的香味从厨房里飘出，穿过走廊和帘子。禾禾戳了戳冉故，“今天是不是轮到你值日了？”

“我们还要值日吗？”严穆问。

冉故一骨碌爬起，“不麻烦，就是帮忙端饭而已。”

“我来帮你。”严穆也站起身子。她坐着还好，一站起来，又像是一座高大的水塔。

“行啊。”冉故掀开帘子，“严穆，你有小名吗？”

“我姥姥叫我竹竹，竹子的竹。”

“为啥，因为你长得像竹子一样快？”

“因为‘筱’这个字的意思是小竹子。”严穆说，“你呢？”

冉故拍拍胸膛，“我叫冉故，叫我小故就行了。总是说‘中’的是老头，咋咋呼呼的小胖子是十里，门牙大得像兔子的是野兔。羽毛最好认，卷头发浅眼睛，像个洋娃娃。但你千万别这么夸，只能夸他像个硬汉，面包硬汉。”

“什么是面包硬汉？”

“他爱吃黑乎乎的酸面包，硬得能当砖头使，送我我都不要，超市里的好吃面包多了去了。”

“你有钱买吗？”

“废话，我——”冉故脖子梗了半天，“没钱买又怎样？一样能逛，骑着购物车到处漂移。尤其是撞在货架上，噼里啪啦，特别英勇。下次我们一起去吧。”

“可是，我爸爸说不要做那么像小孩的事。”

这是啥意思？冉故挠了挠头，“我们就是小孩啊。”

“他的意思是，那会给别人添麻烦。”

“不做小孩的事，难道做大人的事？”冉故问，“如果把大人的事都做了，那大人们不就没事可干了吗？”

厨房里，师娘系着围裙，正从锅里往碗里舀绿豆银耳粥。“今天是小故和竹竹做值日呀，真厉害，辛苦你们了。”她指着桌角，“小故，那碗是你的，没有豆。”

严穆跟着冉故端起一碗。“你对豆子过敏吗？”

“不喜欢吃而已。鸡蛋黄也是，我只吃蛋白。”

“我最喜欢吃豆沙酥了，别的酥也喜欢。我只讨厌胡萝卜。”

“那你和野兔可是仇敌了。对了，你等我一下。”冉故跑回屋里，在书包里左掏右掏，终于找出一块没压碎的山楂酥，“这个送你。”

严穆用双手捧着，“你真是什么零食都有啊。”

“你来得不是时候，”冉故冲她一笑，“从今天起我有一个星期不能吃糖。”

等跑出道馆时，午饭已经消化得差不多了。她从二十多双鞋中找到自己的，一手扶着柱子，一手钩着鞋跟，原地跳了半天才穿上。野兔在后面喊，“小故，你今天都不去十里家玩。是不是有好事背着我们？”

“能有啥好事啊。”她把书包挎上身，“没时间解释啦，明天见。”

冉故将带子卷了几层，缠在手腕上。去年上一年级，她的书包几乎拖在地上，走哪儿都挂一堆土，跳进水坑前还得举起来。十里说多喝牛奶就能长个儿，他哥哥三秋已经和柿子树的枝差不多高啦。他的梦想就是像哥哥一样高大强壮。但据她观察，十里只长了五花肉。

汗珠顺着她的脸颊往下滴，流进衣领里。下午的太阳烤得她的嗓子快冒烟，她刚慢下脚步，想拿出水壶，手又缩了回来。要是运动会也能有这样的劲头，准保给班里拿第一。可实际上她跑了个倒数第一。

远远看见文具店的招牌，冉故咬紧牙关冲刺，然后一头趴在冰柜上大喘气。她扭过头望向旁边的桌子，瞬间松了一口气，那个光屁股小子还在。如果不见了，她肯定会沮丧得五官一齐从脸上掉下来。冉故伸出手，慷慨赴义一般将所有钢镚交给老板。

天还没大亮，星星藏在云层后面。早起的小鸟飞过北山，飞过田间的铁轨和黄砖火车站，站在枝头唱起歌。屋顶上升起青烟，闻起来像粽子。冉故从枕头下露出两只眼睛，望着墙上《森林王子》的海报。今天是五月初五了。

她从床上跳下。她先搬来椅子，把艾草和菖蒲插进门上的牛奶箱里，再把剩下的扔进锅中，端上炉子。等水烧热的空当，她将两块刷子绑在脚上。哗啦一声，一锅水都被倒在地板上。她在房子里滑来滑去，水花在她身后啪啪地溅起。

“打扫房间不辛苦，”她对自己说，“老房子爱干净。”

今天大家的精气神特别高，腿踢出去像炮弹一样，野兔咬紧牙关压筋，羽毛的出拳成了板砖。只可惜作业依旧多。这回小白兔小灰兔小黑兔不种萝卜了，换成比身高排队了，还得用尺子量。这些兔子怎么这么闲得慌，有空的话不如去学习念一念“我思故我在”。

禾禾转向严穆，“你在班里肯定站队伍最后吧，像老头一样。”严穆点点头，问道，“老头为啥叫老头，是因为他是最大的吗？”

“不是。有一次上课他回答问题，想了半天，老师说他思考的样子像个小老头。”冉故说。她把笔盒倒过来，尺子和铅笔全部哗啦啦掉下，“最大的是羽毛，他比我们大一岁，开学上四年级。野兔最小，可不能欺负他。我在中间，你呢？”

“我生日在四月。”严穆捡起一串手链，“这是什么？”

“五彩绳，我编的。”冉故向她龇着一口白牙，“你生日我也可以送你礼物。”

“等明年过生日的时候，我可能就收不到了。”

“为什么？”严穆没说话，冉故帮自己解答了，“哦，因为四月份要上学，你没法从光明小学过来。”

不能被欺负的野兔看起来比昨天还糟，鼻涕像开了闸的洪水。他从书包里掏出一个暖水瓶，里面装着黑色的汤。老头闻了闻，立马退后三尺，“不中，不知道是啥的东西我绝对不会碰。”倒仿佛这是一瓶外星泥浆似的。

“我妈让我喝草药。”野兔瘪着嘴，“苦死了。”

“你头上有飞碟！”十里指着天花板。野兔张着嘴向上看。十里猛地蹿上前，拎起水瓶塞到野兔嘴边，直接往下灌。大伙都看呆了，野兔差点把药从鼻子里喷出来。

十里得意扬扬地叉着腰，“还得靠本爷。教你一招，下次偷偷把药倒掉就行了。”

羽毛的粗眉毛快竖成倒写的八字了，他赶紧给野兔掏纸巾，“你闭嘴吧，尽出馊主意。良药苦口利于病都没听说过？没文化，真可怕，就怕老师找你爸。”

其实这幅字就挂在廊下。师娘说，草药和忠言一样，都是能治病的。一个治身子上的病，一个治心病。不过有时候身子上的病和心病是一种病。十里撅着嘴，“我不同意它讲的。药不苦的话，不是更容易吃吗？忠言也是，如果顺耳的话，不是更容易听进去吗？”

“你给我找个试试？不苦的不叫药，叫薄荷味雪糕，把你的牙齿全冰掉。”羽毛抓起一束菖蒲，架在十里的脖子上。菖蒲的叶子又扁又长，像是哪吒爸爸的宝剑，适合拿来当武器。

打起来，打起来，冉故在心里喊着口号。和十里吵架是挺好玩的事，他急起来脸会变得像苹果一样红，尤其是在羽毛讲莫名其妙的顺口溜逗他的时候。野兔最怕有人吵架。他也不咳嗽了，背挺得直直的，随时准备抱着大暖水瓶上去劝架。

好在午饭铃及时响起。大家全都扔掉笔，拔腿奔向饭桌，生怕晚一步好吃的就没了。桌上摆着粽子、鸭蛋和红的黄的绿的叫不出名字的菜，盛在大大小小的盘子里。冉故眼睛都看花了。

野兔剥开粽叶，深深地吸了一口气，“我以后想当农民伯伯，天天包粽子吃。还可以养鸭子，天天吃咸鸭蛋。”

“那可得齁死你。”冉故说。她正在和豆腐较劲，不拿勺子舀，偏要用筷子夹。

“我长大想开跑车，特帅。”一去十里家，他就非要拽着大家看他满满一架子的小汽车收藏，旁边摆着的是他哥哥三秋的坦克和军舰模型。禾禾给大家介绍：这是巡洋舰，这是驱逐舰，这是大型导弹艇。

禾禾戳开一个咸鸭蛋，红油全冒了出来，“我想当警察或者消防员，救掉进水里的人。”禾禾水性比冉故和羽毛还好，能一个猛子跳进池塘，从里面抓条大鱼上来。

老头的眉头皱成了川字形，“开跑车很危险，一不小心就会飞出马路。警察和消防员更危险。”他坐在桌子最左边，否则胳膊肘会和别人的打架。

“我的话，”冉故好不容易夹起一块豆腐，晃晃悠悠地往碗里挪，“我想当卖煎饼的。”她在太阳班时就立志要当煎饼师傅了。煎饼师傅真是这世界上最厉害的人。他们虽然只有两只手，但是能像八爪鱼一样，舀面糊、敲鸡蛋、刷酱、拿薄脆。“严穆你呢？”

“我以后要当诉讼律师。”

豆腐从冉故的筷子间掉下来，砸在桌子上，“你刚才念了一段咒语？”

野兔问十里，“酥松绿师是什么？”“就是又酥又松的绿师。”“那绿师是什么？”“绿色的老师呗。”

“诉讼律师是要上法庭的律师。”严穆说。

冉故在电视上见过这些人。他们总是拿着锤子，咚咚咚地敲桌上的钉子。“好吧，你为什么想当这个什么什么师？”

十里站在椅子上，“因为可以主持正义。”他模仿柯南伸出食指，“真相只有一个！”

“我觉得吧，”冉故想了想，“你更适合当幼儿园老师。你会照顾人，还会帮人止鼻血。”

十里狼吞虎咽消灭完自己的粽子，又盯着冉故盘里的。冉故挡住粽子，狠狠瞪了他一眼，十里马上收回视线。这小子不长记性，有一回他把冉故作早餐的包子全偷吃了，被揍得鼻青脸肿。动她的玩具文具都可以，动她的食物，一百年内想都不要想。

等到下午的阳光像雄黄酒一样泛着金色，冉故又在热气里奔跑着。今天她的目标是土坡。坡顶有一棵银杏树，树上拴着一个秋千。那秋千很有些年头了，据说是老头的爷爷做的——那得叫老老老头，她的舌头好像打了个结。

路过卢家的时候，卢叔叔正要出门，脖子上挂着一架大相机。“去哪儿啊小故？”

“我去找小艾姐。”

“她上午去了画室，现在该回来了。”

那她更得抓紧时间了，小艾姐到得永远比她早。尘土在她后头一路飞扬，直到土坡脚下。这座坡可真不低，尽管没有北山高。上次春游去北山的夕彦寺，爬到山顶时她累得像条小狗，只会伸着舌头喘气，还得要野兔把她从地上拽起来。好在暑假里不用天天戴红领巾，否则得捂出一圈痱子。

银杏树的树干分成许多杈，树顶撑开一把绿色的大伞，枝头挂着圆圆的果子。秋千上坐着一个女孩，她冲冉故招招手，“来，瞧你头发乱的。”

冉故拽着秋千绳子，先跨上去一条腿，再放上另一条，好不容易坐稳了，“我有礼物送你。”她拉开书包，“哎呀糟糕。”

“你说什么？”

冉故于是放慢速度，冲着卢艾的右耳说道，“书包——被粽子弄得乱七八糟！”她把黏糊糊的粽子掏出来，“正好，昨天写《我喜欢吃的东西》。徐老师读到这儿的时候，我就告诉他，闻一闻作业本，是粽子味的。”

“这是我的生日礼物吗？”

冉故的头摇得像拨浪鼓，“我就想让你尝尝。我们师娘可好了，我不吃豆沙粽，她就专门给我包了蜂蜜红枣粽。”

“谢谢你。”卢艾笑起来，露出两颗尖尖的虎牙。她解开线，一层一层剥下粽叶，把粽子分成两半，一半递给冉故，“擦擦你的口水。”

“这才是生日礼物。”冉故从笔盒里拿出一串手链，“五彩绳，我自己编的。你看这娃娃多逗，手里拿着弓箭，背上长着翅膀。”

“笨瓜，这是丘比特。”卢艾拨着吊坠。

“丘比特是谁？”

“天使。他有两支箭，一支是金子做的，一支是铅做的。被金箭射到的话，两个人会爱上对方。”

冉故挠挠脑袋，“被铅箭射中呢？”

“那两个人都会很痛苦。我给你讲这个故事，你别动。”卢艾将冉故的辫子散开，用手重新梳起来，“有一个叫阿波罗的神，他被金箭射中了，爱上了仙女达芙妮。但是丘比特把铅箭射向达芙妮，所以她永远在逃跑。最后，为了躲开阿波罗，达芙妮让她爸爸把她变成了一棵月桂树。”

冉故使劲鼓起掌来，还以为小艾姐只会讲不好笑的笑话，“你懂得可真多，等开学上四年级，你就更厉害了。”

“这有啥。上三年级可以当值周生了，你也很厉害。”卢艾说。不过冉故觉得自己当不上第一批值周生，要最守纪律成绩最好的学生才能选上。

编好了一条辫子，卢艾开始编另一条，“又摔进坑里了吧，你什么时候能安分一点？”

“我也想穿漂亮的裙子玩娃娃啊，可裙子一扯就破，而且也没人给我买芭比娃娃。”冉故掸了掸裤子上的土，“对了，我们道馆新来了个姑娘，进门踹了我一脚，还好我没哭鼻子。”

卢艾的手猛地收紧，“什么？”冉故疼得龇牙咧嘴，“我说，她踹我脑门上！”

“不，这回我听清了。我问你，你打回去了吗？”

“我本来要的，但是师父来了……”她没好意思承认敌人太强大。“她是不小心的啦，再说我们也交上了朋友。她比你个子还高呢。你想不想见见她？她也喜欢吃山楂酥。”

卢艾揪着冉故的耳朵，“我就知道。我特意留着让你吃的，你再随便送不知从哪儿来的野丫头，我下次拿去喂企鹅也不给你了。”

“对不起对不起！再揪耳朵要掉了！”

《哪吒传奇》从第一集播到第三十集，伏天到了最热的时候。大伙坐在石墙上，嘴里叼着冰棍，刚舔了一半就化成了水，顺着手臂往下淌。阳光明晃晃的，迷住眼睛、鼻子和耳朵，似乎把脑袋也迷住了。在这种天气里，时间也不动了。所以当十里提议来场水枪大战的时候，没一个不叫好的。光想想被水淋个透湿的滋味就让人激动得浑身打哆嗦。

“半小时后橡树桩见！”

大家分头往东西南北跑开。冉故拽着严穆，“咱快走，拿你全新的装备去。”

严穆的姥姥给她买了把水枪，又大射程又远，充水速度尤其快，可叫人羡慕了。老师总说学生上课不带笔，就像士兵上战场不带枪。现在笔和枪都有了，所向无敌。“叫你姥姥再给你买个网兜，田螺、知了、蚯蚓，什么都能抓。”

“蚯蚓！我可不要抓蚯蚓。”

但是蚯蚓应该不算虫子，羽毛给他们讲解过无脊椎动物的分类。他一边举着四年级的科学课本，一边把眉毛扭成麻花，因为十里老是打岔。冉故点点头，“我懂了。你不喜欢下雨天，是因为蚯蚓都爬了出来。”

“也不是。下雨只能待在屋子里，一点也没意思。”

“又错了，下雨能玩的特别多，比如打水漂。你会打水漂吗，竹竹？”

“只能打两三个，但我会对眼。”严穆把食指竖在鼻子前展示了一番。冉故哈哈大笑，“这本事不错，可以上学校的才艺表演。”

冉故往前跑了几步，蹦进一个坑里，“等什么时候下雨，我们一起去跳水坑吧。”一阵尘土扬起，呛得严穆咳嗽了几声，“这样会沾一身泥，我妈说可不好洗了。”

“那种事让大人烦恼去吧。”冉故说，“我可不想变成大人。皮皮说了，他们总是有一大堆麻烦，像是鸡眼病啊和地上税之类的东西。”

“多少岁算大？”严穆问。

冉故想了想，“十四岁就够大了，二十一岁就老得没边了。”

“但是长大以后可以做很多事啊。不长大怎么当煎饼师傅呢？”

“有道理。”冉故托着下巴，“那这样吧，必须要永远有糖葫芦吃，生活永远顺利，好朋友永远做好朋友，我才同意长大，否则免谈。”

她们在四道街十三号前停下。据严穆说，有次她想练踢腿，结果一脚把大门踹裂了，只好贴上几条胶带补救——真该封个大力穆桂英的称号。冉故蹲下来，端详着门上那道缝，“你这胶带黏性可够强的，如果什么时候我碎掉了，也可以用胶带粘起来。”

严穆敲了敲门，“哪儿有人碎掉的事，你又乱讲。”她回过头，“对了，我姥姥想叫你下午来家里包饺子。”

“好哇，下次也请你来我家。你得提前说，这样我能准备牛奶来招待你。”

今天冉故这一队大获全胜。对面运气不好，抽到了严穆和老头。老头不擅长和水打交道，他小时候掉进过河里。严穆不熟悉地形，哪里转弯哪里墙上有洞都不清楚。看来光有装备不行，得在技术方面多加练习——这点应该跟十里的哥哥三秋取经，他的格洛克手枪和加特林机关枪都是自己用木头削的，整天别在腰上。而冉故队里个个身手矫健。当她从树上攥着水枪跳下时，差点骑在严穆脖子上。她觉得严穆应该撑不起她，别看她矮，还是很有分量的。

玩捉迷藏严穆也吃亏。冉故通常躲在剧院后面的树洞里，有灌木丛挡着，没人能发现。严穆一声尖叫，吓得所有人从四面八方冒出来，还以为她被雷劈了呢，结果只是蜘蛛掉到头上。严穆这么高的个子怕这么小的虫子，像是动画片里的大象怕老鼠似的。禾禾挥挥手就帮她掸走了。禾禾是方圆十里内著名的抓虫高手，她敢把蠕动的毛毛虫放进袖口里，比男生还厉害。

当她俩站在严穆家台阶上时，全身都在滴水，门垫上多了两个水坑。姥姥打开门，吓了一跳，赶快拿来两条毛巾。

冉故拧着自己的羊角辫，“您别担心，这么热的天里一会儿就干了。”

“欢迎你来做客，小故，竹竹经常提到你。”

姥姥和好了面。她在案板上撒上面粉，将面团切成一块一块的剂子。按扁以后，右手用擀面杖擀，左手拿着剂子转。包饺子真是一件看着简单做起来难的活。姥姥示范了好几次，一手托着皮，一手舀馅。但到冉故手里就变成了扁豆，软绵绵地趴在盘子里。

“竹竹，帮我把料酒拿过来。”

严穆正和她的面皮较劲。她刚捏好左边的皮，馅就从右边钻了出来，“等一会儿嘛姥姥。”

“我去吧，”冉故站起来。姥姥往身后指了指，“就在厨房的台子上，谢谢小故。”

厨房的台子上有十来个瓶瓶罐罐，冉故一个个读过去：酱油、醋、盐、花椒、桂皮……料酒藏在哪儿呢？读完了也不见踪影，倒是在台子下面发现一口大缸，里头盛着白花花的大米。冉故把一只手插进米缸，唰。再把另一只手插进米缸，唰。周星驰就是这样练功夫的，唰唰唰唰。

外面传来脚步声，“小故啊，我想起来我把料酒放在柜子里了，不在台子上。”冉故连忙抽出手。糟糕了，每次在超市里这么做，总要被售货员骂上半天。

姥姥眯起眼，笑了起来，“在练铁砂掌呢？真厉害啊，以后当个武林高手。”

扁豆下进了锅，严穆带冉故到她的房间。这里和冉故的房间大不相同，没有扔在椅子上的书包——它整齐地挂在衣柜里；没有铺了一桌子的作业——它们整齐地叠成一摞；没有踢到床底下的鞋——它们整齐地摆在门口。墙上没有《森林王子》的海报，却有一座占了一整面墙的书柜。它是用红色的木头做成的，一边刻着一条龙，一边刻着一只凤，里面塞满了书和电影的碟。严穆说这书柜年纪很大，比她大多了，姥姥年轻的时候就有了。

书的确是非常好的东西，徐老师说过，读书像吃饭一样，爱吃饭的人精神气足，不爱吃饭的人容易生病。好在冉故爱吃饭，所以很少生病。她从最下面一层抽出一本来，封面上写着六个字：撒哈拉的故事。这本书看起来很旧了，被翻过许多次，如同她的《长袜子皮皮》。

“你读过吗？”冉故问。

“没有，这里头好多词我都不认识。”

“我最喜欢的书是《长袜子皮皮》，林格伦写的。她写的《狮心兄弟》我也喜欢。”皮皮头发的颜色像胡萝卜一样，如果她这辈子也能和一个红发女孩子做朋友就好了，那肯定很有趣。

“我喜欢《小熊维尼》。我以前有一本硬皮的，里面有很多画，可惜被我弄丢了。”严穆说，“《狮心兄弟》讲的是什么？”

“讲的是一个叫斯科尔班的男孩，他和他哥哥一起来到南极亚拉。那里十分美好，是篝火和童话的世界，到那里你就永远不会再害怕了。”

冉故掀开《撒哈拉的故事》，“嘿，这个作家叫三毛。我知道三毛，他特别可怜，吃不饱穿不暖。”她把书倒过来研究，“太厉害了，我还不知道他流浪到非洲去了！”

《哪吒传奇》播到大结局的这天，知了在院里的柿子树上拉长了声叫着。大家照旧聚在风扇前，禾禾掏出三本书：《小王子》《玛蒂尔达》和《查理与巧克力工厂》。老头想知道小王子回没回到他的星球上，十里想知道玛蒂尔达有没有成功把帽子粘在她爸头上，野兔想知道奥古斯塔斯掉到巧克力河里后怎么办，冉故也想听听长树上的冰棍、升力十足的汽水，和给父母吃的黏牙太妃糖——很多人需要最后这个。

禾禾读道："这些汽水好极了！里面全是气泡，气泡里充满特别的气体，升力大得惊人，喝下它能让你像气球一样离地而去，直到你的头撞上天花板，然后就这么停在那儿。"

野兔叹了口气，"怎样才能去旺卡的巧克力工厂啊，我也想参观。"

十里指着封面，"你们瞧，这本书的作者是英国人，所以去英国就有啦。告诉你们，那里遍地都是巧克力工厂，路也是巧克力铺的。"

"爱吹牛，不害羞，脖子顶个大皮球。"羽毛瞪了他一眼，活像个凶巴巴的洋娃娃，"你知道英国在哪儿吗？"

十里说英国在脚底下，野兔说在地球的另一边，老头说要过北山和东海。越说越晕乎，怎么会有地方又在脚下又在地球另一边又要过北山和东海？这时，严穆开了口，“我知道英国在哪儿。”

大伙的目光一齐投来，“你去过？”

“我没有。”严穆摇摇头，又点点头，“但是很快要去了。”

冉故的羊角辫竖了起来，仿佛火车轨道上的指示灯，“你要去到那个用巧克力铺地砖的地方了？”

“地是不是用巧克力铺的，我不确定。我爸爸去那里工作，所以我得过去读三年级。”

冉故用胳膊肘撞了撞羽毛，“和羽毛一样，不过他可没想去英国。”羽毛要转学去到的城市，听卢艾讲，有非常著名的艺术中学。

“不对不对，”羽毛甩着卷毛，“那里的开心果味冰淇淋才有名。”

冉故扭过头，“你又跑火车，我不信，我最信任小艾姐。”

“你害怕吗？”禾禾问。严穆哼了一声，“不怕，有什么好怕的。”

“英国的小学也有卖零食的吗？”野兔问。十里敲了敲他的脑袋，“你傻啦。那里的冰棍和汽水都是长树上的，哪儿还需要买。”

吃过午饭，天空飘来大朵乌云，阳光一点一点全跑没了。十里在道馆门口挥手，“你们不来啦？我哥答应今天带我们玩骑马打仗，我求了他好久。”

“明天来。”冉故往上指了指，“这天快阴了，我看你们要在家里玩捉迷藏了。”

严穆的书包背在肩上，不会拖到地上。她们路过早餐店、水果店、理发店、玩具店。玩具店里摆着公主的娃娃。冉故想起幼儿园的“六一”表演，他们班演白雪公主和七个小矮人。所有女孩都想扮公主，冉故举了半天手。最后老师选了班里最白最漂亮的那个姑娘，派冉故去当一颗太阳。冉故的脸涂得红红的，站在一个演树的女孩旁。幸好这当树的女孩比她还矮，要不想想，哪儿有比太阳高的树？

严穆的脸颊上出现两只酒窝，“第一天来的时候，我在心里叫你羊角辫小矮子。”

“彼此彼此。”冉故咧开嘴，“我管你叫喜鹊窝水塔怪。那时你的头发真乱，你姥姥给你扎得整齐多了。”

“有句话叫作不打不相识，就是说没有打过架就成不了朋友。”严穆从石墙上跳下，“你家真有趣。这些风铃上的弹珠你是在哪儿找到的？”

“经常去废品站逛逛，能发现很多宝贝。”

雨来得正好，在她们刚跨进门槛时下起。严穆在最后一秒从牛奶箱里掏出玻璃瓶。她们坐在窗户前，一边看连成线的大雨，一边比谁的牛奶胡子更厚。冉故提议玩“不能沾地板”，这个游戏很简单，在屋里不碰地板转一圈。从摇椅开始，走过茶几，把双脚使劲分开可以跳到饭桌上，从饭桌可以跳到灶台，路过洗碗池再跳到壁炉，小心别踩到壁炉上的小玩意儿，跨过留声机又可以跳到柜子上。柜子和摇椅之间有好几米远，不过中间正好架着熨衣板。没玩几次后，严穆竟然十分熟练，已经领先了半圈，和水枪大战时判若两人。她站在壁炉上，冉故得仰起头望着她。严穆弯下腰，拿起一个方形的锡盒，上面有个手柄。“这是八音盒吗？”

“你转转。”

严穆转动手柄，一只小丑从盒子里跳出。她跟着哼起来，“我知道这首歌，《魂断蓝桥》的主题曲。那个电影是黑白的，没有颜色。”

“你为什么会看那么老的电影？”

“我姥姥爱看，她看过很多老片子。”严穆从壁炉蹦到木柴箱上，又蹦到地上，“这个八音盒是谁送你的吗？”

“送我的人啊，被我变没啦。”冉故说，“对了，你想不想去找鬼？”

“鬼！”严穆吓了一跳，“我爸爸说，世界上没有幽灵和鬼怪。”

“只有我这儿有。尤其是阁楼里，在那儿走路很容易被他们绊倒。”

洗手间里没有鬼，因为他们不需要上厕所。储藏室里没有，阳台上更不会有了，连鬼也不喜欢淋雨。严穆执意不去阁楼，于是她们打开所有衣柜，里头叠着一堆被子褥子毯子。

“其实，我很害怕……”

当她们在被子上跳高的时候，严穆两只手抓着自己的衣角，“我害怕去英国。”

“我知道。”冉故把一块毯子披在肩上，当作超人的披风。

“你怎么知道？我说我一点也不怕。”

“孩子们的眼睛里有两条小鲸鱼。刚才你那两条鲸鱼都慌了神了，直打哆嗦。”冉故爬上被子坡的顶端，“用心去看才看得清楚，真正重要的东西，用眼睛是看不见的。”

“小故，有时候你说的话听上去很了不起。”

“第一句是我说的，后面那句是小王子的狐狸说的。”

严穆低下头，“我舍不得同学和朋友，还有我姥姥。我不知道英国是什么样，那里好远，我谁都不认识。”

“爸爸妈妈说，过去就能适应了。”她使劲抿着唇，但是嘴唇依旧在颤抖，“我不想让他们担心。”

冉故从顶上冲下来。披风太长，她在毯子里滚了两个跟头，“我也觉得那很难。我可不想去英国，如果有巧克力瀑布的话还可以考虑。”她站起来，把手臂搭在严穆的肩上，“但是，别忘了你是谁。你很厉害，你是穆桂英。你还会对眼，到时候表演给那些英国小孩看，绝对能交到很多朋友。”

屋外，雨声渐渐弱下来，天不像刚才一样漆黑一团。冉故推了推严穆，“快回家吧，要不你姥姥得担心啦。”

晚上雨又下大了。据她看迪士尼电影的经验，在这种狂风暴雨的夜里，要不有人死掉，要不有人重生。冉故转了个身，用枕头捂住耳朵。

大清早她还在做梦，迷迷糊糊听见两短一长的敲门声，只有卢艾会这么敲门。她在外头大喊：“起床啦！开学第一天，你可不想迟到吧！”

去菜市场吃早餐是开学第一天的传统。菜市场里什么都有，春天有新鲜的韭菜，夏天有小嫩黄瓜，秋天有栗子，冬天有堆成山的大白菜。一串串的大蒜、辣椒、玉米吊在棚子上，红的绿的黄的紫的水果垒在一起，像天边的彩虹。贝壳的嘴一张一合，虾子蹦得老高，鱼在水里摇着尾巴，有时还会挂上一个大猪头。最吸引人的是小吃，一辆辆推着的小车，冒着烟的烧烤摊，风扇呼呼转的熟食铺。刚出炉的蜂蜜小蛋糕，烤面筋烤茄子烤火腿肠，鸡柳在油锅里发出嗞嗞的声响。一到菜市场，冉故得被卢艾拽着往前走，否则根本到不了学校。

一年级开学，她吃的是小笼包。二年级是馄饨，三年级那年是糖火烧，四年级是豆腐脑。今天要上五年级，她打算吃鸡蛋灌饼。

冉故趴在台子边，看着师傅扯下来一团面，先擀成长条，卷起来按扁，然后放进锅里。接下来是她最喜欢的部分——师傅拿出一颗蛋，一手敲在碗沿，金黄的鸡蛋掉进碗里，一手用筷子搅。把饼破出一个洞，将鸡蛋倒进洞里。等这面烙黄再翻一面，便差不多好了。沥完油后开始刷酱，搁生菜搁土豆丝搁萝卜丁。冉故每次都嘱咐师傅多放萝卜丁。

热腾腾的饼刚捧手里，冉故就绊了一跤。她爬起来，掸了掸饼上的灰。刚要咬下，卢艾的手挡在了她的鼻子前。“笨瓜，掉地上的东西不要吃！”

“可是粒粒皆辛苦啊。”冉故嘟囔着，“就算粮食不辛苦，钱也辛苦啊。”

卢艾给她又买了一个。“你是幼儿园小屁孩吗？什么都往嘴里放，包括泡泡水。”

她第一次见到卢艾的时候，准确地说，卢艾第一次见到她的时候，她正在品尝泡泡水。冉故不爱睡午觉，老师叫她去院子里玩。这天中午她打算搭沙堡，却发现一个女孩坐在沙池边吹泡泡。冉故知道这个女孩，她是星星班的，有一瓶能吹出五彩泡泡的泡泡水。星星班里面都是大孩子，一般不和太阳班的小孩子玩。趁她去上厕所，冉故偷偷溜过去。她本来想吹气，不知怎的变成了吸一口，结果呛得她鼻涕眼泪横流。

“这叫不打不相识！”冉故喊道，饼渣子四处乱溅。

“嚼东西的时候不要说话。”卢艾请她吃了颗栗子，“你读过《水浒传》吗？这是里面的成语。”

冉故捂着脑门，“没，别人告诉我的吧。我读过《西游记》。”

她们在桌旁坐下，两碗疙瘩汤摆在面前。卢艾说，“《西游记》的笑话我知道得不少，你听这个：孙悟空问土地公公，‘俺老孙的金箍棒在哪里？’土地公公说，‘大圣，您的金箍，棒就棒在配您的发型！’孙悟空说，‘我说的是我的金箍棒！’土地公公说，‘棒！大圣的金箍绝对棒！’”

说实话，这个笑话不算太糟。冉故差点呛住。卢艾给她扯了张纸，接着打开书包，拿出一支钢笔，“这是我用旧的，送你吧，开学礼物。”

冉故伸出拇指，向前弯曲了两下，“谢谢！”这支钢笔是卢叔叔出差带回来的，据说很不便宜。每次去卢艾家她都忍不住抚摩两次，没想到现在真的属于她了。亮闪闪的壳上一点划痕也没有，冉故担心到她手里过不了多久就会变得遍体鳞伤。

“我教你一个新的。”卢艾说。她把勺子放下，伸出食指和中指，“先放在鼻子上，然后移到下面，伸出大拇指。这是‘好看’的意思。”

“小艾姐，你就很好看。”

卢艾不以为然，“我自己长什么样，我还是有数的。”

冉故照着学了一遍，“对了，老师说可能会有新同学来，你期待吗？”

“六年级转学的人很少。甭来了，又要听他们讲话，还要冲他们微笑，很累的。”

“我都等不及养蚕啦。”冉故记得去年，当卢艾捧着一大盒蚕走出校门时，她羡慕得眼睛都直了。

升旗仪式要开始了。卢艾正了正自己的红领巾，又把冉故的重新系了一遍，“当了这么多年少先队员，你怎么还能系得这么难看。”

禾禾转走了，班里真来了个新同学，徐老师在黑板上写下她的名字——方诺。严格来说不算新，因为她们在幼儿园里一起演过戏。冉故演太阳，方诺是那棵树。大家的桌上都摆着一大摞发下来的新书，一领到语文书冉故便迫不及待地翻起来。有一篇课文叫《落花生》，孩子们和父亲坐在后院的亭子里吃花生。她想起小时候电视上播广告：掰开一颗花生的壳，里头流出来金灿灿的花生油。于是她也掰了好多花生，结果一滴油也没出。

开学第一天真是美好。每人领到崭新的美术用具，里面有蜡笔和颜料。冉故爱用蜡笔装扮课本里的人物。有时她从杂志上剪下来各种明星的头像，贴在课本上。比如说，如果一张插图下写着“苏州农民养蚕”，你会看见身体和四肢是苏州农民的，脸却是周杰伦的。

“瞧。”冉故把课本展示给方诺，“这叫丰富多彩。”

方诺点点头，深以为然。

冉故喜欢上方诺家玩。她家养了一条狗，名字可洋气了，叫伯爵，方诺总爱扮成什么贵族公主，那她的狗也得是个伯爵。方诺称呼自己的房间为“诺子城堡”，里面是一张双层床，她睡上面，下面是空的。双层床适合玩“万丈悬崖”，先垫上枕头，然后爬上梯子往下跳，假装飞机出了事故。

在城堡里铺着餐巾喝下午茶喝累了之后——边喝还要边啧啧咂嘴，表示对茶叶的赞美——冉故提议玩“印第安酋长”。酋长们围坐在火塘——也就是一块红色地毯的周围和平谈判。森林的另一头住着其他部落，方诺说他们叫作奇卡索人，这是她从《小哥白尼》里读到的。他们凶悍危险，总是来抢食物，必须赶走——冉故指了指正在沙发下睡觉的伯爵。于是大家手持弓箭和盾牌往前冲，发出各种可怕的叫喊。哎呀，奇卡索人吓得拔腿就跑！

方诺家里有很多《米老鼠》《小哥白尼》和《儿童文学》。冉故经常借一大沓《米老鼠》杂志回家看。订了杂志的那些同学是班里的明星，每月都被大家簇拥着。杂志还附赠礼物，这是最叫人羡慕的。有一次送的是潜望镜，男孩子们拿着到处侦察，徐老师进到班里，说：“怎么突然出现这么多小特务？”

除了杂志外，方诺家就数拼图多，从五百片到三千片，五颜六色的盒子堆了一房间。《儿童文学》和拼图都是方诺的姐姐的。双层床本来也是她和她姐姐一块儿睡的，但是据说方诺会打呼噜，而她姐姐睡觉非常轻。“好得很，”方诺说，“公主都很独立，我才不想和她一起住呢。”

上回作文课，方诺写的是《我的姐姐》。“我的姐姐做事一丝不苟，总爱打扫她的房间，挤牙膏永远从尾巴往上一点一点挤，和她的名字很像。她平时还算温柔，但如果有人在她拼图的时候打扰她，她会立马变身巫婆，抄起鸡毛掸子，头发丝都在火焰中飘动着，威胁要把我的屁股揍得跟肉饼一样扁。而我只能装成可怜的小虾米，躲到妈妈身后求饶。”实际上，方诺的姐姐也就跟冉故差不多高。写得那么夸张，居然拿了个满分。

过完中秋节，蚕终于发了下来。十来个圆圆的小黑米盛在盒子里，书上说这是蚕的卵，过两天会孵出小蚁蚕。冉故有些失望，蚕宝宝怎么和蚂蚁一个样！等蜕了一次皮后，蚕的脑袋渐渐变白了，身体也像充了气一样鼓起来，才算是体面了点。每天放学回家，冉故先搬出大鞋盒，将蚕宝宝一条一条放在纸上，再倒掉吃剩的桑叶和蚕沙，新桑叶铺在盒底。最后把寄宿在白纸上的蚕放回桑叶上。

蚕宝宝越来越壮，仿佛一节节小火车，在绿色的叶子上驶来驶去。天气好的傍晚，站在阳台上，可以远远望见北山脚下的铁轨，像镶了金边般在田野上闪闪发亮。小火车站是用黄砖砌成的，已经不用了，只有拉货的车偶尔路过。

晚霞来得一天比一天早，放学的路上，烤红薯的香味钻进鼻孔。冉故想起了《七里香》的歌词：窗外的麻雀，在电线杆上多嘴。你说这一句，很有秋天的感觉。

“是‘很有夏天的感觉’。”方诺摇摇头。

“差不多嘛。你看，麻雀还在电线杆上唱歌呢。”

方诺跳起来，拍打了一下木棉树的树枝，“我更喜欢音乐课上学的《稻香》。还记得你说家是唯一的城堡，随着稻香河流继续奔跑——”

“微微笑，小时候的梦我知道。”冉故为她接上了下一句，“你说过诺子城堡是世界上最棒的城堡，我记得这个。”

“你的梦想我也知道。”方诺说，“就这么定了，你要永远记得诺子城堡。”

“那你呢？”

“我等着你实现梦想后给我读啊。”方诺伸出小拇指，“拉勾，贵族要信守承诺。”

可是光拉勾还不够酷。冉故掌心朝上，往旁边移动，然后两手拇指互相碰了几下，“这是手语的请客。”

方诺的眼睛睁得溜圆，“哇，你本事真多。”

“都是跟小艾姐学的，很久以前她妈妈教她的。”冉故掏出硬币，卖红薯的爷爷挑出一块红瓤的。冉故把红薯掰成两半，递给方诺一半，“上语文课时我的肚子就叫唤了。”

“今天作业是什么？”

“默写。最喜小儿亡赖，溪头卧剥莲蓬。”冉故舔舔嘴唇，“我也想吃莲蓬。”

“七一湖有，我画的就是儿童乐园和东海。我想画得和明信片一样好看，但是没那么厉害。”

“小艾姐就会，”冉故说，“她买来空白明信片，在上面画画然后送给同学。今天我画的是屋顶。”

方诺一边啃着红薯，一边研究冉故身上的颜料，“我还想问你呢，屋顶算哪门子《快乐的时光》？”

“你没上过屋顶，诺子。可好玩了，能看到很远的地方，还可以唱歌，假装有匹白马骑。”冉故哼了起来，“白龙马，蹄儿朝西，驮着唐三藏跟着仨徒弟——”

“那非摔个人仰马翻不可。”方诺不予苟同，“骑白马还不如来个白马王子。我想要一个阳光又体贴的白马王子，你呢？”

“啊？我想要什么样的马？”

“不是马，是白马王子。你喜欢高的还是帅的？”

冉故思考了半天，“我不知道。能记得我的生日，一直不离开就行了吧。我想白马王子都是很忙的，老是要跑去养马。”

“我以前想养匹马，但我妈说家里没地儿给马待。而且养狗已经很累了。养蚕都不容易。”冉故表示赞同，一会儿她还得去找卢艾，拿蚕吐丝时要用的箔帚。方诺继续说，“比如洗好的桑叶上不能有水，蚕一拉肚子就死了。”

“真的？”冉故吸了口气，“怎么办？我昨天好像没把叶子擦干。”

“可能是你记错了？”方诺安慰道，“你已经擦过了，只是你忘了。”

冉故懊恼地抱住头。方诺向她挥挥手，“明天见，说不定小艾姐知道什么让蚕起死回生的办法。”

山坡上铺满了银杏叶，像是金黄的蛋卷屑，在脚下嘎吱嘎吱地响。卢艾坐在秋千上，手里掰着一截树枝，等冉故靠近了才发现，“哦，是你。”

冉故把书包放在树根旁，现在不用人把她拽上秋千了。她顺着卢艾的目光望去——北山看起来和往常一模一样，夕彦寺的大殿也没少一座。她转过头，发现卢艾的膝盖上有一个信封。冉故的脸顿时亮了起来，“你收到了一封信？”

“嗯。”

“写了什么？”

又没回音了，她不晓得卢艾到底有没有在听她说话。过了一会儿，卢艾问道：“你想不想读读？”

“好啊。”卢艾直接把信封递到了她手里。冉故抽出信纸，这竟然是文具店卖得最贵的那种。她在膝盖上展开，上面只写了三行字，好像一块迷你布丁放在硕大的盘子里：手中的铅笔，在纸上来来回回。秋刀鱼的滋味，猫跟你都想了解。那温暖的阳光，像刚摘的鲜艳草莓。

冉故拎着信封往下倒。“你还想找什么？”

“为了抄几句歌词，用得着这么破费嘛。”

“你知道这首歌是怎么唱的吗？”卢艾问。

那不废话。除了麻雀、铅笔和秋刀鱼，剩下的就是初恋的香味了。冉故差点咬到自己的舌头，“这……是一封情书吗？”

“你开窍啦？”

“天啊，原来情书是真实存在的，我只在电影里见过。”冉故简直想把手中的纸放到博物馆展出。“等等，谁给你的？”

卢艾把树枝抛到一边，“三秋。”

“这上面没写名字啊。”

“我看见他往我桌斗里塞东西了。”像变戏法一样，卢艾又从身后拿出一辆坦克模型，“还有这个。天啊，他以为全世界的人都跟他一样喜欢打打杀杀的玩意儿吗。”

冉故接过来，“这得花好久呢。”十里总吹嘘他哥的手工多么厉害，看起来还真是那么回事。

“给你了。”

“怎么就给我了？人家送你的礼物。你不喜欢吗？”

“他是一个很正直的男孩。”

答非所问。虽说三秋正直的确不假，他从不耍小花招。不像有的男孩，老爱欺负喜欢的女孩子，就是想引起她的注意。“小艾姐，你没吃错药吧？”

“最近是有些感冒，没吃药，喝点热水就行了。”

冉故忽然想起那几只吃了带水桑叶的蚕，心头飘来一片乌云。她把坦克还给卢艾，“你留着吧。被人表白多好啊，说明你很有魅力。没人送我情书。”

“笨瓜。”

瞧瞧，现在又骂起她笨了。电影里的女孩收到情书后都是捧在胸前，羞涩地笑着。卢艾也笑了，但这个笑容十分奇怪，她眼中的小鲸鱼根本不是平时开心的模样。“我不值得。”

果真是吃错药了，讲的话冉故都听不懂。不值得什么？不值得收情书，还是不值得被喜欢？“有很多同学喜欢你啊，我也喜欢你啊。”

天空被落日烧得红彤彤的。晚霞如同一片粉色的纱巾，盖在连绵的山头上。“人们总会离开的。”卢艾说。

冉故皱着眉，“你是觉得三秋在撒谎？”

“你懂什么，小屁孩。天下没有不散的宴席。”

冉故讨厌别人叫她小屁孩，她已经上五年级了。况且卢艾也就比她大一岁。一股火从心底蹿上来，她从秋千上跳下，“你胡扯！我就是不离开。我告诉你，你很大方，你很会画画，你的虎牙很好看。你左边的耳朵里像是戴了一根天线，可以接收外星人的信号，酷得很。”她指着卢艾，“叫我小屁孩，我看你是大屁孩。有个词叫啥来着，什么什么薄。这么简单的道理都不懂。”

卢艾惊讶地望着她。冉故在胸前交叉着双臂，她的蚕还生死未卜呢，可不想浪费时间跟卢艾打哑谜。卢艾扑哧一下笑了，这回是真诚的笑容。“别气了。”她拍拍旁边，“我相信你，我不说了。”

“最好是这样。”冉故慢吞吞地坐下来。

“你听没听说过一个成语，有恃无恐？”

什么有事无孔没事无孔的。“你是不是嘲笑我语文不行？”

卢艾摆手，“没有没有。这个成语是说，知道自己有依靠，所以毫无顾忌。”

冉故噘着嘴，“我咋觉得不是个好词？”

“你错了，这是一个特别好的词。”

看见仍旧生龙活虎的蚕，冉故心上的石头落了下来。她比较担心那只个子最小的蚕，吃食时总落在最后。默写完《清平乐·村居》，语文课要开始学《秋思》了。“洛阳城里见秋风，欲作家书意万重。复恐匆匆说不尽，行人临发又开封。”这说明寄信需要的勇气比人们想象的要大。

蚕又在蜕皮，在盒子里不停地扭动着身子，好像非常痛苦。老师说，蚕必须独自完成蜕皮，没有其他人可以帮忙，这样它才能成长。笤帚现在摆在墙角，在还没有成为蚕作茧的窝之前，暂时充当巫婆的坐骑，在后院的夹道里骑着它横冲直撞。

后院的夹道是他们常来的地方，因为很少有大人光顾。这里适合玩红灯绿灯小白灯，三个字也可以，但最适合的还是上屋顶。院墙旁长着一棵槐树，夏天容易生吊死鬼，粘在头发上相当烦人。爬到槐树的杈上，扒着墙上的瓦片，撑着凸起的排水口，脚一蹬就上了房。到了五年级，冉故终于能够到排水口了。十里连拽带扯总算把方诺拉上了屋顶。方诺刚开始发怵，十里告诉她，在屋顶上不能挺直了身站着，得弯着腰行动。

房上的世界和下面完全不一样。这里远离作业，远离考试，远离规矩。房上能看见东边的师大附小，西边的师大附中。看见大马路上的邮局，面包房，街心公园。看见卖糖葫芦的，卖烤红薯的，卖炒栗子的。看见放学回家的孩子，下班回家的大人，下围棋的老爷爷，扭秧歌的老太太。看见荡秋千的，跳大绳的，骑单车的，在石头桌上打乒乓球的。饭菜的香气从一扇扇窗户里飘出，大家的肚子咕噜噜地响。

“围巾耷拉在地上，你不怕绊倒摔断脖子吗？”三秋训着十里。十里乖乖垂着脑袋，他特别听他哥的话。

立冬的午后，冉故一个人撑在排水口上。蚕从昨天开始不吃桑叶，身子变得又透又亮。冉故将它们捉起，小心地放在笤帚上面。蚕在笤帚上爬来爬去，要选一个舒服的地方再安顿下来。她也一样，她喜欢坐在两个高高的飞檐中间。企鹅蹲在她旁边。企鹅是一只猫，它后脚有点跛，走起路来一摇一摆，像企鹅一样。卢艾说应该给它取名叫哈哈，这样找它的时候就可以喊“哈哈哈哈哈哈哈哈！”

远处，一辆卡车拐进了街口。这不大寻常，冉故把手从毛衣袖子里伸出来，是不是有人要搬进来？

大卡车像是一只肥大的甲壳虫，在巷子里艰难地爬行，七拐八拐，缓缓停在了冉故脚下。车门打开，一个穿着黑色西服的男人冒出来，又下来一个披着黑大衣的女人，最后是一个女孩，也是一身黑。工人们正从屋子里往外搬东西。他们穿着单衣，汗水从脖子往下淌。

冉故盯着那个女孩子，女孩戴着一副眼镜，脸上瞧不出是什么表情。搬家应该很有趣啊。她记得十里搬来的那天，街道里的孩子们都围上前，看衣柜冰箱堆在门口，看各种零散的小物件，看烧香拜神。十里的妈妈送他们糖吃。三秋让大家都跳上沙发，说他们是乘着战斗舰冲风破浪的海军。这是刚上一年级时的事。

工人搬出大床，搬出梳妆台，搬出桌子椅子，搬出风扇电视，最后搬出一架巨大的红木书柜，看起来十分古老，木头的纹路一清二楚，一边刻着一条龙，一边刻着一只凤。

冉故几乎从屋顶上掉下去。她匆忙站起身，把企鹅吓得往后跳。她抱着路口的电线杆子滑下来，今天滑得格外快，因为手心里全是汗。绿豆粥、韭菜鸡蛋饺子、《查理和巧克力工厂》，一下子全跑进她脑袋里了，像是一大包面粉从天而降，砸得她晕晕乎乎的。

电线杆底下有一块水泥台子，她跳下来时差点绊了一跤。她朝十三号跑去，拐过弯，女孩的后脑勺出现在前方。大人们消失了，可能是进屋了。冉故直接蹿到女孩面前，“是你！”

严穆吃了一惊，没有回答。严穆的头发长长了许多，不那么像喜鹊窝了。两年不见，她现在更高了，一副眼镜架在鼻梁上。冉故仰着头，镜片里映着她的倒影。

“你从英国回来了？”冉故双手背在身后，笑嘻嘻地望着她。

良久，严穆点了点头。她没有笑，酒窝也没有出现。她脸上的表情使冉故想起第一次去方诺家，伯爵竖着耳朵汪汪叫唤。不过只有那一次，因为她经常喂火腿肠给它吃。

“你在这里待多久呀？要不要来一起玩？现在不能玩水枪大战了，但是抓人一年四季都可以。”

严穆还是没有说话。难道去一趟英国人们都变成了哑巴？看来他们的树上不仅长冰棍和汽水，还长一吃就把嘴巴粘住的口香糖。

屋里传来脚步声，大人们大概要出来了。这时，严穆开了口。她的声音像是齿轮上了油以后，好不容易吱嘎吱嘎地转起来。

“抱歉，我不和不熟的小孩玩。”

大卡车又七拐八拐地开走了，排气管冒出一股黑烟。现在车上装满了家具，比之前更加吃力。回到家里，冉故发现有一只蚕不动了，是那只最小的蚕。它最终还是死了，身体枯黄枯黄的，死之前拼命挣扎了一番。其他蚕在吐丝，一边摇摆脑袋，一边在四周织成一层纱帐。圆圆的蚕茧洁白无瑕，仿佛一片片雪花，落在她的课本上。

“骆驼队来了，停在我家的门前。”

开学第一天她就注意到了这篇课文。一个小女孩穿着粉色袄子，站在骆驼跟前，地上堆着白色的袋子。骆驼有的站着，有的卧着，有的在吃草，领头的脖子上系着铃铛。那样丑的脸，那样长的牙，那样安静的态度。它们咀嚼的时候，上牙和下牙交错地磨来磨去，大鼻孔里冒着热气，白沫子沾满在胡须上。念着念着，冉故也看见排成队的骆驼路过家门口，去四道街搬家的不是大货车，而是许多只骆驼。

五十本书竖在桌上，五十张嘴一齐张开：“夏天过去，秋天过去，冬天又来了，骆驼队又来了，童年却一去不还了。冬阳底下学骆驼咀嚼的傻事，我也不会再做了。可是，我是多么想念童年住在北京城南的那些景色和人物啊！我对自己说，把它们写下来吧。就这样，我写了一本《城南旧事》。我默默地想，慢慢地写，又看见冬阳下的骆驼队走过来，又听见缓慢悦耳的驼铃声。童年重临于我的心头。”

“同学们，作者思念的仅仅是那支骆驼队吗？”

五十个脑袋一块儿摇着。有些犹豫的，见大家都摇头，他也摇头。幻灯片上出现了一个短发小女孩的照片，旁边有一窝小油鸡。徐老师读道：“离开北平的那年，曾赶上最后一次看红叶，冰鞋来不及捡出，我便离开她了。飞机到了上空，曾在方方的古城绕个圈，协和医院的绿琉璃瓦给了我难忘的最后一瞥。我的心颤抖着，是一种离开多年抚育的乳娘的滋味。”

每个人的童年都有一个严肃的结尾，大约都是突然面对了一个严峻的事实，再不能睡一宿觉就把它忘掉，事后你发现，童年不复存在了。徐老师说，这句话出自史铁生，上中学时大家会学到他的《我与地坛》。对于英子来说，这个“严肃的结尾”便是厨子老高从院外呼唤她的时候。她妈妈刚从医院来电话，叫她赶快去。英子把小学毕业文凭放到书桌的抽屉里。再出来，老高已经替她雇好了车子。走过院子，看那垂落的夹竹桃，她默念着：爸爸的花儿落了，我已不再是小孩子。

雪在这个时候下了起来，今年的头一场雪来得格外早。先是像小小的棉絮，后来越下越大，漫天鹅毛飘扬。所有人都聚在了窗前。雪花落在花坛里，落在篮球架上，盖住光秃秃的枝丫。徐老师宣布提前下课。教室里响起欢呼声，大家一溜烟冲下楼梯。方诺穿的是白棉袄，在操场上没站一会儿，就跟肿起来了似的。冉故的辫子上满是雪花，她摇摇头，扑簌簌地掉下来。野兔边吸鼻子边搓雪球，一不留神被老头掼了个正着。老头扔出的雪球黑漆漆的，最近练习用钢笔写字，他的左手上全是墨水印。

“还好屋子里很暖和，否则蚕茧就要被冻成钢丝球啦。”冉故对自己说。

在科学课上，老师说秋蚕生长得比较慢，从成茧到破茧有时长达一个月，同学们不要心急。想留下蚕丝的话，要把蚕茧放在开水里烫，再找到丝头，用筷子一点一点抽出。她可不想把蚕烫死。《西游记》里最可怕的一章就是车迟国了，孙悟空先是与虎力大仙比求雨，接着与羊力大仙比下油锅。悟空找来北海龙王收走了他养的冷龙，羊力大仙一刹那皮焦肉烂，现了原形。难道要让蚕宝宝受这酷刑？

周末的早晨，冉故拐进二道街。她把帽子往下扯了扯，风吹得耳朵通红。她踏上台阶，砰砰砰地敲着门。卢艾的脸出现在门缝后面，“大清早的，怎么了？”

冉故把手中的盒子递出去，“送你这些蚕茧，作为钢笔的回礼。”

卢艾打开门，“进来吧。轻点，我爸还在睡觉，他昨天很晚才回来。”

卢叔叔工作很辛苦，经常在外面出差，这时候卢艾便自己做饭。鞋架上摆着卢艾和她爸爸两个人的鞋。冉故蹑手蹑脚地踩在地板上，客厅的餐桌上放着一包山楂酥，她一眼就发现了，她认识那橘红色的袋子。“你发零花钱啦！”

“你吃早饭了吗？”卢艾问，“一看就没，拿几块吧。”

冉故登时把口水咽了回去，“蚕茧换山楂酥，值。”

卢艾晃了晃盒子，蚕茧在里面滚来滚去。“这些蚕丝可以放在墨盒里。你为什么不留着呢？”

“我不想抽丝。”

“哟，你不是天不怕地不怕吗，有什么不敢的？”

“不是不敢，是不想，而且我不是啥都不怕。”冉故撕开袋子上的封条，“《名侦探柯南》里的图书馆馆长，可怕吧。绷带怪人，更可怕吧。老头竟然还笑我和方诺捂眼睛，明明他最害怕。”老头胆子小得很，他只是不好意思在其他男生面前表现出来，看他脸色煞白的样子便知道了。

“还有剧院里播的《木乃伊》，那些甲虫钻进人的皮肤里，把血和肉全吸光，最后剩下一具骷髅。你真有本事，二年级就带我去看这种电影。”她可是好几天没睡好觉。

“我又不知道，本来说播《小飞侠》的。”

好在《小飞侠》后来又上映了。彼得潘穿着绿色的斗篷，帽子上插着一根羽毛，帅得不得了。她也想和温蒂一样撒上仙尘，一起飞去永无岛。冉故抓起桌上的筷子，假装握着佩刀，在跳板上和虎克船长打斗。卢艾把筷子从她手里抽走，“得了得了，回房吧。”

外面，太阳躲在云层后，发着微弱的光。卢艾的房间开着灯。墙上挂着她的画，以前是水粉，最近是素描，隔一段时间换一张。衣柜上贴着《木偶奇遇记》和《海底总动员》的海报。书架里摆着素描本和墨盒，旁边还贴着一张《美女与野兽》的海报。冉故以前夸卢艾像贝儿一样好看。

“算了吧，人家是公主，我觉得我更像野兽。”

“那你不够格，你没有鬃毛。”

卢艾怎么会像野兽呢？她又没爪子，又没尾巴，又不会到处嚎叫。可能只有虎牙这一点有些相似，但野兽的獠牙又长又利，完全不同。再说野兽一天到晚都在发脾气，它把自己关在城堡里，无人胆敢放它出来。

冉故又把帽子往下扯了扯，她这才发现房间里的窗户敞着。外头都是雪，居然还在透空气，她赶快爬上窗台关上窗户。“你不冷的吗？”

“我在锻炼强壮的体魄。”卢艾举起胳膊，展示她隐形的肌肉，“有个笑话讲的是一只北极熊——”

“停停停，打住。”冉故伸出手。这个笑话要不是关于北极熊拔毛，要不是关于它找到一副墨镜，是嫌温度还不够低吗？何况天冷和强壮好像也没关系，要不三毛早变成拳击手了。大冬天里三毛只有破麻袋穿，他没有亲人，也没有家，挣到的钱连吃顿饱饭都不够。看《三毛流浪记》时，冉故的眼泪快装满一脸盆，把卢艾的份也替她流了——她一滴眼泪也没掉。认识这么多年，冉故只见她哭过一次，还是在幼儿园。她问卢艾不觉得感动吗，卢艾说她觉得。

“那你咋不哭？”

“可能是我喝的水不够多。”

“呸。”冉故说，“你带铅笔了吗？”

世上应该没人再有这种奇怪的癖好了。冉故自己不算，她只是偶尔会抠指甲而已。卢艾心里不舒服时，会不停地用小刀削铅笔。瞄一眼垃圾桶便知道她最近的心情。据多年观察，这个“心里不舒服”包括感动、愤怒、悲伤、忧愁，等等之类。总而言之，只要还有铅笔削，你就绝不会看见她掉泪。

冉故靠在床头，跷着二郎腿，嚼着第三块山楂酥，“放心，我不会给你吃完的。”虽然吃完卢艾也拿她一点办法没有，这八成就是有恃无恐的意思。

“谢谢你如此有良心。”

“对了，你知道下周要放啥片子吗？听说是关于一座魔衣柜。我真希望能在老房子里找到这样神奇的通道。”

寒假里，剧院播了《狮子女巫魔衣柜》。六年级开学时上映了《音乐之声》。这家一共有七个小孩，冉故从不认识有那么多兄弟姐妹的人，七个小孩一起上学的话得闹翻天。毕业典礼前，全班一起看了《秘密花园》。冉故看得眼睛都直了——才不是为了英式松饼，是因为那座沉睡了那么多年的花园，被孩子们播下种子，有的长成鲜花，有的长成藤萝，有的长成树木，又一次被唤醒了生机。

毕业典礼的晚上，冉故躺在床上，瞌睡虫怎么都不来。她望向挂着书包的椅子，想象上面披着崭新的初中校服，胸口印着四个字：师大附中。初中的校服比小学的酷，小学的是浅色的，初中的是像墨一样的深色。野兔不同意，他认为初中的校服太黑暗了，似乎在诱惑人们做叛逆的事情。

她常把通知书抽出来，吃过饭读过书后没事便看看，所以整张纸变得皱巴巴的。冉故将手指放在第一行她的名字上，“亲爱的冉故同学”。她抚摩了一遍，又一遍，再一遍。房檐上，弹珠风铃正叮叮当当地响着。

好了，十二岁的冉故，从明天开始，你就是师大附中初一年级的学生了，离操心鸡眼病和地上税的大人又近了一步。

初中

冉故像一阵旋风似的冲进洗手间，牙膏差点挤在脸上，辫子乱拨两下就算梳完。不能怪闹钟没响，她直到大半夜才睡着。所以当卢艾在外面叫她时，她猛地从床上弹了起来。

“第一天就睡过头？”卢艾难以置信地看着她，一边拎起椅子上的书包，“动作快点，如果你还想吃早饭的话。”

中学和小学是两个方向，也比小学远。小学走十分钟就到了，实际要更短，因为路上有时会玩“炸弹爆炸”：大家手挽手，喊“炸弹爆炸”时就东倒西歪地挤来挤去，像一群醉酒的人。一次冉故发现忘带作业了，她用最快的速度奔回家又奔回学校，一共才花了五分钟。方诺问她怎么体育课拿不出这个速度，冉故说因为体育考试是绕着一个圈跑，而不是告诉他们，赶快回家拿你的作业，拿不回来屁股打五十大板。

冉故买了一块香蕉腌黄瓜三明治，味道很新奇，这个方向的上学路更新奇。大老远就能听见人声，校门前熙熙攘攘，许多家长陪着孩子一起来。白色的铁门上拉起了横幅：欢迎新同学和老同学返校！她们俩跨进铁门，绕过巨大的金属地球仪雕塑与篮球场。“我带你去初一的教室。”卢艾说。

中学建得像一座泰坦尼克号轮船，教学楼有五座凸起的甲板，还有钟楼作为桅杆。初一在五座甲板的正中央，楼下是后花园，一大片竹林围着一座金鱼池。七四班在二楼，二楼有一座大理石台，适合课间跳大绳。卢艾看了看手表，“我的天，都这个点了。下次再迟到小心我揍你。”

简直是语言暴力。她看着卢艾匆匆消失在楼梯上，然后深吸一口气，迈进了教室。教室很大，桌椅仿佛都比小学的要高，连讲台好像也高一些。黑板上写着漂亮的大字：祝贺你们荣幸成为王老师的弟子，七四班的一员。不少同学已经到了，有的聚在一块聊天，有的低头玩着自己的袖子。方诺还没来，可能正在和她姐姐拌嘴——单方面的。方诺的姐姐那么温声细语，她纯属身在福中不知福。

等方诺跑进来时，她们也没时间说话了，因为跟在她后面的就是王老师。这位老师踩着高跟鞋，红红的嘴唇映着黑黑的头发，比她的字还要漂亮。王老师站在讲台上，“欢迎同学们来到师大附中，我会和你们一起度过三年时光，要互相帮助哦。”她像变魔术一样拿出一个碟子，“先来自我介绍吧，说完的同学可以从这里挑一块巧克力。”

按照座位来，个矮的先上。这还真是一些上档次的巧克力，她平时不会舍得买。要不是有四十九双眼睛瞪着，冉故就再偷拿几块了。她一边大嚼着巧克力，一边看着熟悉的面孔与不熟悉的面孔走上讲台。她在心里给每个同学的特点编号：这个嘴唇厚，那个眼睛小；这个鼻子上全是雀斑，那个眉毛迫不及待离开脸部；这个又矮又瘦，那个……

冉故抬起头，这个女生实在是太高了，以至于她觉得自己像白雪公主里的七个小矮人。

“我叫严穆，严肃的严，穆桂英的穆。”

课间，方诺和冉故坐在教室后门外的窗台上。冉故的手指按在玻璃上，“就是她，那个戴眼镜的短发女生，我认识她。”

方诺研究了一会儿，“她原来是几班的？”

“她不是附小的。而且我怀疑这个人有健忘症。”

方诺又回过头打量着严穆，“这么年轻就得老年痴呆了啊。”

“那不是同一种病。她二年级暑假来过我们道馆，五年级我又碰见了她一次，结果她说不跟不熟的小孩玩。”

“有的人脑子不够大，记不了太多事。”方诺的脚晃来晃去，看起来心神不宁。这个窗台朝着走廊，四班在走廊的顶头，后面是三班、二班和一班。“你怕军训吗？”

“不是还有一个月吗？”

“要住五十个人的宿舍，吃食堂，”方诺把手放在额头上，“还要站在大太阳下，我会晕倒的。”

“二小姐，我告诉你，住宿舍和吃食堂都可有趣了。”冉故说，“别担心，你想吃啥我帮你抢。”

方诺还是噘着嘴，“那就希望天能凉快点吧。”

可惜十月份依旧烈日当空，秋老虎特别凶猛。从大巴上下来后的第一件事是领麻袋一般的军装。等教官来的空当，冉故忙着把袖子和裤腿挽起来。他们班这位教官姓牛，吹哨时眼睛瞪得像铜铃。一个同学偷懒，全班都要罚站。深蹲跳要像火箭一样直冲天空，不过这火箭跳了二十次以后就渐渐没油了。男生们倒在地上大喘气。

瞧那壮壮的板寸男孩，汗流得好比瀑布，从每一个毛孔中涌出，隔着八百里也能闻见，女生们恨不得戴起防毒面罩。他们这群人根本不适合当兵，否则味道早已暴露了自己的位置。

“我比伯爵还要像一只狗。”方诺上气不接下气地拧开水瓶盖。

太阳下山后才凉快点。食堂里挤满了迷彩服，每张桌上都有一大盆紫菜蛋花汤，清得能当镜子照。野兔在一旁嘟囔《金色的鱼钩》这篇课文里的鱼汤有多鲜，老头说他想喝汪曾祺写的《咸菜茨菇汤》，十里则宣称《射雕英雄传》里的好逑汤第一美味，七嘴八舌地讨论起来。不过叫冉故说的话，和尚煮的汤才是大杂烩的最佳典范。

这是她小时候从书里读来的故事：有一天，一个叫阿善的和尚来到一座村庄。这里的村民不信任任何人，当阿善出现时，村民们立刻关紧了门窗。阿善从行囊里拿出一口锅，在地上升起火。一个小姑娘瞧见了，提着灯笼偷偷跑出来，“你要做什么？”阿善说他要煮一锅名为爱的汤，但是锅子太小。小姑娘从厨房里搬出一口大锅。

阿善从河边摘下一束剑形的菖蒲叶。小姑娘问，“你就用这个煮汤吗？”

阿善点点头，“真是一盏明亮的灯笼。”

小姑娘很得意，“这是我自己做的，可以帮大家照路。”

“更重要的是，要照亮自己。”阿善说。

当青烟飘散开时，躲在窗子后的其他孩子也好奇地走出来。阿善说，若是能加点盐和胡椒粉，汤会更加美味。马上有个小男孩拿来了盐和胡椒粉。他的妈妈拿来了胡萝卜，他的爸爸拿来土豆和蘑菇。渐渐地，更多的大人出来了，锅里的东西也越来越丰富，豆腐、木耳、冬瓜、西红柿。村子里的人聚集在一块儿喝煮好的汤，他们带来了米饭馒头，提来了茶水和灯笼。在记忆里，他们从来没有像现在这样聚在过一起。大餐过后，他们唱歌跳舞，互相倒酒。到了晚上，他们不再锁上门，而是热情地邀请阿善到家里去住，让他睡得非常舒服。

可惜哪儿有这么好的汤可以喝，能填饱肚子就不错了。吃完晚饭也没空休息，十个班合唱《团结就是力量》，冉故吼得嗓子要冒火了。还好训练基地远离市区，这要是在师大附中里，方圆五里的居民全部要来投诉。

“这完全是鬼哭狼嚎。”一个小名叫明灯的女孩说。她的鼻子上满是雀斑。幸亏下首歌不费嗓子，因为是首手语歌。

回到宿舍时，腿已经不知道去哪儿了。一个房间里有八张双层床，哪儿有方诺说的五十个人那么夸张。冉故爬到上铺，头砸在枕头上。她真想一动不动躺到天明，但是晚饭喝多了紫菜蛋花汤。她磨磨蹭蹭地坐起来，把毛巾甩在肩上，这一甩不要紧，差点甩到严穆脸上——原来严穆的床就在她隔壁。而且，她手里也拿着毛巾。“你要去刷牙吗？我也是。”

冉故好像没听懂她的话似的，然后突然反应过来。“那一起走吧。”

她爬下梯子，严穆也爬下梯子。这梯子直上直下的，她要留意别一不小心摔下来。人可得爱惜身体，没有安然无恙的身体该如何保护好自己呢？

“你叫冉故，对吧？”

冉故耸耸肩，“你叫严穆。每堂英语课你举手最多，咱们的英语课代表，新世纪国际少年。”

“我去英国上过两年学。”严穆低着头，睫毛像两把扇子呼扇呼扇，一脸害羞的模样。冉故盯着她看了十秒，这个人怕不是傻的吧，压根听不懂讽刺吗？

洗漱间里的人多，但水龙头更多。冉故和严穆站在两个空水龙头前。冉故匆匆打湿毛巾，她只想赶快回宿舍进入梦乡。严穆却兴致高涨，含着牙刷还想讲话，泡沫都溅到了镜子上，“我没记错的话，咱们是不是见过面，小不点？”

“那你可记错了，这是我第一次和你说话，傻大个。”

清晨六点，一只大手把冉故扇醒。她打了个哈欠，发现哪儿有什么手，是门外叫得跟消防车似的号角。明灯连军帽都戴好了，有的人还在梦里练齐步走呢。

冉故会正着走、倒着走、跳着走、憋着气走，偏不会齐步走。齐步走太难了，五十个人的手和腿都得保持同一高度。人又不是模子里刻出来的，哪儿能和月饼似的。牛教官来回巡视，铜铃眼睛眨也不眨，真怕他的眼珠子从眼眶里掉出来，骨碌骨碌在地上滚。

手语歌学到非常有趣的一句：要苍天知道，我不能认输。两手交叉于胸前，然后移到头上左右摆动，好像雷公电母一般。跳楼梯的时候，冉故脚下一边动，手一边比画，“瞧，我在为明天求雨。”

方诺不太放心，“别摔着了。”

“绝对不会。”话音刚落，冉故就顺着楼梯滑了下去，周围响起一片惊呼。明灯离得最近，赶紧凑上前，“你没事吧？”

冉故撑着地想站起来，又一屁股坐了回去，“好像有点事。”

这下牛教官也过来了，“这是怎么了？”人群散开一条路，明灯指着冉故的脚踝，那里肿了起来，“她崴到了。”

“提醒多少回了。来个又高又壮的男生，把她背去医务室，”

教官扫视了一圈，指着那个板寸男孩，“就你。”

尹曼慢吞吞地应了一声，男生们嘻嘻哈哈地笑起来。他不情愿背，冉故还不情愿被背呢，没到医务室就得半路被汗味熏晕。尹曼刚往前迈了一步，旁边一个女生伸出手拦住他，“还是我去好了。”

冉故趴在严穆的背上，叹了一口气。这回可丢脸丢到家了。

“小不点，你看着矮，怎么沉得和秤砣似的。”

有句话叫吃人嘴软拿人手短，傻大个三个字到了嘴边也讲不出口，万一严穆一不开心把她扔沟里怎么办。冉故翻了个白眼，“你太夸张了，我要是有那么沉，你早被我压进地里了。”

“那可以锻炼我的臂力。”严穆喜笑颜开，这家伙竟然还挺乐观。

“吃下去的东西总不能蒸发吧，小时候我能一口气吃半个西瓜，你只能吃两块。”

“难怪你看起来这么面熟。”严穆说，“你来过光明小学？”

师大附小比光明小学好一百倍，冉故在心里嘀咕。“不是我去你那儿，是你来我们这儿。来道馆第一天你把鞋子甩我脸上，我的鼻血像瀑布一样往下流。但我可不是好惹的，一脚直踹你膝盖。你尖叫着倒在地上，师父打电话叫了救护车，原来你的膝盖骨被我踹碎了。”

严穆的脚步都慢了下来，“真是惊天大新闻！”她低头打量着自己的腿，“我第一次知道我的膝盖骨原来碎过。”

“除了第一句，其他都是骗你的啦。”虽然确实有人流了鼻血。不得不承认，严穆那时还算是道馆的功臣呢。

医务室的牌子已经在头顶上了，严穆踏上台阶，冉故把帘子掀开，像是舞狮一样配合得十分默契。排队的人挺多，还有几个挂了彩的，医生说可能会留疤。冉故的额头上有一道疤，在太阳班时磕破的，现在已经很浅了。医生捏了捏她的脚踝，说不严重，用毛巾敷一敷就好了。

回到宿舍，冉故在下铺的床上坐下。“重新来认识一下吧。我是冉故，你可以叫我小故。”

严穆行了一个英式屈膝礼，她没有裙子可提，便牵起迷彩服的衣角，“我叫严穆，没有小名，但我会斗鸡眼。”她表演了一下，冉故拊掌大笑，“那些英国小孩肯定被你逗坏了。”

个把钟头后，同学们终于拖着橡皮泥腿回来了。“我就知道你躺在我床上。”方诺指着她，“你可真悠闲，还疼吗？”

“都能走了。咱们去洗个澡吧，我快馊了。”

她们端着盆子来到澡堂，里面人已经不少了：高的矮的、胖的瘦的、黑的白的都有。有的小姑娘平得跟块板子似的，肋骨根根可见，有的胸脯已经挺起来了。冉故利索地扒下军装，拿在手里冲方诺和明灯挥着，“别磨蹭啦，洗好去吃饭！”

方诺的眼睛里进了洗发露，嚷嚷起来。冉故立马抓住喷头，模仿电影高潮主角从风衣里掏出一把手枪。明灯也不甘示弱，她举起的似乎不是喷头，而是一块千斤重的石头，迎面砸过去，直冲得方诺吱哇乱叫。

“这是要学你的老祖宗砸缸吗？”冉故问。她以前还从不认识复姓的同学呢。明灯哼了一声，“我要有那么名垂青史就好了。”

冉故把头发打上泡沫，竖成一个尖，“我觉得卢艾在军训的时候能获得很多灵感。”

“啊？她想眼睛里进洗发水？”

“不是。她最近在学人体。我看过她的素描本，里面都是女孩。她最爱画女孩。”

方诺抹了一把脸上的水，“我刚去了食堂旁边的小卖部，东西可多了，还有消暑的冰杨梅。”

虽然现在已经不算是暑了，冉故的口水依旧哗哗直流。古人说望梅止渴，真是太有智慧了。她回宿舍找出钱，小卖部前已经排起了长队。她递给老板一块，想了想，又递出去一块，“要两袋。”

“你不怕肚子疼？”方诺问。

“这是给严穆的，作为回礼。”

严穆和朋友坐在树荫下。看来这杨梅深得严穆心，她三下五除二消灭了一整袋，“谢谢！英国没有这种零食。”

“那他们有长在树上的冰棍和汽水？”

严穆仔细思索了一番，“没有，我没见过那么独特的树。他们爱吃盐醋薯片和面包布丁。”

“好。”冉故把杨梅核吐进草丛，“今晚你就来讲讲这严肃薯片到底怎么严肃法儿。”

晚上是讲故事时间，几乎被严穆一个人包揽了，因为所有人都想听听外国生活。严穆说，英国的小学每天八点半上课，三点放学。女生要穿衬衫裙子和黑皮鞋，男生要打领带，还要学习各种礼仪。严穆站在床上，拿搓澡巾给大家演示如何优雅地使用餐巾擦嘴，头都快撞到天花板上。方诺羡慕得眼睛放光，这可太精致了。冉故松了一口气，这可太复杂了。如果穿成这样，她天天都得迟到。不过要是有那么多课后时间，她可以干好多事，比如说漆一遍房子，她一直想把灰瓦红砖的老房子刷成彩虹色的。

早晨号角响起来的时候，冉故找不着帽子了。她把被子掀起来，枕头翻过来，又钻到床底下。“你好，帽子。”最后她说，“今天有团队浮桥活动，你要不要一起来？再不出现可就晚了。”

帽子并没有出现。

“那你自个儿待着吧，回来我可不想听你的牢骚话。”

每班排成两列队伍，面对面站好，两人用同侧肩膀撑起一块木板。班里每个人都得从上面爬过，下来后再继续扛。牛教官让宣传委员出来当啦啦队队长，站在最前面的桌子上助威。他们班没有宣传委员，只有文艺委员。

哨声划破天空，明灯站在桌上大声喊加油，雀斑也激动得上蹿下跳。十里自告奋勇做示范，他爬过去时，方诺和野兔快被压成精灵了，冉故的肩膀掉到了胳肢窝下面，活动结束后她就得像大猩猩一样走路。

轮到冉故自己时，她发现爬桥一点不比在下头扛轻松。尤其看着那些矮个同学们咬紧牙关的模样，她心里像是吃了一堆酸梅糖加上甘草辣椒糖——这个自创歇后语的意思是，真不是滋味。越往后爬，她悬着的心越来越安稳。到最后一块的时候，严穆的两只手牢牢地扳住木板。冉故在她耳边悄悄说道，“别担心，竹竹，一会儿我们也能扛起你。”

等啦啦队队长明灯也跨过去后，全班一起欢呼起来。冉故扑通一声倒在草地上，她希望帽子能跟着过来，至少能给她遮遮。不过目前不用了，因为一个人站在她面前，把刺眼的阳光结结实实地挡住了。“要不要一块儿去小卖部？”

走在路上，严穆问，“你刚才叫我竹竹？”

“对啊，我总觉得像是叫猪猪。但你既没有猪壮，也没有猪耳朵大。”她的耳朵倒是比较大。

严穆伸出一只手掌，“五百年没人这么叫过我了，我都忘了我有这个小名。”

“你的确长得像竹子一样快。”冉故说。严穆点点头，“每天早上走来学校时我都会路过竹林和金鱼池。”

没记错的话，严穆的家应该在光明小学附近。“三个小时能走到吗？”

“爬都不用那么久，我家现在在四道街上。”

她们排在队伍最后。前面的同学有的拿着烤肠，有的拿着汽水。“我在英国可想吃这个了。”严穆举起一块豆沙酥，像捧着一个金灿灿的奖杯，“我给其他同学描述的时候，他们还以为我吹牛呢。你要不要？”

“谢谢你的好意，但我打死也不会碰豆子。”

“你和豆子有什么不共戴天之仇吗？”

“不喜欢而已，好比你不爱吃胡萝卜，不知道现在有没有变。”冉故说，“我记性好得很，有时候也是一件麻烦事。”

“我和你真是天差地别！豆沙是我最喜欢的东西了。”严穆拍着胸膛，“别担心，以后我负责帮你消灭豆子。”

冉故压根没有为此担心，这个严穆很有自说自话的本领。“对了，今天你该聊聊英国的吃的了吧。”

晚上，宿舍里的吸口水声此起彼伏。严穆讲到英国的甜点，许多从来没听说过。比如说乳脂松糕，厚厚的奶油加上水果与果冻，一层一层叠好；巴腾堡蛋糕长得像粉色和黄色的棋盘格，用杏子果酱粘在一起；还有贝克韦尔布丁，最下面是果酱，中间是黄油鸡蛋和糖，最上面是杏仁口味的糖霜。

“她刚才说她最喜欢吃什么？”方诺问冉故。

“好像是贝克汉姆布丁吧。”

终于要卷铺盖回学校了。其实没啥可卷的，冉故没带多少东西，防晒霜都是借的方诺的。方诺一天要擦五次防晒霜。她带的装备十分齐全，按照她姐姐列的清单一项一项来，虽然她假装根本不想听。大巴路过东海，路过七一湖和中心书城。中心书城特别大，冉故的《长袜子皮皮》便是在这儿买的。前不久她还在保健养生区翻到一本叫作《常用术语解析与康复指南》的书。

再开过一个红绿灯，能看见钟楼了，五座船头出现在白色的大铁门后。其他年级的学长学姐一会儿就要来操场看他们的表演。不出所料，《团结就是力量》的歌声一响起来，好多人偷偷堵住耳朵。明灯都不想开口，她觉得作为合唱队员她磨不开面子。

冉故没在看台上发现卢艾，可能是生病了。这么热的秋老虎天都能生病，真不让人省心。之前她说月考完了一起去购物中心，因为“几个同学想见见你”。冉故都不知道，原来自己这么出名的吗？卢艾还说，初二的考试比初一的难多了。她高中想去燕艺中学。燕艺中学在隔壁市，她就不能老是回家了。

周一的语文课后王老师嘱咐大家，记得为月考准备好各种文具，更重要的是睡好觉，吃好饭。这节课是在图书馆上的，每月有一次语文课去图书馆看书。

最后一门是科学。冉故旁边坐着野兔，冉故快写完了，野兔的笔也快被他的大门牙啃秃了。可怜的野兔，科学目前还没学到天文版块，否则他肯定很擅长。他有一架望远镜，整天用它看月球、看火星、看木星。

“我准备好了我准备好了我准备好了。”

这是海绵宝宝的台词，他每天早上都等不及去蟹堡王烙肉饼。冉故有时候会捏着鼻子装作海绵宝宝说话，听起来还挺像。她从没有和卢艾的朋友们一起出去过，只在校园里见过一两面，卢艾独来独往的时候更多。正好冉故不擅长记人脸，她打算用阿拉伯数字为这些学姐命名。

卢艾已经在二道街路口等她了，“听着，你今天要是不惹麻烦，我请你吃个东西。”

这不是明摆着假定她绝对会闯祸吗？朋友之间基本的信赖荡然无存。冉故双手插在兜里，作出一副冷漠的神情，“吃什么？”

“随便你。”

这么好的机会当然不能放过。明灯说购物中心新开了一家甜品店，千层蛋糕相当美味。

远远望见公交牌底下站了一圈人，三个女生正向她们招手。冉故还没看清脸呢，脚就离了地。这个欢迎礼可真是猛烈，冉故晕头转向，几秒后学姐一号才把她放下。这位学姐可真黑，掉进煤炭堆里能与其完美地融为一体。她拍拍冉故的头，冉故差点被她拍进地里。“看这大耳朵和圆圆的脸，比我弟招人喜欢多了。”

被表扬令人高兴，虽然这表扬听上去像是在夸猪。“她还又能吃又能睡呢，想不到吧。”卢艾说。

“你怎么不早点把她带出来？”学姐一号又揉起冉故的脸。

“看吧，一会儿她就能给你捅娄子。”不是有句话叫家丑不可外扬吗？卢艾不仅扬她的家丑，还添油加醋。

学姐二号开了口，“卢艾纯属口是心非。她得意着呢，自豪感快从她头顶冒出来了。”

卢艾在空中扇了她一巴掌，学姐二号低头躲过去。“车来了，别打啦。”学姐三号叫道。

公交启动了，冉故没站稳，撞在学姐一号的书包上，书包上挂着的小话筒快把她鼻子砸扁了。几位学姐正在前面聊天，卢艾静静地微笑着。说实话，她觉得卢艾是当中最好看的，虎牙又显得机灵，尽管考央美不看有没有虎牙。卢艾的梦想是去中央美术学院，那是我国历史上第一所国立美术教育学府——冉故都能背出来。据说每年报考的有两三万人，但是录取的不到一千人。

“你知道吗，人民英雄纪念碑就是由央美的老师设计和雕刻的。”卢艾站在沙发上眉飞色舞地演讲，“徐悲鸿还当过央美的院长呢。”

冉故坐在饭桌旁鼓掌，“万一考不上怎么办？”

“我会考上的，”卢艾的声音忽然压低了，像是罐头里的豆子，一个字一个字往外蹦，“我要争口气，叫他们看看。”

这座购物中心真是壮观，闪耀的大理石地板，透明的观光电梯，巨大的海报挂在中央。冉故想把观光电梯从一楼乘到十楼，再乘回一楼。卢艾把她扯了回来，学姐二号按了第四层的按钮：少女风格馆。

四层的店琳琅满目，光内裤就占了一整个展览柜，画着的小动物很可爱，虽然内裤也不能套在外面，否则就变成了超人。冉故捡起一条特别省布料的内裤，仿佛两根绳子系在一起，穿上是准备去相扑吗？

学姐们站在一墙的内衣前。内衣也有许多式样，有的硬挺得像吃饭的碗，有的如两块迷你三角形，估计和那个省布料内裤是同一个设计师设计的。

学姐三号拿起一件带蕾丝花边的，“这不是我的梦中内衣吗。”

“就你那一马平川，等到上大学吧。”学姐二号抛过去一件最小号的，“灯一关你都分不清正反。”

学姐三号指着学姐二号卓尔不群的胸，“就你大。你要是不小心摔在地上，能砸出两个吐鲁番盆地。”

“我看程曙能穿这一件。”学姐一号举起一件麻袋似的最大码内衣。

大家哈哈大笑。学姐三号笑弯了腰，“魏晋，你可太逗了。”

原来学姐一号叫魏晋。“这就是我们班大名鼎鼎的魏小雀。”卢艾说。但是怎么看学姐一号都不像长了羽毛的样子。

学姐们走向试衣间。冉故刚想去瞧瞧连衣裙，听见有人叫她。卢艾向她招了招手。“怎么啦？”

“跟我进来。”

长走廊上有好多隔间，像军训的澡堂，一个喷头挨着一个喷头。卢艾把书包摘下，挂在钩子上。冉故盯着墙壁上的一个黑点。

“哟，你也知道害羞？”

害羞两个字她都不知道怎么写。“这叫礼貌。方诺的皇家礼仪比这多了去了。”

“那我批准你帮我扣上扣子。”

冉故转过身。卢艾选的这个内衣如同蓝色的贝壳，在沙滩上闪闪发亮，让她想起《芭比之美人鱼历险记》。

“算了吧，秋刀鱼还差不多。”卢艾拎起一件旗袍，“你试试这个。”

她从没穿过旗袍，紧紧地贴在身上，可没校服舒服。卢艾把她推到镜子前，“还不错，可以脱掉了。”她怀疑卢艾只是在把她当作一个芭比娃娃打扮。

学姐一二三号在外头等着。“快走吧，”学姐一号看了看表，“下午我还得上英语辅导班。”

才十月份，店里已经摆上大衣了。冉故把自己埋进一个衣服堆里，看着大家在货架间穿来穿去。衬衫摸起来非常顺滑，毛衣比较扎，棉服很蓬松，躺在里面如同躺在云朵中，慢悠悠地在空中飘浮。

下一刻她听见的是喇叭声。“冉故同学，听到广播后请到咨询台，你的朋友在等你。”冉故揉了揉眼睛，接着像弹簧一样蹦起来。她捶了十次按钮，电梯还是停在顶层不动，只好拔腿往楼梯间跑。鞋底碰到一楼，她差点绊个跟头。这下她可连千层蛋糕的影儿都摸不着了。

咨询台前，学姐们正喝着奶茶聊天，看起来不像生气的样子。除了卢艾，她双手抱在胸前，眉毛和嘴绷得像用尺子画出来的。月考语文有一道题是默写《礼记》中的“不苟訾，不苟笑”，她真应该把卢艾的照片贴在试卷上。若是在商场里随便拉来一个人采访，绝对猜不出卢艾此刻是愤怒还是悲伤又或是忧愁。这就是手头没有铅笔平复心情的后果。

“小故，你去哪儿了？害我们一顿好找。”学姐一号问。

冉故吸了一口气，“我在衣服堆里打了个盹。”

学姐三号捧着肚子笑起来，“像你会做的事。”

“别笑了，再笑你要折成两半了。”学姐二号转向卢艾，拍拍她的肩膀，“小故也不是故意的。”

冉故马上鞠了一躬，“我错了！”

“你错哪儿了？”

卢艾的虎牙现在不机灵了，像是《西游记》里赛太岁的牙齿。赛太岁长得十分滑稽，鼻孔大得像猪八戒，烫着一头走在时尚最前沿的红色卷发。冉故每次看见赛太岁喝酒都想笑，如今她一点儿也不想笑。

“我不该一声不吭睡着，没和大家一起分享这块风水宝地。以及错过了奶茶时间。”

学姐三号又笑起来。她的肚子里有个大笑按钮，一不小心就会被碰上。

卢艾揪着冉故的耳朵，“她‘不是故意’闯的祸还少吗？”如果她的耳朵比普通人的大，那绝对是老被揪的结果。

“这有啥不能原谅的，过去的事就过去了。”学姐一号把奶茶嘬得嗞嗞响，“小故这么有趣，你不要送我当妹妹吧。”

“甭想。”

大家将空杯子扔进垃圾桶，拎起刚才的战利品。冉故问卢艾：“现在去哪儿？”

“去哪儿，等你去吃蛋糕。”

冉故拉开椅子，把要交的作业从书包里拿出来，摊了一桌面。“别那么麻烦，要换位了。”方诺说。

这挺新奇。小学很少换座位，和一个同桌能坐到天荒地老。更重要的是，这次换座位的顺序十分新奇：前三排和后三排互调，三排内部也要换，所有人再往右挪两列。王老师在黑板上画了张图大家才看明白，她希望同学们能在初中三年里坐遍教室的每个角落。也就是说巨人有可能坐矮子前面，冉故不介意，她很想体会一下坐最后的滋味。

方诺多虑了。王老师一下令，桌子椅子跟着人一起搬，整个教室开始了大迁徙，楼下的班说不定以为他们在进行爆破工作。冉故在第四排停下，发现尹曼居然坐她前面。这下体育课后她可倒霉了。尹曼连大夏天都穿着长裤，上完体育课后就像是一个行走的生化武器。

月考的卷子早发了，如今期中成绩也出来了，真是几家欢喜几家愁。十里正抓耳挠腮，不知道到底哪里痒。明灯翻开一页，神采奕奕，再翻一页，死气沉沉。随卷子发下的还有一张纸条，上面写着各科分数和总分在全年级的排名。别看它小，对有的人来说好比皇冠上的宝石，恨不得给全世界欣赏。对另一些人来说宛若定时炸弹，宁可沉到海底下再也不要见到。

严穆属于后面这种，十一月初的秋风也比不上她的脸黑，虽然马上要变成冬风了。冉故凑上去，“你怎么啦？”

“我考砸了。”严穆一会儿把头发往这边扯，一会儿往那边拉，再怎么拉她的短发也不会变长。

没有学生没考砸过。冉故这次进步了，考了全班第十五名。“没事儿，下回努力。你考了多少啊？”

“全年级第十五。”

冉故不敢相信自己的耳朵。她要是考全年级第十五，做梦都能笑醒。“你说的不是第五十或者第一百五十？”

“我上次考了第十二。”

冉故理了理严穆的头发，也只有严穆趴在桌上时能够着她的脑袋了。“竹竹，你要对自己温柔一点，比如说让自己犯错和赞美自己之类的。尽管你姓严，但不代表一定要对自己特别严啊。”

“我可以考更好的，作文写跑题了。”严穆指着语文卷子。严穆的语文成绩的确不高，只考了九十分，冉故考了九十五。

“拜托，人只有一个大脑，做到门门精通是很难的，就好比你不能又当律师又当医生科学家吧。爱因斯坦除外。”

“但是尹曼这回考了全年级第十，连英语都跟我差不多。你看见王老师表扬他时他那得意样了吗？”严穆的牙齿咬得咯咯响。

你总得允许老师表扬别人吧——这句话冉故没讲出来。据野兔说，尹曼读过不少英文小说，家里的电视能看很多英文频道，难怪他参加了模拟联合国社团。冉故戳了一下严穆的脸颊，“别气啦，你肯定能追回来的。你前头有十四个人呢，你莫非打算跟每个都干一架？”

“我没生气。”严穆噘着嘴，上面可以挂一个酱油瓶。她挥起拳头，“放心，小故，下次我绝对把那些男生打得落花流水，叫他们瞧瞧咱们的厉害。”

冉故并不关心尖子生间的竞争，不过积极向上确实是非常好的品质。“再提醒你件好事，今天有信息课。”

上一堂信息课交完了编程的作业，老师奖励大家自由活动。男生们嗷嗷叫唤，十里模仿着猩猩捶打自己的胸膛，他咋就不能学他哥稳重点。老师一记眼刀扫过去，他立刻乖乖坐下来。信息课的位置排得很怪，冉故左边是十里，右边是尹曼，她坐在中间，如同一个反过来的笔架山。

冉故溜到教室另一头。身旁响起一个声音，“你怎么过来了？”

“原来方诺坐你旁边啊，她跟我换了个位。”冉故打开网页，“你准备打什么游戏？”

“我准备看动漫来着，游戏不是我的领域。”严穆说。

不是她的领域，一边自谦语文考得不好，一边如此文绉绉。“好不容易坐一块儿，来盘双人游戏呗。”

严穆一点也不擅长玩星之卡比，叫她不要碰啥，她偏不小心碰上，还大言不惭地称自己有冒险精神。冒险精神很不错，但在游戏里就没那么不错。只好转战密室逃脱类，剩下的半堂课她们一直在攻克“小婴儿逃出系列”。这个小婴儿为了拿回薯片，穿过下水道来到无人荒岛上，和野人斗智斗勇。不过“小女孩家中的惨案”这种是绝对不能点开的。男生们试过一次，吓得三天不敢睡觉，老头的脸仿佛泡在福尔马林里一样白。

“你有点像他。”当小婴儿即将被魔王吊进笼子里时，严穆冒出一句。

“啥？我可不穿尿布的啊。”

“你有时候像他一样勇敢，比如说你敢在跳楼梯的时候求雨。”

冉故转过头，一时她分不清严穆是在揶揄她还是在真心夸奖。这个小婴儿什么也不怕，就算怕也藏在心底，独自面对所有困难，从来不求助别人。“不敢当。温蒂才勇敢，虎克船长把她捆在桅杆上她也不投降。”

虎克船长说过一句话：长大真是一件野蛮的事，充满了麻烦和疙瘩。冉故叹了一口气，她竟然都上初一了，以后还要上高中和大学，真不晓得那时候会是什么野蛮模样。

“你叹啥气呀，我知道温蒂。她是彼得潘的女朋友。”

冉故回忆了一下迪士尼电影，“你瞎编的吧。”

“真人版电影里有。那些导演就喜欢男生女生爱来爱去的场景，这样才能获得好评。”

小婴儿离薯片就差一步，严穆却丢下他不管了。她跷起二郎腿，一只手撑着下巴，凑到冉故面前，“小故，你想交男友吗？比如风度翩翩或学识丰富的？”

这话题转换速度真快，从小婴儿跳到男朋友。“要交你去交，我躲还躲不及呢。”冉故说。每次上完体育课后，她都希望男生这种臭气熏天的生物能全部从地球上消失。

严穆笑嘻嘻地坐回椅子上，“我试探你一下。”试探什么？不知道这家伙葫芦里卖的什么药。

过了立冬，天越来越冷了，体育课也越发难熬。早读时，班长尹曼叉着腰站在讲台上，“今天该谁写课表了？”

野兔赶紧站起，把《天文爱好者》杂志往桌斗里塞。如果这黑板有升降功能就好了，矮子写字时瞬间缩短。尹曼搬了把椅子过来，“站这上头吧。”

第一堂是数学，方诺最害怕数学，在一旁叫苦连天。冉故边抠指甲边看书。第一题，小明问小亮多少岁了，小亮说我的年龄乘以二减五等于二十一。小明应该扇小亮俩大嘴巴子，这么说话是想故意找碴儿吗?

背后有人正用笔戳她，“你算出来了吗？”

“小亮十三岁。”

第二题，小明七点五十从家里出发，以八十米每分的速度前往学校，五分钟后他爸爸发现他忘了带数学作业，马上骑上车以二百八十米每分的速度去追，爸爸追上小明用了多久？这个小明怎么总傻头傻脑，真该学学小和尚泰钦。徐老师以前讲过一个解铃还须系铃人的故事：南京有座清凉寺，里面有个小和尚泰钦。他不遵守寺院纪律，也不去念经拜佛，其他小和尚都瞧不起他。只有方丈法眼觉得泰钦聪明机灵，悟性很高。有一天，法眼问寺内的和尚，“谁能够把系在老虎脖子上的金铃解下来？”半天也没人答出。这时泰钦路过，不假思索地说，“是谁把金铃系上去的，谁就能解下来。”

背后有人戳她，“你算出来了吗？”

“还没呢。”

第三题，爸爸追上小明后，小明坐在自行车上去了学校，结果提前十分钟到校。如果这时的行驶速度为——

背后有人戳她。冉故翻了个白眼，把辫子甩到脑后，“哎哟，你能不能攒着一次问完？我快被你捅成筛子啦。”她点着严穆的本子，“而且这些题一点都不难。尖子生竹小姐，你不会是想故意试试我的背有多坚硬吧？”

严穆的笔记本上全是工工整整的水笔字，放外面展览能获得许多夸奖的那种，和冉故的铅笔字大不相同。用铅笔记的好处是错了可以随时改正错误。水笔总要费点周折，墨太多的话还容易把纸弄得特别脏。所以涂改带会被发明。这说明无论哪种笔，什么时候想改都能改。纸太脏就从头开始，永远不算晚。

严穆的芝麻眼在镜片后不停地眨，再眨也不会变大。冉故想起她小时候为了一只蜘蛛尖叫的样子，仿佛动画片里个子很高却可怜兮兮的大象。

“我看你一直抠指甲。”严穆说。冉故看着自己的手，的确像被僵尸啃过一样，“那么可爱的女孩子，指甲也要漂亮。我不戳你，你别抠了。”

冉故觉得自己的耳朵出错了，活了这么多年，第一次有人这样夸她。反观卢艾，一会儿说她好吃懒做一会儿说她屡教不改，似乎所有形容她的词都是从贬义词词典里找出来的。

“我不大喜欢那个姓严的家伙。”

“为什么？”

七点多的天还没大亮，食堂里开着灯，暖气片在墙边咔咔地响着。冉故把盘里的土豆饼分成两半，“你只是不够了解她。她很乐于助人，每次值日她扫完地后，会来帮我擦窗子。”

卢艾夹起一半，“她把鞋踹你脑门上起，我就不大喜欢她。”

“你怎么老拽着陈芝麻烂谷子不放，还不准人犯点错误吗？”

“有的错误太大。”卢艾用筷子敲着盘子沿，敲了半天，终于停了下来，“我知道了，是气场，她的气场和你不大合得来。”

“不明白，你得解释解释。”

“这个人太追求完美，什么都一是一二是二，黑白分明，没有中间地带，没有一点三或一点七。”

冉故皱着眉，“你在讲数学题？”

“朽木疙瘩。”卢艾撕开吸管的包装纸，“我警告你，别让我看到你和她走太近，小心你的耳朵。”

瞧瞧，这回还添了一个新词。她长得既不像朽木，又不像疙瘩。“小艾姐，我怎么觉得你在威胁我。”

“没有没有，”卢艾翘着兰花指，嘬了一口牛奶，“我提醒你一下。这个人太在意别人的评价，但你又这么迟钝。”

听起来卢艾比她还要了解严穆。“你根本没见过她两面好不好。”

“旁观者清。我那么宝贵的时间要浪费在见她上？”卢艾的白眼快翻到脑袋后头去了。

冉故咽下最后一口土豆饼，“但是没有她的话，我差点被尹曼背去医务室。我看你只是生气把我背去医务室的不是你。”

食堂的人比刚才多了些。同学们穿得越来越厚，有的戴上了红帽子和红围巾，很有过年的气氛。“你上次送我的明信片真漂亮，等过年我也送你一张贺卡。”冉故说，“虽然我画得没你好，但我会剪纸。”

“没关系。你无法把洪水包裹起来，放在一个抽屉里边。”

又是让人摸不着头脑的话。冉故剥开一个鸡蛋，将蛋黄递给卢艾，蛋黄和豆子一样是她不会碰的东西。“三秋老夸你，说你是十足的才女，你们班的板报永远是全年级最漂亮的。”

卢艾嗤之以鼻，“十足的才女，所以每次买鞋我都要买五双。”

三秋可不是歪瓜裂枣，十里的梦想就是长得和他哥一般高大帅气。他也从不欺负比他小的孩子，不像有的男孩，仗着年纪大就为所欲为。只是有时候过于好斗，一定要把对手揍得到处求饶才罢休。“你为什么不答应他，你难道有其他喜欢的人？”

卢艾没回答。她把酱油倒进碟子里，蛋黄在筷子底下被捣得粉身碎骨，和酱油混成蛋黄泥糊糊。冉故打了一个激灵，马上转移话题，“我也不怕音乐考试，虽然偶尔跑调得连企鹅都不愿意听。”

食堂外面，乌鸦在光秃秃的枝头上叫唤。篮球场上空空如也，没有人一大早起来打球。“今天又有体育，要是能把所有体育都改成自习就好了。”

卢艾伸出拇指和小指，从太阳穴斜着往上旋转。冉故没见过这个，“什么意思？”

“做梦的意思。你要是那么烦恼，干脆别去上了。”

“你叫我逃课？真酷！”

卢艾把牛奶盒投进垃圾桶，“我觉得吧，如果一堂课让你太痛苦，还不如用这个时间来做点别的。但你想上钟楼的话只能碰运气，钟楼下面有个小天台倒可以去。”

她们在楼梯口分开，冉故拿出音乐书。音乐教室在靠近操场的一侧，如果说七四班在船头，那音乐教室就在船尾的位置。最近学唱《丛林流浪》，据说是澳大利亚的第二国歌。讲的是一个流浪汉抓了只羊吃，羊主人带警察来逮捕他（当时犯偷窃罪的人会被判吊刑），流浪汉跳入湖中，死之前高喊“你们永远活捉不了我！”照这种说法，冉故小时候应该被吊起来无数遍，因为她经常去树上偷果子。而且鲁迅也得被吊起来，他自己都承认了，从赵庄看完戏回来，桂生提议从田里偷一些罗汉豆烤来吃，船上有盐和柴。

老师放下指挥的手，“有些同学不敢开嗓。这不好，到时候考试你们要单独上台唱，应该趁着现在多练习。”好在文化节不需要独唱。下学期的文化节正好赶上建校五十周年，每班要准备两个节目。

大课间的时候，同学们在大理石台上跳大绳。冉故经常当打头的，因为打头的需要的技巧最高。跳完两轮后她内急，在玩卡牌的男生堆里抓住野兔替了她的位置。

刚从厕所回来，就注意到了教室里的严穆。她实在是太显眼，那么高的个头，如今坐在靠门的第一排。严穆正在看历史课本，翻了两页便长叹一声。“怎么了？你愁得都快变成秃子了。”

严穆摸摸头顶，幸好头发还在，“我只告诉你一个人。一唱歌我的声音就变得又尖又细，非常奇怪。”

没想到还有严穆会怕的考试。冉故在眉毛高挑同学的椅子上坐下——意思是她的眉毛老是高高挑起，仿佛迫不及待要离开脸部。“英国难道没有音乐课吗？”

严穆压低声音，“那里的老师说我的声音像猴子叫。”

“我看他根本没见过猴子，你长得一点也不尖嘴猴腮。我是说，你比猴子叫好听多了。”

“后来，我就不唱了。”见无人注意，严穆又补上一句，“那群蓝眼睛绿眼睛的小孩总是笑话我。”

冉故叉着腰，“你忘了你是谁。我叫你记得的，所以才发生这种事。你很厉害，你可以在来道馆的第一天就收缴男生们的零食。”

“说得对。我应该告诉他们，我以前是掌管奥利奥的天使，所以上帝给了我黑色的眼睛。”酒窝又出现在严穆脸上，“那些小孩肯定羡慕死我了。”

跳大绳的人陆续回来了，冉故才想起历史题还一字未动呢。好在这周的座位排列就像反过来的信号图，正适合她在最后一排补作业。再说体育课后还有有趣的自习课。

体育课无聊得很，八百米练了一个月。面对操场的墙上刻着两排字：世界向往和平，人类需要体育。前面一句不错，后面一句……至少她不明白为什么人类需要八百米。男生们还有力气接着去踢球，冉故倒在草坪上，喘得像个蒸汽火车头一样，仿佛沿着铁轨跑到北山又跑了回来。

方诺一边擦汗一边问，“你要唱什么？”

“《稻香》吧，五年级学过的，里头还有段说唱。”冉故模仿着打快板的动作，“你呢？”

“你再扭个秧歌，保证成为焦点。我想选《简单爱》。”一猜就知道，这种情歌肯定是为了他唱的。

自习课本身不有趣，一直盯着勾股定理和鲁迅的文章只会把脑子搅得一团糟。读着读着，变成了鲁迅在画勾股定理，或者鲁迅坐在一个大三角形上。有趣的是没有老师来的自习课，十里拿出硬盘连上电脑，教室登时变身电影院，还可以随便换座位。这次看喜剧片《白头神探》，白头神探要在宴会上保护英国女皇不被刺杀，他撕下烤鸡的一只腿，结果一拳把英国女皇打晕了。看到后来冉故干脆伏在桌上，她觉得再瞄上一眼，她就会笑得把胃喷出来。

她睁开眼睛，望着第一排的严穆。她笑起来有两个酒窝，真好看。

腊八前又下了一场雪。冉故坐在摇椅上，一边喝着热乎乎的粥，一边看雪花飞舞，炉火在旁边噼里啪啦地烧着，真是给个神仙也不换。这学期最后一堂语文课是老舍的《济南的冬天》。冉故觉得他们这儿的冬天不比济南的差，北山顶出现了雾凇，东海的沙滩盖上了一层白色棉被。六年级时学过老舍的《北京的春节》，她对里面用干果和蜜饯掺和成的杂拌儿最感兴趣。在老舍小时候，有名的老铺要在正月十五挂出几百盏灯来，有的一律是玻璃的，有的清一色是牛角的，有的通通彩绘《红楼梦》或《水浒传》故事。

元宵节早晨冉故吃了一碗汤圆，中午煮了一锅面条，每年元宵都缺不了面条。晚上去看舞龙和猜灯谜。街上灯火通明，四处放着喜气洋洋的音乐。五颜六色的纸条挂在灯笼下面，冉故掀起一张：不是真翡翠，打《红楼梦》里的一个人物。

“这是贾宝玉。”

“你这小妞竟然读起了《红楼梦》。”卢艾端详着冉故，好像她不是扎着辫子，而是长着角似的，“我都差点要放弃了，前五章太难读了。”

“只看过学生版的。”她从明灯那儿借来的。明灯家里书不少，更不少的是爸爸妈妈给她买的芭比娃娃，有全套的花样滑冰系列，和限量版的特工芭比科学家芭比宇航员芭比。她还有一只宠物鹦鹉，它在这个寒假里学会了一个新把戏——在三个贝壳里找到下面有食物的那个。方诺嘴上不说，心里特别羡慕那一柜子的裙子，连明灯鼻子上的雀斑也羡慕。方诺有点像小王子的那朵玫瑰，总是装作很高傲，吹嘘她的四根刺可以打倒老虎。

卢艾把一张纸条撕下来，“你猜猜我这个是谁？恭贺新禧。”

冉故想了想，“迎春吧，迎接新春嘛。”迎春的性子十分懦弱，给了她机会她也把握不住，最后落下悔恨的泪水，堕入深渊，万劫不复。她没救成自己，谁都救不了她。

她俩走向兑奖的桌子。队伍里排着不少同学，提着各式各样的纸灯笼，笑着朝冉故挥手。卢艾问，“那么多角色，你分得清吗？”

“主要的几个我记得。我猜里面有些人物有原型，有些是虚构的。你懂吗，就算在小说中也不真实存在。”冉故把纸条递出去，领到了一个钥匙扣，上面挂着一枚水色的月亮。

卢艾得到一面花朵形状的小镜子，“我不懂，你可真会猜。”舞龙的队伍从她们身旁过去，长龙在半空中翻滚跳跃，孩子们成群结队地跟在后头。卢艾光顾着看，没注意镜子从口袋里掉出来，啪嚓一下摔在地上。

冉故张着嘴，“你的镜子！”

“没关系，总会碎的，不是今天就是明天。”卢艾倒不在意，“《红楼梦》里你最喜欢谁？”

鞭炮声和欢呼声响彻巷子，冉故只好扯着嗓子吼，就差贴在卢艾右耳朵上了，“黛玉和湘云——还有宝玉！”

“是吗？高妙就不喜欢宝玉，她觉得宝玉没有大将风范。”卢艾说，“她是胸很大的那个学姐。”

“哎呀，她没明白。宝玉原本是这块通灵的石头，作为主人公，他要经历各种磨难才能觉悟。最妙的是结尾，有人看出喜，有人看出悲——”

卢艾眼疾手快地捂住了冉故的嘴，“甭给我剧透。我才读到第七十回，讲春天到了，众人在院子里放风筝，去晦气。”

春天的确是美好的季节。朱自清的《春》的第一句就是“盼望着，盼望着，东风来了，春天的脚步近了”。但现在刮的只有猛烈的北风。再次穿上墨一样的校服时，冉故连续打了三个喷嚏，这还没到乍暖还寒的时候呢。

卢艾转过头，“都感冒了还忘戴帽子围巾？我问你，你是怎么做到每次开学第一天都睡得跟恐龙似的，一放假又起得比公鸡还早？”

“可能是看多了《西游记》，学会了七十二变。上周我问严穆——”冉故猛地闭上嘴，差点把牙齿咬碎。

卢艾的五官变得像用尺子画出的一般直，如同结上了一层石头面具，眼中的小鲸鱼掀起惊涛骇浪。她一言不发地盯着冉故，每看一秒，冉故的汗毛便多竖起十根，到最后脖子干脆沉进胸腔里了，好比《猫和老鼠》里的汤姆，他一边往前跑一边被身后倒下的大树不停地砸，直到砸成一块肉饼。让冉故说的话，卢艾和严穆就叫八字相冲。

“我只是问她英语作业，一个字也没多聊。”可千万不能承认她还问严穆想不想打星之卡比。

卢艾将自己的帽子和围巾摘下，扣在冉故脑袋上。冉故像是一个被纸袋蒙住的喜剧角色，连路都看不见了。卢艾又从书包里掏出一盒橙子汁，“本来想课间喝的，看你可怜，施舍给你补充维生素。”

冉故把帽子卷到眼睛上方，“你不会感冒？”

“我不冷。”谁晓得是真不冷还是假不冷，反正卢艾宁愿自己冻着也要逞强。

罗曼·罗兰的名言刻在图书馆的柱子上：人们并非为了读书而读书，而是在书中发现自己。有没有发现自己有待考证，倒是发现了很多瞌睡虫。一本《射雕英雄传》放在前面挡着，冉故趴在后面打盹。一感冒便犯困，语文课后的大课间她打算继续补觉。

回到教室，桌斗里放着一包感冒药，仿佛从天而降的一般。上面附了一张纸条，用英文写着“祝你早日康复”。有句话叫做好事不留名，虽说确实没有留名，不过明显到这程度上也就不用留了。冉故走到严穆桌前，“这是你给的？你会随身带药？”

“我还画了一块布丁呢，等你好起来我们一起去吃。”严穆指着纸条一角。说实话，冉故没瞧出来那是布丁，她以为是个马桶塞子。

“这是专门去医务室拿的。最近感冒的人可多了，队伍一直排到楼梯口，等了半天才轮到我。校医说要多在外面活动，强身健体。我知道你不喜欢体育课，但身体是革命的本钱。下次要不要试试和我一起跑步，我还可以给你加油鼓劲，当你一个人的啦啦队。怎么样，小故？”一口气讲完，严穆双手握在一块儿，放在身前，目光炯炯地看着冉故。

冉故拍拍她的肩膀，“真了不起。你这么会照顾人，很适合当幼儿园老师。可惜我没带什么回礼——对了！”她抓起桌上的橙子汁，“送你这个，可以补充维生素。”

这件事可千万不能被卢艾听说，她还不打算让耳朵跟脑袋两地分居。

春天到了，最遭罪的是明灯。风一吹，柳絮到处飘扬，她的喉咙又疼又痒，音乐课都无法张嘴了。好在今天不唱歌，投票选校庆文化节的节目。太伤感的不行，太滑稽的不行，非中文歌不行——因为不是所有人外语都能说利索。比如这次的英语小测便难倒了一大片人，许多单词和语法像是从火星来的。老师让大家投票决定，最后胜出的是严穆提议的《倔强》。

下课后，方诺问严穆，“你也听五月天的歌？我姐是五月天的粉丝。要是能找到一个知音她会很开心的。”

严穆的斗鸡眼都吓出来了，“那可太丢脸啦。我就碰巧记得这首，对里面一句歌词印象很深。”

“哪一句？”

“我不怕千万人阻挡，只怕自己投降。”

回到教室，批完的小测等着英语课代表发下去。领到卷子的瞬间，冉故倒吸了一口气。并不是考得超乎想象，她仍旧勉强够上平均分。而是错了的题旁边，有人用荧光笔标出了重点，还帮她写上了知识点。

看着严穆整整齐齐的水笔字，冉故觉得自己可能病了，乍暖还寒的时候最容易生病。她生的这种病，是肚子里有很多五彩斑斓的蜻蜓在飞舞的病。

几场春雨过后，操场上的小草越发嫩绿，后花园里的竹子一天比一天高。栏杆刷上了新的油漆，巨大的地球仪雕塑擦得锃光瓦亮，红色的横幅拉了起来——庆祝建校五十周年。征集绘画、文章、摄影作品的消息贴在食堂外面的公告栏上，王老师建议冉故去试试，上回她写军训的作文就登上了校报。

冉故把唱片放在留声机上。她坐在摇椅里，手里捧着《神雕侠侣》，边读边咬牙切齿。这个杨过可真是讨厌，是非不分，偏说郭靖杀了他爹，还要取他的头。又特别自私，总是“天下人负我”的模样，到结尾却摇身一变成了神雕大侠。最令她恼火的是郭靖和黄蓉完全不像年少时那样意气风发，古灵精怪。不过，杨过为着喜欢小龙女顶住天下的压力，所有人都反对他们，这点确实值得佩服。

《倔强》里正好唱道：*如果对自己妥协，如果对自己说谎，即使别人原谅，我也不能原谅*。有很多人顶不住这种压力的。冉故问自己，若是我的话，不知能否顶住？

放了太多遍后，杨过和小龙女也开始弹起吉他了。冉故停下唱针，她从衣柜里拿出一条裙子，这是昨天刚领到的。文化节上女生全穿裙子，男生全穿衬衫。她站在镜子前，用手在胸前比画出两个鼓包，这样看起来丰满多了。不丰满也没关系，运动没有阻碍，否则跑起步来就更慢了。方诺说，如果被僵尸追赶的话还可以快速钻过栅栏逃生，不会卡住。她之前沉迷于读《冒险小虎队》。

星期一每个人都化了妆，涂着口红和唇彩。冉故小心翼翼地喝着水，像是嘴上挂着一颗定时炸弹。虽然花了也没人注意，不像是卢艾，她被推举上表演双人对唱。卢艾问了冉故好几遍要不要来看，冉故没承认自己不敢去看。

十里第十次整理着领带，老师派他当这次合唱的指挥。十里的才艺就像他的汽车收藏一样丰富，架子鼓能敲上两下，电路能装模作样地拼拼，足球篮球乒乓球都能拉上他。他哥嘲讽他是“半瓶子晃荡”。上周体育课男生们踢足球，尹曼大喊让十里救球，结果他一脚踢进自家球门里。这一次，为自己疯狂——他还振振有词。

“就这一次，我和我的倔强。”

最后一个音符在礼堂里回荡，被热烈的鼓掌声盖过了。大家鞠了三次躬，冉故迫不及待回教室换上校服，裙子上的蕾丝令她发痒，她忍了半天不去挠。

她从桌斗里拿出早饭剩下的面包，撕成小块放进嘴里。“要不要我帮你叫救护车？”明灯问，“我看你下巴快脱臼了。”

冉故合上血盆大口，“这不是想省点口红嘛。”下午让卢艾瞧瞧，她不总是像她说的那样灰头土脸。

三番五次撺掇冉故去观摩八年级表演的是方诺，这家伙百分之百是为了看她姐姐，冉故都懒得点破。她们俩跟在初二的队伍后面溜进礼堂。做这种偷偷摸摸的事的关键是要昂首挺胸，千万别缩头缩脑，一瞧便知道心里有鬼。坐下后发现运气不赖，正对着舞台中央，主持人的声音听得一清二楚。“接下来是八年级六班的双人对唱，《美女与野兽》。”

灯光亮起的一刹那，冉故没说出话。她第一次见这样的卢艾，睫毛又长又密，脸颊红扑扑，乌黑的头发被卷了起来，披在肩上。相比之下，她自己看起来更像是《唐伯虎点秋香》里的石榴姐。卢艾戴着白手套，穿着一身盖到脚踝的黄色纱裙，还好不是冉故穿，否则她上台后只能给大家表演如何抓虱子。

灯光打向舞台左边，观众的头也都往左边扭去。野兽拿着玫瑰登场了，明显已经变成了王子，脸上既没鬃毛，头上也没长角。他的头发上了油，白衬衫外面披着蓝色燕尾服。

“是三秋啊。”方诺说。

学姐二号坐在钢琴前，按下琴键。卢艾往前踏了一步，高跟鞋在地板上敲出声响。

“海洋与星空，本来不相通，朝夕相对中，在互相感动。”

万籁俱寂。歌声像溪水一样流畅。普通人花两周练习一首歌，卢艾花了两个月。冉故之前问她为什么不推掉，她说不能让推举她的人失望。但冉故觉得，那更是因为她不想显得比别人差。

三秋拿起话筒，“我们的天空，吹不同的风，看你的笑容，谁能不动容。”没想到三秋还能如此抒情，冉故以为他只会唱《保卫黄河》和《咱当兵的人》呢。

“他们看不见我们吧？”方诺低声问。

“应该行，我们挺靠前的。”

三秋抬着胳膊，卢艾的手放在他的手心里，裙摆像蛋糕一样散开。三秋再揽住卢艾的腰，卢艾向后倒去。然后他们一起迈向前，“爱就像彩虹，能为你心痛，最大的光荣。”

“这比咱们班的水准高多了。”方诺的嘴能放下一个鸡蛋，“这俩人看起来是挺像一对金童玉女的。”她像蚊子一样挤出这一句。

“看起来没用，卢艾对他不感兴趣。”

“那我姐还是有点机会的。”

冉故忽然坐直，台上的歌手往这边转身了。卢艾有一个本领——在人群中把冉故揪出来。一年级去菜市场，冉故站在包子铺前看老板和馅。半晌卢艾出现了，指责她乱跑。冉故说她没迷路，乱跑的是卢艾。结果这下她一个包子都没得吃。

许多年后，冉故会想起那个星期一。卢艾头顶一枚王冠，像个真正的公主一样，在座无虚席的大礼堂里直直地望向她，仿佛这首歌只为她一人而唱。那是她最后一次看见卢艾的眼睛如此闪耀。

学姐一号和三号在后台等着。卢艾和学姐二号刚掀开幕布，她们俩像旋风一样冲上前。“太棒了！没有哪个班的表演比我们的精彩。”

“那肯定。”学姐二号十分得意，“昨天用塔罗牌占卜的时候，我抽到了权杖女王。”

学姐一号嗤之以鼻，“你那三脚猫功夫还是算了吧。全班被老孙骂的事忘了？你说考试不难，结果没人复习。”

“你怎么进来的？”卢艾问冉故。

“我跟门口站岗的说，我刚去完厕所，马上要上台表演了。”

“小聪明不少。”卢艾摘掉手套和王冠，在椅子上坐下来，“学习不行，扯谎第一名。”

怎么能这么说呢，她吃饭也是第一名。“高跟鞋是不是很难穿？”冉故问。

“和踩高跷差不多，太受罪了。”卢艾埋怨地看着学姐三号，“你非要我穿。”

“追求效果，懂吗？你不晓得你俩在台上有多般配，他就差把你拦腰抱起来了。”

“饶了我吧，跟他转个圈就是极限了。”

“说不定有下次呢，老孙非常欣赏你们。先练练手嘛，”学姐三号指了指冉故，“比如说你的小故。”

冉故正专心研究着王冠上的钻石，突然被点了名。这和她有什么关系？而且卢艾居然还同意了，冉故可不觉得自己有这本事。下一秒她腾了空，敢情练手原来是拿她练手的意思，谁知道卢艾哪儿来的那么大力气。幸亏高跟鞋已经脱掉了，否则两个人都得摔个狗啃泥。

冉故面如土色。她相信以卢艾素来的作为，随时有可能把她砸在地上，像扔全中保龄球般一气呵成。“放我下来！”她急中生智地喊道，“我要去参加培训！”

“什么培训？”

“志愿者培训。”

操场上有不少人，有的在搬桌子，有的在移路牌，有的在贴标示。校友聚会将迎来毕业的学长学姐以及学叔学姨。校园里一下出现这么多成年人真是新奇的事。老头的爷爷来了，就是老老老头，自然不能当面这么称呼。他和校领导们握手，还被请上观礼台第一排。冉故在一旁看得瞠目结舌，原来他不只是一个会木匠活的白胡子爷爷。王老师穿着黑色连衣裙，戴着宽檐草帽，看上去马上要去罗马度假。而美国记者乔也随她一起光临——便是王老师的丈夫。明灯一一为他们介绍今天的活动，时间地点内容，殷勤得如同服务员报菜名。

一位女士问方诺签到处在哪儿。她的身高真是鹤立鸡群，方诺站在她面前犹如站在如来佛祖的手掌里。严穆也没她高，镜片倒是比她的厚，酒窝也比她的明显。这位女士的酒窝消失得比闪电还快，看来她很珍惜自己的笑容。

“您是严穆的妈妈吗？”冉故问。

鹤女士有些惊讶，“我是。”

“您的颧骨真是像传说中一样突出。我们是严穆的同学，您要是想找她的话，她负责后花园那边。”

鹤女士没有说话。方诺望着她的背影，“老天，她爸爸得有多高啊。”

冉故拍了拍身后的路灯柱，“可能和这差不多。吃了天书药片没有说‘达’而是说成了‘大’的时候，就会发生这样的情况。”

好在她爸爸并没有那么挺拔，否则对其他人的颈椎很不友好。鹤先生与鹤女士的打扮十分像情侣装，都是西服笔挺，皮鞋锃亮。看他们微笑着摸严穆头的样子，绝对是在夸她，要不是夸月考打破了纪录，要不是夸朗诵比赛拿了第一。

“这算哪门子情侣装，这叫律师工作服。”方诺说。

冉故凑上前，“你爸妈去看了你的作业吗？”严穆的英语书法被选出来当作范本，贴在了校门口。

“没有，他们要赶回去上班。”严穆悄悄问，“你刚才跟我妈说了什么？”

“我赞美她的颧骨高。”

“难怪呢，她不开心。她最不喜欢的就是她的颧骨。”

冉故大吃一惊，“我觉得那很帅啊，像是魔法师。”偏偏明灯还在旁边添上一句，“尼采说过，不要奢望能够赢得所有人的好感，因为那几乎是不可能的事情。”

野兔拎着一只毽子冒出来，打断了她们的谈话，“我可惨了，我妈之前和老孙当过同学，她叫老孙一定要盯紧我。”

猴哥——是孙老师——让大家把书翻到第八十页，从这周开始学习物理版块的磁场。他将磁铁放进大头针堆里，轻轻地提起来。大家观察到了什么？

“大头针都吸在磁铁的两头，中间一点也没有。”

孙老师把两块磁铁吊起来，北极冲北极，磁铁开始左右摆动。接着用北极靠近南极，这回迅速吸上。孙老师在黑板上写下八个大字：同性相斥，异性相吸。不过——他捏着粉笔——这不是绝对的，初三学电磁时你们会发现，有时反而是同性相吸，异性相斥。

“有一句话叫科学没有永远的真理，随时可以被证伪。”孙老师突然转过身，指着野兔，“现在来复习分子，第一题选什么？”

野兔的眼神明显不在地球上，加上两颗大门牙，使他显得更像只憨兔子，“选……选 A？”

“坐下吧。下次溜号至少拿本书挡一下，第一题是简答题。”孙老师露出狐狸般的笑容，“你，来帮他回答，为什么生活中我们总说破镜难圆，损坏的事物难以恢复原状？”

尹曼站起来，“因为分子之间存在作用力。镜子碎片间的距离太大，分子的引力和斥力都发挥不了作用，所以很难拼在一起。”

孙老师捋了捋胡子，这撮胡子可是他的骄傲。“我知道你们没心思听讲，都在想运动会的事。告诉你们，体育和科学是密不可分的。”

上小学时校长说，运动会的意义是增强体质和毅力，培养团队协作能力。冉故没明白，就像她不明白“我思故我在”一样：小学的教室外刻着名人名言，有的好懂，比如“爱书吧，书是知识的源泉”；有的不知所云，比如“我思故我在”。冉故思索良久，末了得出结论：为了教小朋友认字，这是闭着眼从字典里随便挑出的五个字。

冉故唯一一次参加运动会就是在一年级。当时她正在喝牛奶，徐老师点了她的名，她一口奶全喷到了野兔的后脑勺上，野兔的黑头发变成了白头发。她诚实地告诉老师她跑不快，还特意把老头拽过来比画——别人一条腿可以赛她两条。徐老师说运动会重在参与，为班级争光是后头的事。被给予了如此信任，枪声一响冉故便死命向前冲，迈过终点线时她举着双手，想象着鲜花大把大把向她扔来。之后她光荣地领到一张奖状——恭喜冉故同学获得一年级女子组五十米短跑第六名。他们年级一共有六个班。

这两周放学后不跑操了，一概改为开幕式排练。每个班设计自己的方阵与服装。四班打头举班牌的是班长尹曼，身后跟着一批矮子，一点过渡也没有。至于口号，那当然喊得十分响亮：

四班四班，
出入平安。
福如东海，
寿比南山。

从食堂出来，冉故直奔操场。四月的阳光暖融融的，不像三伏天那样猛烈。初一最先出场，一班身穿可以拖地的水袖大褂，二班裹着哈利波特的魔法袍，三班每人手里攥着一棵葱，真正的大葱，这是准备下厨房吗？

严穆摇摇头，“我觉得他们只是要跳甩葱舞而已。”

“那我们下次跳甩蒜舞吧，看谁比谁味儿大。”

头顶上的大喇叭响起来：请七年级女子八百米参赛同学到游泳馆前检录。严穆放下零食，从看台上站起。

“你下午是不是还要跳远？”冉故问，她一边写稿一边嚼小熊饼干，每人都要给广播站投五篇稿子。

“对。”严穆将上衣扎进裤腰，“明天还有接力赛。”

“你吃得消吗？”

“能者多劳嘛。反正每次运动会都是体育好的人参加，毕竟还有那么多跑得不快的，跳得不远的，比如说你。”严穆抓起一把小熊饼干，塞进冉故嘴里，“明白了吧，小不点。”

冉故目送严穆穿过草坪，走出跑道，拐进排球场。她抱住头蹲下。蜻蜓们在肚子里到处乱飞，撞得心脏怦怦地跳。她赶快从书包里拿出一袋果冻，果冻适合让人平静。方诺在一旁直挺挺地坐着，冉故把果冻抛进她怀里时也没有反应。“方二小姐是和哪家的公子看对眼了？”

“我知道你拿我开涮，王八看绿豆。”方诺撕开果冻盖，又牢牢地盯着跑道，“别说话，要开始了。”

七年级男子组两百米的发令枪响了。方诺噌地一下站起来，高喊着加油，像是被蜜蜂蜇了似的上蹿下跳。野兔脚尖点地，低着头弯着腰，最后冲刺时竟然超过了十里，真有点狡兔三窟的味道。这小子平时不声不响的，运动会上却想在喜欢的人面前露一手。

野兔咕咚咕咚地灌着水，尹曼拍了拍他的肩，“你真行啊，让我刮目相看。”所有运动员都穿着短裤，只有尹曼穿着长裤。严穆说是因为他要盖住自己的腿毛，眉毛高挑同学说是因为他不想晒黑美腿，嘻嘻哈哈笑了半天。

方诺遗憾地垂下手，倒仿佛她是被超过的那个。“反正都是自己班拿冠军。”冉故扳着方诺，把她转向跑道另一头，“来看看女子八百米。”

跑道两旁立着厚厚的人墙，名牌在运动员们的背后飘扬着。这下换冉故捂着眼睛，这种煎熬如同坐在插着针的毡子上，最好有人能直接告诉她结果——接着方诺拍了拍她的肩膀，“严穆是第一。”

不是吧，这么顺利的吗？好比作文课布置了一个开放性题目，你天马行空地编故事，想让谁当主角谁就所向披靡。但仔细想想也没有问题，严穆迈一步差不多等于其他选手迈两步。

严穆站在升旗台前，两手撑着膝盖喘气。好些同学围在她身边，居然还有其他班的女生。拜托，你们可是刚刚被我们打败。就算秉承品德课说的友谊第一比赛第二的精神，也不必尖叫着来递饮料和巧克力吧？冉故猛地蹦起来——自己在这儿休息，什么都没准备。她一步三级台阶奔向食堂，扒在柜台上看里面有什么吃的：倒霉，只剩下几块早餐的土豆饼。

饭卡里的钱不够了，下周要记得充。由于一直在为严穆的生日礼物攒钱，她现在一个子也没有。冉故冲出食堂大门。倒霉中的倒霉，她又在门槛上绊了一跤，土豆饼全掉了出来。不知为何手里拿着食物时特别容易摔跤。这下绝对赶不上了。

远处，严穆早接过了那些饮料和巧克力，看起来都是高级货，这张土豆饼怎么可能打得过呢？

冉故从地上爬起来，把土豆饼捡起，掸掸上面的灰。算了，既然都买了可不能浪费。不干不净，吃了没病。

还没进教室，就听见品德老师在播周杰伦的《蒲公英的约定》。

小学篱笆旁的蒲公英
是记忆里有味道的风景
午睡操场传来蝉的声音
多少年后也还是很好听

将愿望折纸飞机寄成信
因为我们等不到那流星
认真投决定命运的硬币
却不知道到底能去哪里

一起长大的约定
那样真心
与你聊不完的曾经
而我已经分不清
你是友情

还是错过的爱情

“这堂课绝对要讲早恋。”方诺翘着小拇指，翻了个白眼。

老师按下了暂停键，“同学们，爱情和友情、亲情一样，是人类情感的组成部分。中学生正处于人生的第二个发育高峰期，男生和女生之间容易产生好感，不由自主想去了解异性，这都是正常的心理现象——”

野兔把《天文爱好者》盖在脸上，接了一句，“但是，我劝你们不要早恋。”

幻灯片上出现了一家花店。“有人说，青春期的爱恋就像是一朵带刺的玫瑰，我们被它的芬芳吸引。然而一旦触摸，却常常被无情地刺伤。”老师把双手合在一起，在空中劈下，“接下来，我们展开一场辩论赛，初中生应不应该谈恋爱呢？左半边当正方，右半边当反方。”

教室里鸦雀无声。半晌，眉毛高挑同学第一个举起手。“温柔，你来讲。”

“当你喜欢一个人的时候，容易把心思都放在他身上。”温柔用手比了一个大圆圈，然后合拢，“和其他朋友玩得就少了，不利于建立友情。”

“说得很棒。反方都抢先发言了，正方可不要当缩头乌龟啊。”

老头立马站起来，尹曼的笔盒都被他掀了下去，咚的一声砸在地上。“恰恰相反，我认为恋爱可以提高我们的社交能力。社会是由各种性别组成的，这些同学能比其他人更早获得和异性交往的机会。”

教室里响起一片笑声。看着老头的川字纹，冉故快笑趴在桌上了。如果这时窗外经过一位老师，肯定以为老头是在做实验报告。听他那语气，似乎你不早恋就应该被社会淘汰掉，或者放到青少年劳改所里关着。

温柔咯吱咯吱地磨着牙，“早恋还会影响学业。有些成绩本来很好的同学，因为谈恋爱，脑子里整天想着要去什么地方玩，没法认真听讲，成绩也越来越差。”

话音还没落，老头又当仁不让地站起来，“那只能说这位同学不善于管理时间。两个人学习的劲头其实比一个人高，好比大家一起吃饭，桌上的菜总被抢光。而且两个人可以互相鼓励，互相督促，哪儿来的影响呢？”

老师也忍不住笑了，“孔续，你讲得非常好。下次可以把发言机会让给其他同学。”

这场迷你辩论赛比预想的激烈多了，唇枪舌剑短兵相接。除了野兔，他最怕吵架。方诺说，初中生不够成熟，还不能承担爱情的责任。十里说，学生时期的恋爱特别美好，就算不能长久也不应该放弃。明灯说，初恋像出天花一样，出过一次，一辈子再也不会发了。这句话出自白先勇。明灯经常引用名言，连说教时都是，她读的书完全不像是在初中生的水平范围内。

好在老师宣布到此为止，否则还真担心两边打起来。温柔气得眉毛满脸乱跑，很有提着课本把老头暴揍一顿的趋势。“同学们的发言十分精彩，憧憬爱情并没有错。俗话说花木管时令，鸟鸣报农时。意思是万物都顺应着自然规律，在该生长的时候生长，该结果的时候结果。下面我们来听一个故事。”

师大附中和交国高中准备来场足球比赛——一听开头就不对劲，交国高中远在东边，这个故事编得不太巧妙，没有考虑地理常识——我们学校早打听到，交国高中的足球队百战百胜，最厉害的是他们的守门员，据说没有一个球能漏过他的手。他喜欢一个十分美丽的姑娘。师大附中的队员一边加紧训练，一边苦想获胜的办法。在比赛前一天，他们有了主意，决赛时果然凯旋而归。

“他们想出了什么主意呢？”老师敲了一下鼠标。

大屏幕上出现了一幅图画。大家先愣了两秒，接着爆发出惊天动地的大笑，窗框上的玻璃都抖了三抖。原来，咱们学校的足球队员每人在胸口挂了一张照片，里面正是守门员那个十分美丽的女朋友——要表达的应该是这个意思，因为用的竟然是美国歌手泰勒·斯威夫特的靓照。明灯马上哼起了*Love Story*，她最爱听泰勒的歌，还老是放给冉故听。

“战无不胜的交国高中为什么输了？”老师问。

“因为他们的守门员没有集中注意力，只顾着看他的女朋友。”

“他失败在哪里？”

“他在守门时不应该想与踢球无关的事。”

老师点点头，“非常对，中学时光也是一样。年轻的我们，要走的路还很长，不要轻易去爱，更不要轻易去恨。应该把握这美好时光多学习一些知识，不断丰富自己，让青春多留下些潇洒的印痕，这才无悔青春。”

大屏幕上出现了《致橡树》，一张幻灯片放不完，放了三张。“这首诗通过象征手法，歌颂希望各自独立的爱情观，也可以理解为一种和谐的人际关系。”老师拍了拍黑板，“男生女生每天在一起学习，离不开彼此之间互相帮助。我们该怎么做，才能让友谊化为成长的力量呢？”

屏幕上有好些小人，有的在送裹着牛皮纸的礼物，有的在赛场外喊加油，有的在教室里打扫卫生。接着是四个大字：小品时间。老师两手撑着讲台，在班里环视了一圈，大家纷纷把脖子缩进衣领里。老师的眼神扫过来扫过去，冉故觉得自己已经被削矮了半截，再来几次就得缩到地里去了。幸亏老师终于说，“那么，就请班里个子最高的女生和男生上来表演吧。”

这主意真不错，其余四十八个矮子举起双手鼓掌。严穆和尹曼慢吞吞地从座位里站起来，上刑场一般一步一步挪到讲台上。四十八双眼睛固定在他们身上，如同望着秋瑾和谭嗣同，很有些悲壮的意味。

老师拿出一张纸，“这个小品叫作大扫除，剧本很简单。”大概是真的简单，反正尹曼和严穆没花上几秒钟就读完了。严穆找到一把空椅子，晃晃悠悠地搬上讲台。尹曼呢？他从卫生角里拿出拖把，装模作样地开始拖地。

严穆手里攥着抹布，踮起脚够着日光灯。尹曼把拖把放进隐形的桶里蘸了蘸隐形的水，正好望见摇摇欲坠的严穆，登时一个箭步冲上讲台，仿佛屁股上的捻子被点着了。“我来帮你擦！”

“谢谢你啊。”严穆从椅子上下来，“你要小心一点。”

浮夸的小品到此结束。四十八个矮子又举起双手热烈鼓掌。在冉故看来，这个选角的决定不是特别高明。首先是最假的地方——如果严穆还胜任不了擦灯的任务，班里就没人能做了。严穆也不容易，还得曲着膝盖假装够不着。其次，尹曼比严穆高不了多少，完全没有必要像英雄救美一样飞奔上前。最后，她实在是担心尹曼一踩上去，那把椅子咔嚓一声就断了，到时候还得让其他同学去搭援手。

在没人注意到的角落里，冉故脸色铁青地憋着气。虽然刚才还避之唯恐不及，如今她又盼望老师选上的是她和严穆两人，这样那个碍事的尹曼便没有任何机会展现他迷人的男子汉气概了。

《友谊地久天长》的歌声环绕着教室，“含苞欲放的花蕾们，请趁着春光尽情生长，有朝一日开出灿烂的花朵。最后，让我用冰心奶奶的一句话来勉励大家：青年人呵！为着后来的回忆，小心着意地描绘你现在的图画。”

冰心奶奶还讲过一句话，不知道老师有没有听说过：人类呵！相爱罢，我们都是长行的旅客，向着同一的归宿。

冉故把裹着牛皮纸的礼物塞进桌斗。今天轮到她写课表，她从黑板槽里找出粉笔。一行用黄色，一行用红色，这是模仿小熊维尼的配色。退后一步看，活像一盘西红柿炒蛋。她在历史课旁画了一只蜜蜂，在品德和自习课旁加上了一罐蜂蜜，这种简笔画是很久以前从卢艾的画册上偷学的，或者说缠着她教的。

严穆的脑袋在走廊出现了。冉故赶紧抽出一本课本放在面前。严穆走进教室，把作业拿出来，一本本整齐地码在桌上。像严穆这样的好学生都不注意一下黑板上的课表的吗？可能是早记在心里了。冉故收回视线，发现自己把历史书拿倒了。

从图书馆回来，严穆的桌上已经堆起了不少礼物，个个都系着大丝带蝴蝶结，令冉故大开眼界。有来自她的朋友比如温柔的，有来自她的组员比如尹曼的。自从上次的小品表演后，起哄他俩是一对的人渐渐增多。若是说三秋和卢艾是八年级六班的金童玉女，那尹曼和严穆就是七年级四班的黑白双煞。好在不是黑白无常，否则舌头要吊得和身子一样长。

冉故把什么装饰也没有的牛皮纸包裹偷偷藏在了里面，放在顶上怪不好意思的——没想到严穆最先抽出的是底下的礼物，“这是你给我的吗？”她把包裹翻过来，“摸起来像是一本书呀。”

“你瞧，我以前说要在你生日送你一条五彩绳，还没送你就走了。所以我买了一本《小熊维尼》，硬皮的。你小时候喜欢读，不知道现在还喜不喜欢。”一定要喜欢，冉故在心里说。

严穆拆开包装纸，倒吸了一口气。

“我家有这本，英文版的，在英国的时候我妈妈给我买的。”

“是吗？”冉故看了看严穆，又看了看沾满粉笔灰的手，“那这次不算，下回我绝对送你一个举世无双的礼物。”

“但是我超级喜欢，谢谢你！”严穆给了她一个拥抱。这是一个热烈的拥抱，冉故的骨头咯吱咯吱响。严穆如果是门神，她就像是门神握着的流星锤——这个比喻真是怪到家了，就像她今天真是逊到家了一样。

“我都忘记跟你说生日快乐啦。”冉故绽放出一个笑容，“你快去瞧瞧其他人的礼物吧，肯定比这本书要棒得多。”

历史学到阿拉伯帝国与伊斯兰文明，刚从图书馆借的这本《追风筝的人》的作者就是阿富汗裔的。冉故从王老师布置的书单里挑了四本书：茅盾的《春蚕》、海明威的《老人与海》、卡勒德·胡赛尼的《追风筝的人》与乔斯坦·贾德的《纸牌的秘密》。《纸牌的秘密》中那刚出炉的小圆面包使她垂涎三尺。

这本书她印象最深的是开头：阿米尔和哈桑坐在树上，用一块碎镜子把阳光反射到邻居家里，裤兜里塞满桑葚干和胡桃。她小时候怎么没想到这绝佳的玩法。或许是因为家里的镜子都是整的。还有第一章的第一句：许多年过去了，人们说陈年旧事可以被埋葬，然而我终于明白这是错的，因为往事会自行爬上来。这个往事是八条腿的蜘蛛吗，听得怪瘆人的。下次她要借一本没那么难懂的书，比如《呼兰河传》。

课间，冉故和方诺去到一楼的食堂。尽管午饭时间过了，饮料区还是开着的。冉故拉开冰柜门，“你瞧见温柔送了什么吗，那么一大个文具礼盒，不晓得要花多少钱。”

“她那么崇拜严穆，严穆过生日，她还不得破费？”方诺说。她姐姐叫她少喝点冷饮，对身体不好，所以她从冰柜里抓出三瓶可乐，“不过啊，我看她是真心喜欢你送的书。”

“不会吧，那肯定是为了安慰我。”

“呸，当局者迷四个字没听说过？她和你说话的时候，声音拔得高高的，和我们说话都不是这样。”方诺顿了一下，“她不叫我告诉你的。她悄悄来向我打听关于你的事，比如你喜欢的颜色，喜欢吃什么之类的。”

冉故手里攥着汽水，“可是，今天温柔还笑话尹曼是乘龙快婿呢。”

“爱信不信。只有你偷看她的份，就没她偷看你的份？”

这周品德课的主题是法制教育，严穆大概会很喜欢。老师说，法律是正义的化身，我们要争做知法守法的小公民。据刑法规定，满十四周岁需承担部分刑事责任，性同意的年龄也是十四岁。冉故刚想举手提问，屏幕上出现了各种器官解剖图，她只好把手放下。全班吵成了一锅粥，比开联欢会还兴奋，老师得扯着嗓子宣布下课。

上学期的自习已经看过了《唐伯虎点秋香》，但众人一致要求再放一遍。十里把新华词典摆在左边，牛津词典摆在右边，学着唐伯虎一边唱一边敲，眼睛还不住地往明灯座位上瞄。

看着看着，举着《唐寅诗集》的华夫人变成了师娘，手中是一只沾满泥的鞋。虽说师娘脾气好得很，绝不会像华夫人一样命人将她剁成肉酱喂狗。唐伯虎则摇身一变成了一个姑娘，站起来说是自己把鞋落在院里的，救了冉故一命。

影片结尾，华夫人答应将秋香许配给唐伯虎，但是要从二十个红盖头中选中秋香。假如站在里面的是严穆，那简单，挑个子最高的。就算正好找来二十个和她一般高的女孩（那可是个大工程），也好办，每人发张全年级第十五名的成绩单，没有高兴得跳起来的那个准是。设若不仅不跳，反而低着头叹气，那更百分之一百二十没错了。

冉故灌了一口柠檬汽水。一股二氧化碳蹿上来，酸得她眼睛鼻子皱成一团。不知道在严穆心里，她会不会盼望选中她的是风度翩翩或学识丰富的男生？她会不会盼望选中她的是尹曼？

要做操了，《运动员进行曲》从喇叭里传出，严穆还没进教室。严穆从不迟到，可能是她的闹钟火力太猛，一响起来能把鼓膜震破。那八成是生病了，体育尖子生还能生病？不过这个逻辑一经推敲很有问题，好像体育老师就一辈子不去医院似的。

向王老师打听了一下，果不其然。那就做一张慰问卡吧。冒出这个点子后，一天便过得尤其慢，连美术课都希望能快点结束。结果颜料盘被不小心打翻在纸上。反正这一单元的主题叫作《我为校园添色彩》，初夏正是五彩缤纷的。老师说，毕加索就擅长运用丰富的色彩。

一想到严穆的爸妈，不知为何，冉故的汗毛不自觉地要竖起。好比去动物园看老虎狮子，你要是不紧张，那是因为你知道它们关在栅栏里。如果工作人员拿个大喇叭喊，今天栅栏全坏掉啦，老虎随时能跑到街上。那保证你的头发汗毛眼睫毛一下全都竖起，像漫画书里的人物一样，立马跑得十万八千里远。她并不是说严穆的爸妈像老虎狮子一样，一按门铃就冲出来把她吞了。太野蛮了，而他们穿着西服皮鞋的样子优雅得可以去走时装秀。

或许一旦和严这个姓挨上边，人就会变得严肃。严穆的名字听起来已经够寒冷的了。语文课刚学了《风筝》：我倒不如躲到肃杀的严冬中去罢——以至于心也仿佛同时变了铅块，很重很重地堕下去了。但若是因此就对严这个字避之不及，颇有些一朝被蛇咬十年怕井绳的意味。对了，冉故用没拿笔的左手打了个响指，这是不是卢艾说的气场不合？

再跑过一个路口就是四道街了，书包里的水瓶笔盒哐啷哐啷地响着。她踏上台阶，把信封塞进门缝。上面写的无非是祝你早日康复，我们都很想念你，然后画了一颗爱心——即便这张贺卡从头到尾出自她一人之手。这样若是被她爸妈拆开，也不会多加询问。真有趣，明明是送慰问卡，好像老鼠过街似的。

直到周五严穆都没现身，六月份的第一天她就这么错过了。真是可惜，这可是最后一次在学校里度过的儿童节。下午不上课，同学们把桌椅移到教室四周，与讲台围成一个四方形。黑板上写着王老师漂亮的板书：放飞梦想，放飞未来。

之前王老师叫同学们带一张自己小时候的照片。冉故在家翻箱倒柜，找出一张幼儿园的。照片里她坐在跷跷板上，一个缺了门牙的男孩压在另一头，宛如一座珠穆朗玛峰。之所以比她高那么多，是因为他是星星班的，也就是卢艾他们班。光看照片，似乎她和核桃关系特好。并非如此，这男孩可烦人了，一会儿掀小姑娘的裙子，一会儿抢其他小子的汽车。冉故为朋友抱不平，跟他斗过几次，但总是占下风。

核桃是被她打怕的。那回她气得眼睛都冒火了，像一枚火箭炮一样冲上前，一拳揍向他的脸，两颗门牙咔嚓一声断掉。自然她也没少挂彩，鼻子往下滴血，额头磕在花坛上，破了一大块。这是她这辈子打过的最疯狂的架。她死死掐着核桃不松手，“你敢再说一遍试试？”最后是卢艾和另一个男生合力将她拽了下来，强行送去医务室。核桃的眼眶肿得老高，仿佛水泡金鱼。从此见了她就叫故姐，再也没找过碴。

猜照片是第一个活动。猜对有奖，猜不对吃蚕豆。来自师大附小的人获胜率最高，毕竟这些男生穿奥特曼内裤的样子她都见过。不过没人真拿只穿内裤的照片，还是要点面子的。要是严穆今天来了，她的脑门得吃蚕豆吃到撑。接着是歌曲接龙。尹曼一开口，大家全吓得堵住耳朵。明灯的歌声当然最优美，假使教室的地面是冰，她还能一边滑一边唱。

最有趣的活动是你比我猜。瞧十里在台上又是挥动胳膊咯咯叫又是踮着脚尖跳芭蕾，方诺笑得花枝乱颤——此为闻鸡起舞。让尹曼来演小鸟依人不知算不算一个好主意，他靠在野兔身上的模样更像是鸵鸟吃人。十里拍桌子喊，“鲁智深倒拔垂杨柳！”被尹曼很不高兴地剐了一眼。冉故的这个不好猜，老头问是不是魔术师表演从帽子里变鸽子。非也，是开膛破肚，她正在比画如何把肠子从肚子里一节一节掏出来，还没解释完便被温柔制止了。她说她想平安地消化午饭。

最后大家摘掉脖子上的红领巾，一起宣读《少年中国说》，虽然正式退队要等到初二毕业。王老师给每人发零食，冉故抓到的是山楂条。她留下一条，把另外两条揣进口袋，趁着还原桌椅的空当往楼上跑，一个急刹车停在八六班前面。

真凑巧，八六班正在上无人监管的自习。冉故扒着门框，露出半个脑袋。片刻，卢艾从后门走出来，“什么事？”

“给你点粮食供应。”冉故伸出手。

“专门为了这个？你吃了吧。”一边说着，卢艾还是接了过去。

“我怕长蛀牙。”

卢艾一副要笑掉大牙的模样。要是有那么容易就不必担心蛀牙了，但也有危险的地方，一不小心就会把自己笑成瘪嘴老太。她把手放在冉故脑袋上，揉了好久，好像她的手是块铁而冉故的头顶是吸铁石似的。冉故觉得自己快被揉成秃子了。卢艾平时最爱请她吃蚕豆，忽然变得如此儒雅，真叫人无所适从。

卢艾往教室里瞄了一眼，“我该回去了，谢谢你的山楂条。”

严穆来学校了，听说是吃坏了肚子，看来她的肠胃不大好。冉故吃过那么多地上捡起的食物，从没因此去打过点滴。生活不能过得太斤斤计较，否则一点细菌也抵抗不住。早上步入教室，一眼看见严穆的书包放在椅子上时，冉故便像收到阿长买来的《山海经》的迅哥儿，遇着一个霹雳，全体震悚起来。

严穆赶上了班会。王老师说，期末考试之前要尤其注意劳逸结合，该玩的时候痛快玩，该学的时候才能认真学。她拿出一沓草稿纸和一盒别针，让大家每人取一个，把纸别在后背上。这张纸要到下课才能取下来。每个人都可以在别人的纸上写字，写对他的评价，想对他说的话。当然你不知道每句话都是谁写的。王老师一声令下，“开始！”

能在上课时间在教室里蹿来蹿去已经十分新奇，还可以像戴上隐形面具一样留言。王老师说要多赞美，所以像“人家的嗓子让天使吻过，你的叫炮轰过”这种就暂时免了。虽然夸奖别人不像夸奖自己那么容易。冉故给野兔写：谨记随身携带毛巾。给老头写：圆周率背得特别中。给温柔写：神童。严穆的这位同桌以前跳过两级，但这一年个子蹿得格外快，都快赶上严穆了。

终于轮到了严穆。在来到她的座位前，冉故把水笔放进笔盒，换成了铅笔。笔尖落在严穆的背上，落在纸的左下角，像蜗牛一样缓慢移动着。她画了一棵树，一块石头和一朵云。这是最基础的简笔画。严穆都不需要知道这是谁的涂鸦，如果她觉得画得还算形象，那就够了。

“你猜你背上写了些啥？”方诺问。

“不准说。”说了就丧失了神秘感，就像你不能半夜去看圣诞老人送了什么礼物一样。

“我就想告诉你上面还有英文。”方诺放下笔，“到你写了。”

下课铃响了，十里第一个撕下后面的纸，跳到椅子上读起来。“脚太臭，踢球十个有八个不进。”他挥舞起拳头，“这么幼稚的话是谁写的，站出来一决胜负！”他还好意思说，冉故明明看见他在尹曼的背上写“不让别人去你家玩，是不是因为家里埋了宝藏？”

冉故把自己的铺在桌上。有三条提到了她不羁的辫子。其余有的夸她记性好，有的夸她开朗爱讲话，以前她可没觉得这是优点，小学时经常因为说小话被罚站。还有的夸她善解人意，她倒不认为是她“善解”，而是大家表现得太明显。人能骗人，鲸鱼不会骗人。

纸的右下角确实有一句英文，来自《小熊维尼》。准确地说，来自动画片《小熊维尼历险记》。这句话若是用中文说，是这样的：

有些人太在乎，我想那叫作“爱”。

天热得要发狂，冉故躺在地板上乘凉。白炽的阳光在天上燃烧，烤得树枝都焦了。等会儿电视上要播《名侦探柯南》，她准备边吃饭边看，为脊椎增添一股凉意。

她慢慢滚回房间里。按照抽签，今天轮到英语。学期结束那天每人领到成绩单和一大摞作业，然后去礼堂参加散学典礼。年级组长颁发了三好学生、杰出干部、儒雅优雅行为标兵等好多奖状，最后这个名称令她的舌头打了个结。假使有上树翻墙行为标兵，她还能努把力。不过她也拿了个奖——语文单科优秀，老房子肯定很高兴，墙上多了一幅装饰品。野兔的奖状上写着“学习进步之星”，他被尹曼抓去补习了一个月。

发完奖后鼓号队上台演奏。小学周一升旗时就有鼓号队，打头的吹小号，接着是挎大鼓小鼓的，再后头是敲锣的，和出殡时敲的锣一样。她见过一次出殡，是在蚕宝宝刚住进家里的时候。一出校门就听见了，因为唢呐的声音实在太响，木棉树上的叶子都扑簌簌地往下掉。她和方诺往前跑，许多同学正站在街旁。抬着照片的人已经过去了，个个身披黑纱。往左边望，敲锣打鼓的，往右边望，举着纸车纸马纸人的，扎得宛如艺术品。

之后还有街舞表演，脑袋顶在地上转，就怕转着转着像瓶塞一样转掉了，得满舞台跑着捡。结尾是每年的惯例，请警察叔叔讲安全教育。今天这位身穿制服的警察队长是尹曼的爸爸。他和尹曼长得十分相像，仿佛吃了蘑菇变大的超级马里奥。他可能希望尹曼长大后也成为和他一样刚正不阿的肌肉男。他提醒大家要注意防火，小心烫伤，尤其要避免酒精，喝酒会使记忆力严重下降，还会让人做出愚蠢的事。

冉故把西红柿炒蛋和米饭端到电视前。昨天她送出去了一封邀请函，或者说塞进去一封邀请函。里面只有一行字：大暑、半夜、橡树桩见。言简意赅，好比电报。自习课看了《博物馆奇妙夜》之后她便冒出来这个主意，谁知道半夜散步会不会碰上什么逃出来的文物呢？

“你只是想找个借口约会而已。”明灯说。

明灯把话说得太明。冉故想起劳逸结合班会那天下午，她和严穆一起回家。严穆双手捏着衣角，她应该是在假装镇定，因为垂在两侧会忍不住跳起手指舞。在路口分开时，严穆背后的槐树上正好垂下一只吊死鬼。已经来不及提醒了，冉故做好了堵耳朵的准备，没想到严穆不仅没有尖叫，还面不改色地绕过了它，像是看见写着“此路维修”的交通牌一样。冉故的下巴都掉了，结果严穆说，今天似乎连虫子都变得可爱了。

她确定严穆会出来吗？她唯一确定的是，如果这封信落入她爸妈手里，那严穆绝无可能出来了。但总得试一试吧。平时她雷打不动准时十点睡觉，今天硬是睁着眼。到了半夜，冉故系上鞋带，蹑手蹑脚地跨下台阶。她不想把老房子吵醒，人上了年纪容易失眠，房子也是。

路灯一盏接一盏地亮着，早餐店、水果店、理发店、玩具店都打烊了，门口上了板子。夜里出门和做梦有些相似，白天要时时守着规矩，倘若在课堂里突发奇想模仿猩猩走路，老师不把你拎出去才怪。晚上没人管你，想跳踢踏舞就跳踢踏舞，想拿大顶就拿大顶，不过倒立着走路的确不太方便。

冉故爬到橡树桩上，这棵树早被雷劈断了。不管是谁决定留下树桩，这个决定可是十分英明。以前玩游戏总在这儿集合，现在又成了她的宝座。她坐在树杈间，双手垫在脑后，嘴里叼了一根草。

天空十分清朗，银河淡淡地发着光，北山被夜色抹平了。远处，一个模糊的身影出现在巷子尽头。冉故从树上跃下，差点被树根绊一跤。她小跑过去。月色把严穆照得更清晰了，“信没有被截住？”

“截住了我还能毫发无损地站在这儿？没料到吧，我爸妈白天要上班。”严穆的嘴角上挂着酒窝，“咱们运气好。”

严穆的眼镜上缀着星星。冉故吹了一口气，星星四下闪烁。严穆的脸上泛着欢喜的波纹。她伸出手，冉故把手放在了她递出来的手里。

星星挂满天空，仿佛一块巨大的蓝布上透出许多小洞。小王子说，人们眼里的星星不都是一样的。他住在其中的一颗星星上面，他在其中一颗星星上微笑，宛若满天的星星都在笑，满天都是会笑的小铃铛。

严穆指着北极星，往上连成一把勺子。“要是有那么大的勺子，你就不用担心别人抢饭了，一勺下去全是你的。”

“我就是个饭桶吗？”冉故瞥了她一眼。

“爱吃是好事，小不点，女孩子圆滚滚的才可爱。”严穆说。冉故想跳起来弹她脑门一下，“竹小姐，我比你还要大两个月呢，别装作一副长辈的样子。”

一片云彩挂在柳梢上，轻柔地遮住月光。今天刚背了李白的《月下独酌》，举杯邀明月，对影成三人。诗人好像都很喜欢喝酒，酒一下肚马上作出妙得不得了的文章。看来酒是个好东西。

冉故指着另外一颗很亮的星星，“那叫织女星，是天琴座里的。四月底有天琴座流星雨，就是你生日的时候。”这些知识都来自野兔，他对一年中流星雨的时间了如指掌。

“明年我们一起看吧。我要是说和同学看流星雨，我爸妈不同意的话我就溜出来，”严穆哼了一声，“谁怕他们啊。”

她们来到十字路口。冉故刚要迈步，被严穆拽住，“停下。”

“没车啊。”冉故左右看了看。

“灯是红的。”

冉故好气又好笑地跺跺脚，“你知道吗，你有的时候真的和竹子一样固执。”

绿灯亮了。严穆抓着冉故的手，蹦蹦跳跳地穿过斑马线。“竹子哪里固执啦？”

“它不开花啊。”

街道悄无声息，风静静地吹着。她们沿着大马路一直向前，先路过邮局，再路过面包房，最后到达街心公园。邮局外竖着绿色的邮筒，灭了灯的面包房里摆着法式长棍。严穆说，她爸爸偶尔早下班会走这条路，但那很少见。而且目前也不必顾虑，他正在睡大觉呢。

大部分时候她们一句话也不说，肩并肩地走着。这其实不准确，因为严穆肩膀已经超过了她的耳朵。明灯之前宣称，只要两个人都感到舒服，就是一次好的约会。罗曼·罗兰说过，假如你记不住你为了爱情而做出的一件最傻的事，你就不算真正恋爱过。

“你约过会吗？”冉故问明灯。

“没有，我喜欢的人永远不可能和我约会。”

若隐若现的光点出现在灌木间。夜色一滴一滴增多，停在萤火虫的翅膀上。萤火虫漫天飞舞着，舞在她们身前，舞在她们身后。

“真好，”冉故说，“现在这么黑，你和我牵手就不用担心这担心那了。”

严穆低下头，“对不起，小故。”

“没关系，这儿有萤火虫的光，也算得上光明正大。”

她们俩在公园的秋千上坐下，严穆的腿太长，荡到空中时要使劲蜷着才不会碰到地。“小故，你能不能再说一遍那四个字？就是那四个。”

冉故笑了，“好呀。”

严穆满足地叹了一口气，“我就是觉得这太不像真的了。”

方诺的姐姐从中心书城买来了《撒哈拉的故事》，搁在茶几上。冉故一边看电视一边翻着。撒哈拉沙漠里没有水，好多人几年都不洗澡。像是购物中心、歌厅和动物园就更不会有了，简直没盼头。三毛偏偏向往那儿，一住就是七年。要是把冉故减去七年，那她就不剩多少了。

一天晚上，荷西和三毛去沙漠里捡骆驼骨头，荷西掉进了沼泽里，三毛手足无措。这时远处路过一辆车，她使劲呼救，结果车上的三个男人却对她图谋不轨。三毛跑回车里，锁死车窗，男人们在后面紧追不舍。她急中生智，关掉车灯加速前行，把车子停在沙丘底下。男人们果然继续往前开了。

方诺拿起遥控器，把声音调小了一点，“你说什么？”

“有的人没有良心，比如这些男的，还有《追风筝的人》里的阿塞夫，好像他们是为了做坏事而出生的。”

“他们长得就心术不正，”方诺指着屏幕里的图书馆馆长，“又是秃顶，又是死鱼眼。”

方诺的姐姐打开冰箱门，“哎哟，你们两个小傻蛋。坏人的脑门上可没生来就刻着‘我是坏人’。”她从里面拎出一瓶益力多，“有不少是一时糊涂，可能他平时还是个热心肠的好人。”

三毛很热心肠。去接荷西下班的路上，她经常搭送各种各样的过路人，有带着山羊的老人，有骑一整天自行车为了去镇上看场电影的童子军。荷西不大乐意，但三毛说这是力所能及的事。

力所能及的事冉故做得不少，例如开学时的大扫除。小学时大扫除像打仗游戏，抹布和黑板擦满天飞，最好不要飞到别的班里，否则就成了空袭。吃完早饭，卢艾领她到八年级四班，拽着她系红领巾，差点把她勒死。

一进教室门真是大开眼界，许多男生个子蹿得比春笋还快，有的一夜间变成公鸭嗓。十里正在做去新疆旅行的演讲。新疆的羊肉串——他把两只手围在一起——一块就顶上海棠果那么大个，穿在红柳枝上，一边扇风一边烤。

“蒙古包的厕所特可怕，只有一块布围着，脚下踩着木板。”十里笑嘻嘻地转向明灯，“我赌你不敢去，你是公主嘛。”

明灯翻了个白眼，“我还不想当呢。”明灯暑假去了迪士尼乐园，她最喜欢的是花车游行和烟花表演。

一旁老头提到他和爷爷奶奶回老家，参观了龙门石窟与少林寺。冉故在严穆前面的位置坐下，打了一个能吃人的哈欠。“你昨晚补到几点啊？”严穆捏了捏她的鼻子，“叫你早点一起写你不听，偏要打游戏。”

冉故伸着懒腰，“死期来临效率才高。要是大扫除我一头栽在地上，还得拜托你把我拉起来，竹小姐。”

班里安静下来，因为王老师走上了讲台，不一会儿又开始喧哗，因为王老师给大家发土耳其软糖。冉故是从《狮子女巫魔衣柜》里知道的这种糖。王老师没去纳尼亚，也没去土耳其，她去了新疆，就是没碰见十里。十里这个小气鬼，怎么不带点羊肉串来分享？王老师游览了吐鲁番和火焰山，她说自己晒得像《西游记》里的熊罴怪一样黑。

开学典礼与初一的相差无几，新晋了一批处在食物链底端的人。回到教室后，冉故在第一排重重地坐下。挨到椅子的一刹那，她听见了轻微的咔嚓声，但已经来不及站起来了，下一秒椅子裂成了两半，她的屁股和地板来了个亲密接触。

她坐在地上，眼睛瞪得溜圆，继而发现其他眼睛也都在瞪着她。野兔捧腹大笑起来，两颗大门牙特别惹眼。这只野兔，他小时候掉进臭水沟里还是冉故给拽上来的呢，虽然在此之前她乐得满地打滚。

“你是不是暑假吃太多，长胖了啊？”

“呆子，我是在试验椅子够不够牢，结果一点儿也不。所以比我重的都不能坐，想锻炼屁股肌肉的可以试试。”

“太舍己为人了，应该叫你冉烈士。”

“呸，我还没上西天呢。”冉故也板不住脸了，尤其是看方诺快被吓死的模样。

队伍后面的人全涌进来，谁冷不丁听见巨响都会想知道发生了什么，包括王老师。她无法定义王老师脸上的表情，大概是好气又好笑。王老师应该多见见世面，看看小学时十里是怎么在桌椅堆上跳来跳去的，保证训练她的忍耐度。十里还得挣扎着从废墟里爬出来，冉故就不用亲力而为了。严穆的手伸到她胳膊下面，把她像水桶一样拎了起来。好在她不怕痒，要是像野兔那样一咯吱就到处爬的话，还没站起来就得再摔下去一遍。

“别担心。”她向严穆露出一排白牙，“这椅子在给我下马威呢，它说初二可比初一艰难多了。”

王老师下了指令，先大扫除，再去领书。听说这些旧桌椅统统要换，大家摩拳擦掌。崭新的东西自然人人爱，这句话得小声讲，叫老房子听了会伤心的。冉故被分到去仓库搬书，严穆自然毛遂自荐和她一起去。

花花绿绿的书像花花绿绿的糖纸一样充满吸引力。严穆翻开科学课本第一页，上面是元素周期表，“你不会背吧？”

“我会，没想到吧。给你讲个奇怪的故事，叫《侵害》，听了保证你把元素周期表背得滚瓜烂熟。从前有个地主，用鲤鱼皮捧碳，用鸡蛋供养有福气的奶奶。这家有个美丽的女儿，名叫桂林，但她的牙齿是绿色的。后来嫁给了一个叫康太的反革命军官，刚嫁过去那天，就被号称铁姑的小姑子狠狠捏了一把。”

严穆一脸茫然，“然后呢？”

“然后精简一下，就是侵害，鲤皮捧碳蛋养福奶，那美女桂林留绿牙，嫁给康太反革命、铁姑捏痛新嫁者。是不是很熟悉？”

严穆一跺脚，“是元素周期表的前五行！小故，你可真有才。”

“是卢艾讲给我的啦，还有一个不好笑的笑话：市长参观新公园，大家问他有什么意见。市长指着一处空地说，‘很不错，如果能多些绿化那就更好了。’园长十分赞同，第二天命人在这里堆了一吨盐。”

“卢艾是谁？”严穆问。

“我告诉过你，她是我朋友，九年级的学姐。”她还非常不喜欢你，冉故在心里补了一句。

“对了，说不定回去以后王老师就让我们以开学第一天为题来篇作文。”

严穆马上一副吃了黄连的模样。这位尖子生的问题在于如果有一句话写得不满意，马上开始从头写，这得浪费多少时间。但要是直接指出来她还很不愉快。冉故憋了半天，尽量委婉地说道，“人无完人，金无足赤，你听说过吗？”

“你以为我是文盲吗？”严穆嘟起嘴。她要老是这么嘟着嘴，迟早能挂三个酱油瓶。

“我的意思是，有时候放轻松一点，人都会犯错的，顺其自然就好啦。”冉故把手指按在严穆的嘴角旁，硬是撑出一个微笑，“其实写好作文不难，多读书，多出去走走。”

“我可能永远也没有写作文的天赋了。”严穆耷拉着脸，像是一只沙皮狗，“我看我爸妈生我的时候读的尽是法学书，一点也没读作文参考书。”

“你就信一次嘛。”冉故拍拍胸膛，“照我说的做，保证能拿三十八分。”作文不像数学题或科学题，从来没有听过有人拿四十分满分，顶多是三十七三十八分。

这回海口可夸大了。

第一次作文课的题目是《目送》，后面有一道横杠，意为这是一篇半命题作文。王老师说写作讲究凤头猪肚豹尾，开头应精彩夺目，中间应饱满丰富，结尾应刚劲有力，不虎头蛇尾或拖泥带水。已经过去二十分钟了，冉故还一个字没落下，指甲都快被抠秃了。今天似乎所有灵感都弃她而去，谈什么头啊肚啊尾啊的，能挤出点东西来就不错了。虽然严穆肯定不会因此嘲笑她，但是普通学生也是有尊严的，也想在尖子生前露一手。

冉故搓着自己的脸。至少先把第一段写出来，其余的就看造化了。

目送绿色

我不确定叶子是何时变红的，或许在初秋，也有可能等到十一月份。我也不知道这需要多久，一转眼的工夫就层林尽染了，还是像我跑八百米一样慢呢？

暑假在北京，八月初就不用开空调，还要盖毯子。叶子没有毯子盖，所以练就了奥特曼般强大的变身功能。叶脉原本是不突出的，仿佛透明的吸管，不知天神是不是心血来潮抽了一根吸吮西瓜汁？一串串扒在墙头的心形叶子上，总有一条一条蜿蜒的红，小河分支一样蔓延着，有把绿色全都吞噬掉的势头。好像一大张圣诞礼物的包装纸，想起老人说的“红配绿，赛狗屁”。火红的叶脉活泼地跳动着，宛若流淌的血液。我看看胳膊，只不过若隐若现的静脉是青绿色的罢了。

刚过去的八月份，冉故陪严穆去了漫展。真是令人叹为观止，从没见过如此多种头发颜色汇聚一堂。穿得更叫五花八门，简直把全世界三百六十行的服装都集齐了。有些可能根本不是地球上的衣服，比如那种面戴黑纱手握钳子的，不晓得是要去参加葬礼，还是要去修水管。更不可思议的是身披貂皮大袄的，附近还围了一圈摄影师。冉故看看自己，确定穿的是短袖短裤，就这样也想跳进冰水里。她要是披着那袄子，怕是早就融化在里面了，直接蒸腾成一缕青烟。

严穆激动得像是一只踩了电门的跳蚤，一会儿拖着冉故跑到摊位前要签名，一会儿举着相机冲到舞台下猛按快门。最近她总在唠叨一部她很喜欢的动漫，是关于一朵花的。名字特别绕嘴，仿佛一道哲学命题，也不知道到底闻没闻到，看没看见那朵花。

“哎呀，是叫作《我们仍未知道那天所看见的花的名字》。”

这漫展远在东海边上，需要乘公交先路过中心书城再路过七一湖和儿童乐园。动漫对冉故的吸引力不大。既然严穆想去，她就一同去开开眼界。只是公交车顶太高，吊环老从她的指尖溜走。严穆二话不说，把她的手搭在了自己的手臂上。严穆牌吊环，真不错。

九月底的哈尔滨，叶子也会像冻僵的鼻头一样变色。

站在教堂的塔顶，能看见红白房子，不时有大片的树，如同一棵棵花椰菜，不过是蒙了一层灰般的暗绿了。也夹杂着一些豆芽的鹅黄和咸鸭蛋的油橙，我道不明是什么颜色。看得清的还是甘蓝似的紫红，或许是枫树。有一棵是奇异的银色，像撒了仙粉的圣诞树，不知是不是想提早迎接圣诞节。下午的光照强烈一些，松花江对面有和新华词典的封面颜色相同的树，也有稀稀拉拉，枝条都垂进水里的，不过倒影都一样黑。

九月份放了中秋节假，语文课却开始学汪曾祺的《端午的鸭蛋》。一边朗读课文，冉故一边看着黄澄澄的鸭蛋在眼前飘过，个个切开来都是圆滚滚的两个蛋黄。

“同学们了解端午节的起源吗？”

这还不简单，老头回答，“为了纪念屈原。”

王老师像是在夸奖老头，“很对，这是端午节来历的一种说法，也有说为了纪念伍子胥和孝女曹娥的。实际上，端午民俗的出现时间比屈原早得多。先秦时代，人们认为农历五月是恶月，五日是恶日。这是有道理的，五月正值仲夏，气候炎热，细菌容易滋生。这天应该浴兰汤，插菖蒲艾草，喝雄黄酒来驱邪避瘟。”

她从书本里拿出了一片菖蒲实物，“大家看，菖蒲的叶子长得像锋利的宝剑，所以也象征着斩旧迎新。”

“可我还是想吃粽子。”野兔小声嘟囔着。

王老师听见了，笑眯眯地说，“没问题。老师的爸爸妈妈每年都会摘芦苇叶，自己包粽子。既然提到了屈原，那我问问大家，为何屈原一定要投江自尽呢？”

真是一个奇怪的问题，大家面面相觑。又不是屈原肚子里的蛔虫，怎么晓得他为啥要投江？他要是不投才好哩。这时，明灯高高举起手。她在语文课上总是十分积极，眼里的鲸鱼在阳光下闪闪发亮，“可能在屈原看来，只有跳到水里才能保住清白。他遭遇了很多不幸，这是他对这个世界最后的反抗。我想，死亡对他来说是一件幸事。”

太深奥了，都不像初中生说出来的话。冉故看见十里向明灯竖了两个大拇指。到了自由讨论时间，明灯摆了摆手，“深奥个啥，我本来想说的是，那是屈原最后一次对世界竖中指。”

长沙本不是很冷的地儿，也是叶子到十月还未完全染红的原因。若要下雨就不同了，雨点打得叶子哗啦哗啦地响，增添一股寒意。我认不出岳麓书院的“岳”字，也不清楚旁边的树有多少年头。只看见殷红的叶子随枝条颤动，如一簇簇火苗点燃了湿冷的气氛。不知太阳落山时，我能不能分清二者的不同。爱晚亭内红色的匾和柱子，映着周围的霜叶。偶尔会飘落几片，停在我的头上。君山的枫叶就是锯齿状，有好多个分岔的那种了。天神是不是打翻了整桶红色颜料？漫山遍野都是舞动的红，好似一面面飘扬的国旗，衬着布满圆点的斑竹。斑竹不会变色，也不知道那些湘夫人喜不喜欢自己的墓围满喜庆的红色。

购物中心里的人可不少。明灯早就提议要找个周末一起出来逛街。十月底最好，首先刚考完期中，其次为了庆祝语文课的读书会圆满完成。这个月的作家是老舍，他们组定的是《四世同堂》。自然是节选，否则按这本书的厚度大概得读到下个世纪。

坐在千层蛋糕店里时，大家手里都多了个袋子，里面装着带吊牌的新衣服。冉故本来什么也没打算买，但是明灯一会儿取件上衣出来比画，一会儿拿条裤子拉她去试衣间。冉故在镜子前看着自己，她穿惯了校服，猛然套上一件白色的露着一大块背的吊带裙，总感觉身后有人要冷不丁刺她一刀似的。

“这么漂亮还不买？”明灯一惊一乍的，雀斑都快弹到地上了，“不听我的话，你要吃大亏。”

“你甭一天到晚光会说教。谁的话我都不听，我只听自己的话。”冉故叉着腰，明灯把她推到收银台前，“好的好的，穿上你就可以给毕业生唱歌了。”

八个月后冉故会想，若是当初没买这条裙子，也许可怕的事就不会发生了。但现在她仍旧神采奕奕地掏出钱包，“我又不像你是合唱团的，没这个机会。”

应该是出太阳的缘故，十一月的桂林还不很冷，可桂花都开败了。去象山的时候，凉风轻快地钻入领口，又嗖的一声从袖口溜走。矮一些的树纷纷抖落雍容华贵的大衣，徒撑着树杈。各种颜色的叶子和草地交织在一起，宛若一盘充满各种食材的意大利面。“芳草鲜美，落英缤纷。”如今真觉着鲜美。高大的梧桐不至于裸奔，视网膜上只剩下金黄一种颜色。遇龙河边的树也有深红的，荷花池里已是一池残荷——有的枯梗高高耸立，有的折断于水中。脆弱的树叶被秋风撕破，蜷成黑色的一团。那曾经是翠绿色的莲蓬，也低下了高贵的头，服帖地鞠着躬。可惜没下雨，要不便能留得残荷听雨声了。

小雪那天果真落了小雪。自习课上放了《极地特快》和《狮心兄弟》，冉故的圣诞梦想从此成为能坐上极地列车。她没去过有精灵的北极车站，只翻进过那座废弃的黄砖火车站，和企鹅一块儿。栅栏没多高，里头也没人看守。枕木间长着金色的狗尾巴草，宛如狮心弟弟斯科尔班的头发。

明灯家里有全套的林格伦系列，还是精装版的。电影刚开始，她从后面凑过来，“你知道吗，主人公斯科尔班能拥有以前没有的勇气，重新成为一个健康的孩子，是因为他已经不在这个世界上了，之后观众看到的都是幻象。”

要不是早读过《狮心兄弟》的书，冉故就一巴掌呼过去了。剧透有啥了不起，这家伙仿佛颇有先见之明似的。

“而且，”明灯说，“一旦踏入南极亚拉，你就不能反悔了。”

冉故哼了一声，“为什么要反悔？不是你说的吗，那里属于篝火和童话，比地球美好多了。”

“自古逢秋悲寂寥，我言秋日胜春朝。”春天不过是新长的绿，加上未融化完的白。秋天多有生机，目送绿色，迎来的是殷红、淡粉、金黄、深紫，纷纷开起派对，欢庆在每一片叶子间。

出乎意料，整篇下来竟然一气呵成，笔尖都没有离过纸，就是她的右手快写断了。冉故把作文纸放在课代表的桌上，这是她迄今为止最满意的一篇作品了，希望王老师也觉得满意。不知道会拿多少分？有没有可能打破她的最高纪录三十七？真是令人坐立不安。

十二月，天寒地冻。银杏树的叶子全掉了，秋千拴在光秃秃的枝杈上。文具店里摆起了会唱歌的贺卡，面包房的台子上放着涂满奶油的大蛋糕。冉故趴在玻璃外面，眼巴巴地盯着姜饼小屋，不时用手抹一抹蒙上雾的玻璃。她小时候在方诺家的《儿童文学》里看过一个关于面包仙子的故事。面包仙子掌管面包的味道，她的头发是长长的银丝，泛着温柔细碎的光芒。浑身的衣服仿佛白烟组成的，有时候薄得透明，有时候又像牛奶一样浓。

取牛奶的时候，冉故左看右看，总觉得箱子里空空的。清明插柳端午插艾，圣诞节要挂点什么呢?

“挂槲寄生吧。”

“啊？我不杀生的。”冉故转过头。她还是第一次听说，狐狸可以寄生到别的动物身上。

野兔指着英语课本上的一张插图：掉光叶子的大树上，长着像海藻一样的绿色植物，一团一团的格外显眼。“这是槲寄生，木字旁的那个槲。圣诞节的时候，站在槲寄生下的恋人不能拒绝亲吻。”

“这么霸道？谁规定的？”

野兔翻了老半天书，“应该是弗丽嘉。”

“弗丽嘉又是谁，是什么总统或者国王吗？”冉故想扳着野兔的肩使劲晃，就不能一口气说完吗，跟挤牙膏似的慢条斯理，急死人了。

“我一口气没那么长啊。”

北欧神话中，弗丽嘉为她的儿子——光明神巴德尔施展了强大的魔法，确保地球上生长的任何植物都不能被用作对付她儿子的武器。咒语无法触及的植物是槲寄生，因为它寄生于树枝上。诡计多端的洛基知道了这一点，用槲寄生做了一柄长矛，杀死了巴德尔。弗丽嘉和众神想尽办法，最终救活了巴德尔。弗丽嘉非常感激，因此承诺无论谁站在槲寄生下，便赐给那个人一个亲吻。

“原来如此，那你得把槲寄生挂在很高的地方了。”冉故笑嘻嘻地说。

野兔把英语书盖在发烫的脸上。

十二月份的英语课真有趣，老师讲了许多圣诞节的习俗，比如秘密圣诞老人。规则是每人抽一张写着名字的纸条，决定你当谁的秘密圣诞老人，然后两个星期内偷偷给他送些小礼物，直到圣诞节前一天再揭露你的身份。冉故跑遍教室，终于换到了写着严穆的纸条。

放学后，她在十字路口等红绿灯，背后有人喊她的名字。她转过头，是学姐一号，也就是魏晋。“小故，你家在这边儿吗？”

“不是，我去超市买苹果。”看见魏晋，她就想起卢艾讲过的笑话：魏晋问魔镜，“魔镜魔镜，我是这个世界上最黑的人吗？”魔镜吓了一跳，“妈呀，谁在说话！”

“魏姐，你吃不吃薄荷糖？”冉故从口袋里掏出一个铁皮盒。魏晋接过一块，“原来你知道我的名字。”

“我还想问你呢，你爸妈给你取名的时候，是不是背多了《桃花源记》——乃不知有汉，无论魏晋？”

“和那个没有一毛钱关系。他们俩一个北方人一个南方人，就给我和我弟取了这样的名字。像是齐秦和齐豫，我妈是齐秦的大粉丝。”魏晋蹿到她身边，“我问你，卢艾喜欢什么？”

“噢，你是她的圣诞老人吧。”

“我想准备一份大礼。她是个很好的朋友，有烦心事我总爱找她，可不是所有人都能连着听我讲三小时中间不带打断的。如果期末除了学习之星还能加一个耐心之星，那她肯定拿奖。”

暴力之星还差不多。卢艾对别人都很耐心，就对她又不耐心又不温柔，谁晓得为什么只有她享受这份特殊待遇。相比之下，冉故觉得自己稳重多了，但卢艾说那叫做事拖拉。“你是穷人吗，魏姐？”

“我看起来就那么寒酸吗？”魏晋拍了一下冉故的脑门，“穷不至于，零花钱还是有的。”

“钱多的话可以送她法卡勒的马克笔，二代一共有一百六十色。或者温莎牛顿的水彩颜料。钱不够送山楂酥就行。”卢艾以前总警告她，敢拿脏手碰她的白颜料就把她大卸八块。

“等等等等，我记一下。”魏晋还真掏出一个笔记本，“你讲起这些名词来头头是道，跟个小学究似的。难道你也学美术？”

“我筋搭错了才去学。听她唠叨了十年还不够吗，她每种用具放哪儿我都知道。”

街上的路灯一盏接一盏亮起。一串串糖葫芦插在超市门前，仿佛小红灯笼一般惹眼。“我请你吃吧，你今天帮我大忙了。”魏晋说。她买来两串，“我就希望她能多聊聊自己。她有困难从不叫别人帮忙，有时候还特高傲，问她话也不答。”

冉故笑了，“那你可误会她了，她只是没听清而已。”

超市里人不少，都是踩着高跟鞋刚下班的女士。糖葫芦是冉故的尚方宝剑，她高举着糖葫芦，女士们纷纷往两侧避让，生怕自己的衣服沾上那黏唧唧的糖。魏晋跟在她身后，“对了，我听卢艾提起过一种叫‘芬理希梦’的彩色铅笔，你知道吗？”

“那是她的梦想。这种彩铅一共有五百种颜色，每支都有自己的名字。”冉故见过照片，一整面墙都是码得整整齐齐的铅笔，比人还要高。卢艾口水都要流出来了。“她说等她以后有钱了要买两套，一套拿来用，一套摆着欣赏。”

“我想起来了，我最喜欢的是‘带来幸福的金丝雀’，可能是大家叫我魏小雀的缘故。”魏晋挠了挠头，“你呢？”

冉故想了想，“如果说名字的话，我喜欢‘古书的皮封面’。”虽然它不如“香草冰淇淋”，后者是淡淡的灰色，梦幻得如同想象出来的。

“听起来像中世纪的巫师。怎么样，那是你的梦想吗，做和高妙一样的塔罗牌巫师？”魏晋从货架上拎起一袋薯片，“她是那个胸很大的学姐，会用塔罗牌占卜，但是技术臭得要死。上次她给卢艾算，牌摆得乱七八糟，最后说卢艾将来会去一个夏天很冷，冬天很热的地方。”魏晋翻了个白眼，“哪儿有这种地方。亏她叫高妙，低妙还差不多。”

今天的苹果看起来很水灵，冉故拿了两个，“我嘛，将来想当作家。”

魏晋把书包上挂着的小话筒举到冉故面前，“让我来采访一下这位小同学，为何有如此远大的理想？”惹得一大堆踩着高跟鞋的女士纷纷投来目光。

冉故清了清嗓子，“以前吧，我想当卖煎饼的，可是一块煎饼只能让一个人高兴。写故事就不一样了，全世界的小朋友都可以读到。比如林格伦的《长袜子皮皮》，我好希望能和一个红发女孩做朋友。”不过最近读了王老师的推荐书目后，她觉得写严肃文学也挺酷的。可惜她长得不够严肃，应该多学学吹胡子瞪眼的本事。

“你这简直是老孙最喜欢的标准答案——追逐梦想。再配上《二泉映月》，所有人都得痛哭流涕。”这也太夸张了，她又不是去参加追悼会。

“没有夸张。上次看电影，全班都一把鼻涕一把泪。”魏晋说，“几乎，比如卢艾就没哭。她说从小习惯了，可能就是少了一根神经。”

行吧，这个理由比“水没喝够”听起来还靠谱点。结账时，她们俩排在队伍最后，收银台旁摆着红绿相间的薄荷糖罐。“小故，你是谁的圣诞老人？”

“她叫严穆，戴眼镜，是我们班个子最高的女生，你大概不认识。”

“我认识。”魏晋拿了一盒驯鹿形状的巧克力豆，“她和我上一个英语辅导班。你不知道吧，她从不和别人提。”

她的确是没提过。“那又不一定是隐瞒，可能有的人就是不爱讲。萝卜白菜，各有所爱嘛。”

“放松，我没说她隐瞒了啊。”魏晋从钱包里掏出一张二十块钱，放在柜台上，“有的人达到目标以后才会让人知道。我就是告诉你，你比较迟钝，平时做事留个心眼。”她停顿了一下，“这不全是我说的。”

明明从你嘴里蹦出来，难道还能是别人说的？

“就当是我说的吧。”魏晋把一颗巧克力豆塞进冉故嘴里。

回到家，冉故从储藏室里找出毛线和钩针。她点起炉火，放上一张唱片，然后坐在摇椅里。起了头后，将钩针穿过针目，带线钩出，再绕线穿过两个线圈。滚在地上的线团渐渐变小。

虽然现在看起来还像一截香肠，她脑子里是有全景图的——她准备钩一只小熊。这绝对算是举世无双的礼物了，不会再发生已经买了英文版之类的事。她以前觉得自己不擅长毛活，顶多缝两块补丁在裤子上，没想到第一次做娃娃还挺顺利。这样明年卢艾生日也可以一展身手，顺便庆祝她初中毕业。做个什么好呢？卢艾睡觉不太安稳。不像冉故，活到初中她永远是一挨枕头就睡着，一夜无梦到天亮，白天从来不困。未来八十年最好也是如此。

冬至的早晨，食堂里供应了饺子。第二天是平安夜。刚做完早操，教室里遍桌都是礼盒，简直像包装纸展览会。冉故正在研究三只树懒边喝可乐边举哑铃的包装纸，旁边来了一座水塔——是严穆。“小不点，我的圣诞老人是你吧。”

“拜托，有那么明显吗？”

“你看看全班，只有你一个人送水果作礼物。”严穆用手指刮了刮她的鼻子。

算她聪明。冉故拉着严穆往教室外走，一直来到楼下的后花园，才从身后掏出一个牛皮纸包，上面用毛线系着蝴蝶结。“给你，这是大礼。”

严穆坐在长椅上，用食指和拇指捏起毛线的一头，包装纸在她的膝盖上展开，“我的天，这是一只……熊？”

准确地说，是一只长得像小熊维尼的熊。因为织到中途黄色毛线不够了，所以他穿着一半黄一半蓝的衣裳。“我给他取了个名，叫熊仔。”

“这是你亲手钩的？”

“不用手钩，难道还用脚钩？”有这本领倒好，以后就能用脚写作业了。冉故把熊仔脑袋上的一根线头拔掉，“你喜欢吗？”

严穆突然站起身，池塘里的金鱼吓得咕嘟咕嘟地吐泡泡。她把冉故抱起来，在空中转了个圈。冉故的辫子笔直地飘浮着，仿佛《玛蒂尔达》里的阿曼达。还好严穆没有拽着她的辫子，像特朗奇布尔小姐一样将她甩出花园。

有人从小径上路过，严穆赶紧把她放了下来。冉故拍着胸口，“天哪，你第一天来道馆时，我没和你打绝对是这辈子做的最正确的决定。”

“就你点子多，送礼物还要专门来这儿。”严穆忍俊不禁。

“这样你以后来到竹林时就能想起愉快的回忆。”冉故说，“你明天有空吗？放学一起走吧。”

严穆挠了挠头，“明天下午我有……”

“我知道，你有辅导班。别担心，就来一下我家门前，五分钟都不需要。”

严穆一副吃惊的模样，这回换冉故刮着她的鼻子，“我的消息可比你想象的灵通，竹小姐。”

严穆说，上小学时他们总在圣诞节表演戏剧。四年级演耶稣诞生，讲的是三圣贤前来看望圣婴、约瑟与马利亚。严穆扮的是驼背老人，拄着一根拐棍。她其实想当天使，但这个角色被一个受欢迎的女生拿走了。严穆在班里没什么朋友，大家都不给她这个异国小孩投票。不过严穆在英国读的学校绝对没光明小学大，否则舞台要宽得像泰坦尼克号的甲板才能盛下所有人。并且人多就肯定有重复的角色，到时候几十只牛和马和羊在舞台上闲逛，那不是耶稣诞生，而成了动物园一日游了。

放学的路上，她们在文具店停下，买了两根拐杖糖。过了五道街、四道街、三道街、二道街，在十字路口一转弯，风铃和牛奶箱映入眼帘。有了雪片的点缀，灰瓦红砖也如同溅上了白花花的奶油。牛奶箱上钉着一束槲寄生，这是冉故前几天踩着板凳挂上去的。

“你要请我喝牛奶吗？”严穆笑着问，“这种天，牛奶不会冻成冰块吗？”

“这种天和你的名字一样冷。”冉故把严穆拽到牛奶箱前，“站这儿。你看看上面是什么？”

严穆抬起头，“这叫槲寄生吗？”

冉故没有回答。她飞快地踮起脚。亲了一下严穆的脸颊。

严穆捂着右边的脸，不知道的还以为她刚被蜜蜂蜇过呢。那里果然红了一大片，一直红到耳朵根。她的舌头也不利索了，支吾了半天都没捋直，最后蹦出一句，“你这是偷袭，犯规！”

她的眉毛高高竖起，但眼里的鲸鱼正像小狗一样开心得直摇尾巴，完全是气势汹汹的反义词。

风铃叮叮当当地响着，今天万里无云，没有一丝微风。冉故把严穆的手放回她的口袋里，“现在冷得很，一九二九不出手。”

“一九七九年，那是一个春天？”

明明音乐课学《春天的故事》时不敢开口，现在倒又唱起来了。冉故说，“这叫数九歌，我念给你听——”

一九二九不出手

三九四九冰上走

五九六九沿河看柳

七九河开，八九燕来

九九加一九

耕牛遍地走

四九开始放寒假，五九过年。卢艾送她的生日礼物一早就放在了门口，是沈从文的《月下小景》，扉页上用钢笔写着一句话：龙应该藏在云里。她更希望收到一块千层蛋糕，或者一大包零食，扎辫子的蝴蝶结也比小说集要有趣。尽管王老师说，上高中时会学到沈从文的《边城》，也不必这么提前开始预习吧。

冉故煮了一杯热牛奶，坐在摇椅上，边喝边翻着报纸。今年她的生日碰上了月全食，报纸上已经报道了好几天。师父以前讲过天狗食月的故事，天狗为了惩罚人类，一点一点将月亮吞掉，而人们需要燃放鞭炮来驱赶天狗。血月之夜更预示着灾难与不幸的降临。

晚上七点，冉故和企鹅爬到屋顶上。月亮已经不太亮了，如同被咬了一口。

黑影越来越大，越来越深。月亮从一个馒头，变成一艘小船，又变成细细的镰刀，最后整个消失了。等到八点半，像是一桶红色油漆泼向空中，血月出现了，暗红色的月亮映着整个夜幕。

“这就是月全食。企鹅，你明白了吗？”

企鹅瞥了她一眼。

“我觉得你其实知道很多东西，你只是不说。”

企鹅舔了舔自己的爪子。

冉故躺在屋顶上，“如果我能去到学校的钟楼顶上，肯定看得更清楚。”

开学第一天，冉故罕见地起了个大早。打开门，一辆大货车正在倒车，把路边的花坛磕掉了一个角，然后不偏不倚堵在老房子前。她算是记住了这辆倒霉车，货厢上写着巨大的四个字：大象修理。结果到了校门口又碰见了它，这回撞扁的是一个路桩。

更别提下午第一堂就是体育。体育老师像审视猪崽一样打量着大家，他说一个月不见同学们都长胖了，肯定是过年伙食特别好的缘故。所以今天正好来跑步减肥，女生跑八百米，男生跑一千二。冉故的嘴张得能吞下一个鸡蛋。她真希望能再长出八条腿，或者当即变成一缕空气，顺着跑道飘到草坪上，再飘到栏杆外面。

她选了后者。在大家做热身运动时，她从大树旁一闪而过，藏在地球仪雕塑后面。自从得到卢艾的指点后，她上天台可谓熟门熟路。从船尾往上一直爬到十楼，楼梯间的顶端有一方棋盘大小的缺口，盖着一块铁板。冉故把靠墙的梯子挪来，攀上后用脑袋和手一齐顶开铁板。此为可以去的小天台。旁边的大天台通常上着锁，直接通向钟楼。

刚爬到八楼，她便竖起了耳朵——上面有动静。弄出这么大声响，一点也不矜持，被发现了怎么办？还是说就是校长本人在这儿守着，看谁逃课？冉故脖子上的汗毛都竖了起来。可是转念一想，如果真是校长，那他肯定守株待兔，像这样敲锣打鼓一般，兔子早被吓跑了。那到底会是谁？

她等了半天，蹑手蹑脚地爬上最后一级，却发现一个人也没有。但是大天台门上的铜锁破天荒地开着。冉故掐了大腿一把，不错，疼得很。

她轻轻推开了门。第一眼看上去，大天台和小天台没什么不同，更加空旷了而已。她在瓷砖地上滑来滑去，假装这是冰面。她不会溜冰，明灯会，十里或许就是被这一点和她的雀斑迷倒的。

钟楼的门也没有锁，冉故迈进这座连接魔法世界的门。周围是水泥墙壁，她站在四四方方的底层，抬头能望见漏下来的日光。工人们去哪儿了？冉故推了推想象中架在鼻子上的眼镜，变身柯南推理一下：八成是去吃午饭了，给了她可乘之机。

舷梯离地面有一人的高度。冉故用两手握住，左脚使劲一蹬墙面，右脚踩在舷梯上。好在这墙黑得像墨鱼汁，看不出鞋印。她一级一级地向上爬，直到脑袋从顶层冒出来。

她眼睛里全是齿轮，大大小小，从硬币到盘子到车轮，这个排在那个上面，那个挨在这个下面。所有齿轮一起转动，发出磨牙似的咔哧咔哧声。最大的圆形是四周墙上的玻璃表盘，从这里望过去，表盘上的数字都是反的，指针也是。比如说现在是两点十五，从钟楼里看却是九点四十五。表盘是凸出去的，和垂直的墙之间有一个窗台的距离，正好能容纳她坐下。若是能适应周围的噪声，这里不失为一个绝佳的休息处，还能体会腾云驾雾的感觉。

钟楼里似乎不止冉故一个活物——定睛一瞧，齿轮和轴杆的下面藏着一只小老鼠，圆头圆脑的，嘴巴上翘着几根胡子，身后拖着一条长尾巴。它正东嗅嗅西嗅嗅，看起来挺活泼，又有点傻里傻气。有了这个伙伴，下次上来的时候她要带块面包，与它一起享受下午茶。

“你干什么呢？”

冉故和老鼠都吓得跳起来。小老鼠一溜烟不知去了哪里，冉故没有耗子洞可钻，只好乖乖地站着。她还替这位大爷感到庆幸，没被她吓到一个人仰马翻，以为是什么幽灵飘进了钟楼里。

“下去下去，这可不是随便进来玩的地方。”

从楼梯间出来时，下课铃恰好打响，她完美地融入分散的人群中。严穆正在拧水瓶，看见了她，“你刚才上哪儿去了？”

“上钟楼了。”

这回换严穆的嘴可以吞下一个鸡蛋，“那儿是可以随便进的吗？”

“今天运气好。”冉故把胳膊搭在严穆的肩上，宛若吊在树上的树袋熊，“咱们快回班，王老师不是说有好消息要宣布嘛。”

王老师纯粹是为了吊起大家的胃口，她宣布下次读书会的作家是三毛。冉故组选了《亲爱的三毛》。其实他们原本没考虑这本，但《撒哈拉的故事》等热门作品早被其他组抢走了。

王老师拍了拍讲台，终止了教室里的喧哗。她眨眨眼睛，“没骗你们，好消息还是有的。”

下月底的春游，八年级组计划去动物园——或许不如上回去七一湖的儿童乐园，但好好珍惜吧，初三要准备中考，是没有春游的。王老师可是误会了，同学们高兴还来不及呢。十里说，只要不是派他们上街打扫公厕就行。

“你真是个二愣子。”方诺捂着嘴笑道。

“当老二的，大概聪明劲儿都被老大占了。”十里说。像他这样整天咋呼，永远也追不上他哥。

自然“二”也不一定不好，例如二月二龙抬头，带来一年好兆头。如今冰化了，小燕子飞来了，耕牛也开始遍地走的时候，理发店前排起了大长队。而且这天无论吃啥都要与龙挂钩，吃春饼名曰“吃龙鳞”，吃馄饨为“吃龙眼”，吃饺子则叫“吃龙耳”，光听名字听得都瘆得慌。她早餐喝了一盒牛奶，可别也成了“饮龙血”。

放学前，冉故从图书馆里借来《亲爱的三毛》。和三毛其他的小说不一样，这是一本她与读者交流的书信集。冉故从卫生角的钩子上拿下抹布，周一轮到她值日。她爬上窗台，身后的走廊上是三班、二班和一班。

她听见野兔在前门叫她。“啥事？”

野兔努了努嘴。她定睛一瞧，站在教室外的是学姐一号。

冉故把右腿从窗框里面收回来，跳下窗台，“魏姐，怎么了？”

“你有空吗，我想和你聊聊。”

“我等会儿要去同学家讨论读书会，是急事吗？”

魏晋叹了口气，“那周末一起去夕彦寺怎样？”

这主意不错，正好弥补了九年级缺失的春游。“要不要叫卢艾？”

“不了。我专门来找你的。”

可惜，北山的碧桃和丁香开得正艳，卢艾错过了一个写生的机会。

光北山脚下的这座电车站都很适合写生。魏晋靠在电线杆上，戴着一顶棒球帽，“对了，老和你走一块儿的那个小矮子，最近咋不见她？”

“方诺啊，这家伙喜新厌旧，又交上了新朋友。”

电车的广播里播放着关于夕彦寺的传说：千百年前，法灯禅师骑着狮子云游四方。一日，狮子载着法灯禅师来到北山地界。禅师低头望去，只见山中有一深潭，一条黑龙正在戏水。再看山下的村庄，良田龟裂，人畜饥渴而死。禅师命狮子缓缓降下。面前走来一位扶杖老者，而禅师早已发现他是黑龙变成的。

“请问此地属谁管辖？”禅师问。

老者答道，“此乃俺家祖地。”

禅师又问，“不知可否借施主一角宝地筑寺庙？”

黑龙欲打发走法灯禅师，说道，“那就施舍你一块地，让你这老朽盖庙吧。”禅师问，“请问划给多大地方？”黑龙说，“不大不小，就是你座下席子那么大。”旁边的狮子听此言，怒火万丈，然而禅师却双手合十称谢。他从座下抽出席子，向空中掷去。席子越飞越高，越变越大，霎时间遮天蔽日，大雨倾盆而下。黑龙见法灯禅师佛法无边，深感愧疚，立时化作鸱吻卧于大雄宝殿屋脊两端，帮助镇妖降魔。因为这座寺是在席子的遮掩下建成的，最初唤作“席掩寺”，后来慢慢变成了夕彦寺。

电车在草坪上爬行，窗外掠过一个骑自行车的人。“好吧，到底是什么事？”冉故问。

魏晋吸了一大口气，“上周六我办了场生日派——”

冉故鼓起掌，“祝你生日快乐！你该十五岁了吧？”

“对。十几个同学在我家玩国王游戏和真心话大冒险。收到了一堆礼物，我爸妈送的是一块我看上了好久的手表。”

“国王游戏是啥？”应该和方诺专属的茶话会游戏没关系，没有十五岁的人会爱玩这个。

电车晃悠悠地停下来，北山站是终点站。车门打开，人潮涌向闸机口。魏晋掏出公交卡，“很简单。选出十三张扑克牌外加一张鬼牌，十三个人每人抽一张，抽到鬼牌的人就是国王，剩下的那张牌是他的号码。国王可以命令大家做各种事。但是别忘了，国王也是有号码的，他下的命令可能由自己完成。”

“第一轮是高妙当国王。她要求五号和六号十指交叉，饱含情感地朗诵骆宾王的《鹅》。五号和六号都是男生，他俩刚伸出手，可乐差点从我的鼻孔里喷出来。”

和这位学姐聊天，旁人连充当捧哏都不需要。魏晋一人包揽了所有角色，非常适合演单口相声。“接下来是程曙当国王，这小子啪地一声把鬼牌砸在茶几上，跟中了五百万大奖似的。”

魏晋停顿了一下，不知道是不是终于想起要喘口气。溪水从桥下流过，跨过石桥，朱红色的山门映入眼帘，牌坊的正中间写着四个字：夕林净土。“快讲呀，他下了什么命令？”冉故催道。

“他命令九号跪在地上牵起十二号的手，说‘我将把你紧紧搂在怀中，吻你亿万次，像在赤道上面那样炽烈的吻’。卢艾轻轻叫了一声。我从她的肩膀望过去，果然，她手里攥着一张皇后。”

魏晋绝对是王老师会喜欢的作文写手，十分注重细节刻画。“那谁是九号呢？”

“我。”

魏晋踢走一块脚边的石子，当啷一下碰在驮着石碑的赑屃上，“本来是我，可是我做了个人情。我把牌塞给了程曙。”

“你瞧，程曙和卢艾是我们班的金童玉女。记得去年文化节吧，当时投票选单独节目，《美女与野兽》获得了压倒性胜利。他俩光是穿着那身衣服，站在台上都绝对养眼。于是我想这次推他们一把，那时我还为我的主意得意不已呢。”

麻雀在树上不知疲倦地叫着，海棠花把枝头都压弯了。今天夕彦寺的人真不少，有爸爸妈妈带着儿子女儿，有老头和老太太，还有年轻的情侣。“程曙冲我比了个口型——谢啦——然后啪地一声把牌砸到茶几上。他再多来几次，我家茶几迟早要被拍烂。”

“你没见着卢艾当时的表情，她的脸青一阵红一阵，跟红绿灯似的，我简直想把她插在十字路口中央。”魏晋说，“这时我爸登场了，捧着生日蛋糕，算是解了卢艾的围。这就拉开了下一个游戏的序幕。”

“不会是砸蛋糕吧？”

“是真心话大冒险，我——”

冉故帮她接上，“你抽中了鬼牌。”

“对，可能因为我是寿星，运气好。我选的是大冒险，被罚冲着窗外大喊：我是超人，我要回家了！我妈竟然给录了下来。我弟更滑稽，他被罚头顶簸箕，手拿笤帚，边跳边唱：我爱劳动，我爱卫生！”魏晋被自己的回忆逗得前仰后合，“他牺牲小我的尊严，成全了大我的欢乐。”

“有个这样的弟弟可真不错。”

魏晋赶紧摇头，“不错个啥，他这叫典型的人来疯。”

大雄宝殿的屋脊上果然有两只鸱吻，不知是否是黑龙变成的。跨过门槛，大殿正中央挂着一只石头刻成的乌龟，这是夕彦寺的镇寺之宝。相传，古时发生了一场严重的旱灾，又赶上瘟疫，老百姓烧香拜佛，乞求龙王赐场大雨。事情传到天宫，玉皇大帝想起北海龙王曾献给他一只宝龟，于是降旨把这只龟从塘里取出来。一天夜里，咕咚一声巨响将人们惊醒，原来从天上掉下一只黑色的石龟。仔细一看，石龟身上分为十二个部分，正是当时的汉地十二州。住持将这只龟挂在大雄宝殿里，哪个州遇上旱灾，敲击石龟对应的地方，大雨便会顷刻落下。这雨下了三天三夜，人畜都得救了。

魏晋把棒球帽摘下，“哎呀，你和这只龟一样嘛，仿佛瓢泼大雨。”

“那其实是满天的烟花啦。”冉故曲起手指敲了敲，石龟当当地响，“魏姐，你又调侃我。”

“没有没有。”魏晋揽过冉故的肩膀，“你要是来我家乡的话，我带你去看桑干河。”

“你继续讲，然后呢？”

“老是问然后呢，你想听点什么？”魏晋捏了捏她的耳朵。魏晋可别向卢艾学这个坏习惯，她的耳朵已经快比上酱猪耳了。“是你一直没讲到重点上嘛，生日聚会肯定不算急事。”

“你算委婉的，高妙说我满嘴跑火车。我妈奇怪家里没有这个基因，难不成是随了老祖宗？你们历史课学到唐朝了吧，李世民曾经说以人为镜，可以明得失。这面镜子就是魏徵，据说他能言善辩，有三寸不烂之舌。”魏晋忽然举起手，在嘴巴上拉上了一道拉链，“我真该学学说话一针见血的本领，要不以后怎么当记者？”

“接下来抽到鬼的是卢艾。她选了真心话，大概是不想冒跳洗澡舞的风险，虽然我弟还挺乐在其中的。题目是如果让你拥有一种超能力，你想拥有什么？哎哟，你猜卢艾说啥？”不等冉故回复，她自己应了，“她说她希望可以变性。是变性耶，不是变形，否则就成了《变形记》，应该没人愿意某天早上醒来以后变成甲虫——”

冉故扫了她一眼，魏晋立即住嘴。“下一轮卢艾又抽中了。这回问题是，假如你有喜欢的人，他在你对面一口气吃了五十串羊肉串，你会怎么做？卢艾说，她会买五十一串，以免有一串掉到地上，对方捡起来继续吃。”

枝头上，一条毛茸茸的尾巴一闪而过，碰掉两片碧桃的花瓣，落在铺满青苔的石阶上。如今是三月中，过了惊蛰，冬眠的动物和虫子们都纷纷苏醒了。等会儿千万得留神别撞上吊死鬼。“晚上我们看了一场电影。我家有投影仪，”魏晋说，“投票选出周星驰的《逃学威龙》。”

“我们之前看过《唐伯虎点秋香》。”

“都是老片子，都可以让你笑到头掉。唉，那时我要是注意到就好了。”

“注意到什么？”冉故连吊死鬼都没心思留神了，“姐，拜托你在关键地方不要大喘气。”

“卢艾没在看电影。她窝在沙发的角落里，正往嘴里灌酒。”

“她喝酒？”她实在不应该喝酒。

“你没听说过她爱喝酒吧，我也没听说过。等电影结束，几瓶酒居然全空了，只剩下一个目光炯炯的卢艾。我这才知道，烂醉如泥这个成语不对，原来有人醉酒后比原来要精神，至少看起来是。”

“不过站起来就不对劲了。赵本山怎么说的——走两步，没病走两步！她走不直啊，要去厨房，结果直往卫生间拐，总不能栽进马桶里喝水吧。程曙毛遂自荐要送卢艾回家，我给拒绝了，卢艾肯定不会愿意被他背。”

太阳升到了头顶正上方，照在参天的古柏上，叶子金光闪闪。魏晋脱下外套，把两只袖子在腰间打了个结。“她来参加的是我的生日聚会，我作为主人好歹得负责一点吧。把她扶上床后，我去厨房调了一杯蜂蜜水。蜂蜜和葡萄能解酒，我也是听说的。”

“我刚站起来，卢艾拽了一下我的衣服：阿晋，别走。我整个人往后撅过去。看来确实喝完酒力气会变大，所以鲁智深倒拔垂杨柳这种事说不定是真的。”魏晋张开拇指和食指，撑着眼皮，“她浑身散发着一种奇异的精神，眼睛瞪得那叫一个大。”

“她问，你有喜欢的人吗？我说我爸妈我弟、小猫小狗——那不算人。她扫了我一眼，就像你刚才扫我一样。我只好说没有，但是没吃过猪肉还没见过猪跑吗。我从桌上抓了一支铅笔装作是玫瑰，”魏晋从地上捡起一根树枝，举到鼻子前嗅了嗅，“那边是东方，朱丽叶，是一轮朝阳，初升的太阳！”

“刚念了两句就被打断了，她说我看出你在戏剧社里学到很多东西。我拍着大腿，对，”魏晋真的一拍大腿，这位学姐的双手若是被绑起来，可能会忘记怎么说话，“我说你要是不喜欢悲剧的话，《维洛那二绅士》是一部喜剧，莎士比亚有句话：爱情的烈焰，你越是把它遏制，它越是烧得厉害。”

“这回卢艾点了点头，总结起来就是爱情使人疯狂，对吧？听听，这哪像是喝了酒的人。我说你是真醉还是假醉，她说应该是醉了，感觉胆子比平时要大。我咳嗽两声，不和你瞎扯了，你说是谁吧。”

“她盯着放在腿上的手，好像生平第一次见这双手似的。一个朋友，她说。我说你就甭一个朋友了，你直接叫冉故的大名吧。”

文殊殿里，许多家长正跪在文殊菩萨前为孩子祈福。附近的架子上在卖一串串石龟的木质吊牌。一个小女孩在尖叫，原来是吊死鬼落在了头上。一个小男孩大哭不已，他的气球卡在了树上。几个半大小子正围在一起练习打篮球，在空中投了一颗看不见的三分球。真是一派朝气蓬勃的场景。

走到树底下，冉故跳起来，抓住气球的绳子，把它递给了小男孩。她想起九月的第一天，在八四班前，卢艾一定要重新整理她的红领巾。“小故啊，”她一边系，一边说，“我站在你左侧，却像隔着银河。”

卢艾很少称呼她，一般都是招之即来挥之即去的。冉故刚想问她是吃错药了，还是也听了方诺姐姐的五月天唱片，卢艾已经消失在楼梯口。

“卢艾不知道我今天来找你，你最好也别叫她知道，我可不想被画笔捅死。”

“她说了一句话，”魏晋把手插进牛仔裤的兜里，“我总不能阻止她奔向比我更好的人吧。”

魏晋呼出一口气，终于闭上了嘴。其实卢艾还说了很多，只是告诉冉故也没什么用。她记得她看着卢艾攥起拳头，又放开，再攥紧拳头，“人有烦恼，是因为我们永远不知足。你知道吗，最开始，我只是想在她包扎额头时跟她说一声谢谢。”

“你肯定她不喜欢你？”

“她从来没有在看任何人的时候，眼里闪耀着她看严穆时的火花。”魏晋觉得卢艾在笑，“阿晋，你如果喜欢上一个人，你就会明白。”

墙上贴着《木偶奇遇记》《美女与野兽》和《海底总动员》的海报，这三部电影的年代跨度可不小。“你不想去争取一下吗？”

“这辈子没机会了。我了解她，她不会改变心意的。”

“喂，你才上初三，这种话被大人听见还不得笑掉大牙。”

“经历和岁数没有太大关系。”卢艾哼了一声，“少年人的烦恼是真切的，不比成年人的来得浅薄。无人解，树转午阴凉。我和这首词太有缘分了。”

魏晋把手里的铅笔放回桌上，不知为何笔筒里插着那么多铅笔。旁边摆着垫有蚕丝的墨盒、一瓶碘酒和一包棉签。“她有多好，让你这么挂念？”

“我说不上。她马马虎虎，能忘带书包去学校，经常不小心冒犯别人。但她是灯，她是太阳。星星可以不重要，太阳只有一个。”

“高妙给你抽到了星星牌，她说这张牌代表充满希望。你就是星光，人如其名。”魏晋说。

实际上，星星牌若是倒立出现，则表明卢艾此时迷失了方向，断开了与内在的连接。但是魏晋没有提这个。“双子座对应恋人牌，双子座的人常常有两种不同性格，仿佛面对两个自我。这也是高妙说的。要我说的话，你出生在端午，我觉得你像菖蒲一样——”她思考了半天，“清高淡泊。”

卢艾拿过放在床头的蜂蜜水，“得了吧，就算清高也是假冒的。我更像艾草一点，长在荒凉的地方。切尔诺贝利在俄语里的意思就是艾草。你仔细想想，挺一语成谶的吧。”

“你怎么可能不重要，你总是妄自菲薄。”魏晋靠在椅背上，双手交叉在胸前，“真有趣，你今晚说的话比我还多，真是百年难遇啊。”

“对了，我忘记送你生日礼物了。”

“不是已经给了吗？”那么大一盒子。

“我指的是笑话。中午你正在打盹，一只蚊子在耳边飞来飞去。你刚要拍下，蚊子说，‘求求你别杀我，今天是我的生日。’你特别高兴，‘今天也是我的生日！’于是你小心翼翼把蚊子放在手心，一边鼓掌一边唱生日快乐歌。”

喝醉了还不忘娱乐他人，这是何等伟大的奉献精神啊。魏晋很想掏出她的话筒钥匙扣，“请问笑话是刻进你骨子里了不成？”

“自我感动才是刻进骨子里了。单恋都是自我感动。”卢艾的虎牙在吊灯下闪闪发光，这一晚她笑得真不少，“好比写作文没灵感，光放个题目在纸上，难道作文会被打动吗？”

这个比喻挺少见，像夕彦寺里的流杯亭一样。这座亭子在寺庙最后面，地上凿着盘旋的水槽，仿佛迷你迷宫。曲水流觞是古时文人墨客的活动，三月三日这天，人们坐在溪水边，在上游放置酒杯，任其漂流而下，停在谁面前谁就要取来饮尽。如今水槽里没有水，小孩子在中间跑来跑去。魏晋绕了一圈，转过身来，站在下坡的台阶上。

她终于开了口，“小故，我也不清楚该不该告诉你。我不想让你感觉糟糕，我确定卢艾也不想，她比任何一个人都希望你快乐。”

冉故走在她前面，一只手拨着树叶。半晌，她说道，“她不应该喝酒的。”

“嗯？”

“我以前特意读过一本关于专业术语和康复指南的书，里面说喝酒会损害神经，让大脑皮层萎缩，杀死内耳里的听毛细胞。”

她们回到大雄宝殿。香炉前烟雾缭绕，手持香的人排起了长队。魏晋从台子上拿起三支免费的香，“咱也来拜佛吧。”

香的底部裹着金粉，展开手掌，上面是三道竖着的印子。魏晋把香伸进炉子里，蘸了一下蜡油，然后放在烛芯上烤。一旁，冉故闭上眼睛，不晓得她会许什么愿。

在电车上，魏晋看着冉故的侧脸，鬓角上沾着一团金色的云雾，她肯定用手擦汗了。离目的地还有一站时，冉故从座位上站起来，“魏姐，我先下了，我要去上次说的那同学家里准备读书会。”

“好，下回见。”

魏晋望着冉故的背影，直到车门关上。她想起这周一的语文课上，她传纸条给卢艾："过生日的蚊子，感觉怎么样？"过了一会儿卢艾传回来："什么蚊子？""你讲的笑话啊。""什么笑话？"

下课后，魏晋坐在桌上，跷着二郎腿，"我问你，记不记得星期六晚上发生了什么？"

卢艾按着自己太阳穴，"我去参加你的生日派对……早晨在床上醒来。"

"合着你是从我家飞回去的是吧。"魏晋说，"中间你一概不记得？"

"看电影的时候好像喝了点酒，就这个。"

魏晋凝视了卢艾的眼睛三秒，然后摊开手，"电影里有个记性特别好的化学老师，我现在看你的眼神就像周星星看他。"她从桌上跳下，手表从袖口掉出来，"你酒后可是吐了不少真言哦。"

"等等——"

魏晋回过头，卢艾指着她的手腕，仿佛迎面被人打了一拳。"这个呀，是我爸妈送我的生日礼物。"

卢艾抿着嘴，缓慢地点了点头，"我想起来了。"

"你不是在拿我开涮吧？"

"我真想起来了，你的手表是荧光的，在夜里发亮。《罗密欧与朱丽叶》，双子座对应恋人牌，还有蚊子和生日快乐歌，我都记得。"

"所以，"魏晋从卢艾的桌斗里摸出一块薄荷糖，抛进嘴里，"没有视觉线索，也没人提醒的话，你恐怕完全想不起来醉酒时的事。"

"有可能。"卢艾说，"别喝酒，阿晋，宿醉不好受。"

明灯家和老房子长得很像，也是灰瓦红砖。冉故还没按响门铃，门就从里头被拉开了。接着她感到头顶一沉，莫非是外星人驾驶着飞碟，把她的头顶当成了降落点？好在飞碟个头不大，否则早被压成肉饼了。下一秒它居然还开了口，“吃了么您？”

真是一只懂礼貌的外星人。明灯在门后捧腹大笑，鹦鹉扑棱棱飞到她的肩膀上。“快进来，就等你呢。”

不穿校服的日子里明灯总是打扮得很漂亮，衣柜里的纱裙可以穿一个月不重样。她的房间里也贴着迪士尼电影的海报，是《天生一对》。“我小时候总想看这部电影，一直没攒够钱。”冉故说。明灯递给她一杯果汁，“希望今天顺利，王老师说我们会喜欢这本书的。”

结果大跌眼镜。

老头的眼镜真的从鼻梁上掉了下来，被他手快地接住了。这本书的风格和《撒哈拉的故事》大相径庭。翻开一页：孩子，你有一个妈妈，她打你，骂你，羞辱你，也许是她情感上不平衡，也许是她不知你在身边是她的福分。不要伤心，中国人的忍字是如何写的，我们都知道。后面又说：至于另外一些来信，父母都是爱你的，只是爱的方式中少了一份对子女的信任与尊重，这个问题来得更简单些。好孩子们，父母大半的管教都是出于一片爱心，我们又何忍在方式上去怪责他们呢？

“三毛说这个问题来得更简单些，我看不管哪种都很难。”冉故叹了一口气。

温柔啪的一下合上书，“爸妈生了我，不代表他们想让我做什么都可以啊。我当然明白养育之恩，我要是一生下来就被丢到大街上，那可是犯法的。”

“你举的例子过于极端。”老头说，“很多争吵都是由误会产生的，为什么不能心平气和地沟通呢？”

“就你会沟通。有些父母顽固得要死，根本不懂得尊重，一天到晚贬低孩子。”

“你要学会换一个角度看事情。父母有自己的难处，你都不知道，你还生活在象牙塔里。”

温柔指着老头的鼻子，“你就站在父母那一边是吧。有些父母把孩子当作奖杯，就是为了用来炫耀。你要怎么替他们说话？”

“不是我站在哪边。”老头挡开温柔的手，“父母年纪大了，改变观念不容易。而且他们也在成长，很多人都是第一次当爸妈，你也要给他们机会。”

“行，你说啥都有理。”温柔把书摔在桌上。

读书会迟早要开成老头和温柔的斗嘴大会。冉故连忙端来一碟饼干，充当两根路灯柱间的和事佬，“你们看，三毛也有帮我们说话啦。”她翻到《少年愁》一章：最不喜欢社会上的中老年人讲起少年和青年人时，总常引用两句诗——少年不识愁滋味，为赋新词强说愁。好似只有经历过大半人生的人才有资格说自己尝过那愁的滋味。

"大人们不是总说吗，时间是最好的良药。"明灯说。

冉故耸耸肩，"我才活了十四年，还没法验证。"

王老师说这本书不难懂，据她看难得很。例如这句：苦求本身十全十美的人，那份认真强求，就是人格的不完美。简直像绕口令，每个字都认识，合在一起不知所云。好在读书会是为了分享自己的理解，没有唯一的答案。然而光理解都无法达成一致，温柔似乎是下定决心不和老头说话了。总不能下个星期让他俩在课堂里鸡飞狗跳吧？

明灯转了转眼珠，"还真可以这么做。"

"偷鸡摸狗？"

"不是，是说我们可以把读书会变成辩论赛。"明灯眯着眼睛，享受着冉故抛来的隐形花束。

"这主意棒，绝对没有其他组和我们一样！"冉故喊道，又压低声音，"我们吵得像五百只鸭子一样，你爸妈没问题吗？"而且还给大家准备果汁和饼干，她良心都过不去了，虽然明灯说饼干是她和爸爸妈妈一起做的。

"别担心，他们经常说'真是超级优秀的孩子！'这种浮夸的话，还有什么'能够成为你的父母，是我们的骄傲'。"明灯皱着脸，"肉麻得不得了。"

周三的语文课比开锅的粥还要激烈。不出所料，《少年愁》得到了同学们的一致赞同。老头先站起来，背了一首苏轼的《题西林壁》：不识庐山真面目，只缘身在此山中——愁也是如此。大人们的确经历更多，但这完全不能说明当年的愁不是愁。倒仿佛愁有个年龄限制一样，"不到四十二岁八个月零五天不准自称有苦恼"。而且这句诗本来应该用于自谦，辛弃疾写的是自己的经历，他可没拽着朋友说,“嘿,陆放翁,我看你年轻的时候都是为赋新词强说愁！”那陆游八成直接把酒泼他脸上。

逃过了斗嘴，没逃过倒苦水大会。野兔说，孩子的烦恼一点不比大人少，孩子的一个工作就是帮大人承担烦恼。十里说，有时他怀疑大人戴着一层隐形的面罩，专门过滤自己孩子的优点，别家孩子的优点却无限放大。如果妈妈们能把眼光互相调换一下，世界上会少了许多不必要的麻烦。冉故也补上一句，小王子说过，每个大人都曾经是小孩,但只有少数人记得。

今天的下课铃响得似乎格外早。等教室安静之后，王老师居然哈哈大笑起来。五十双眼睛望着她。“老师，你为啥笑啊？”冉故问。

“我笑你们天真可爱。想想看,爸爸妈妈和老师也曾和你们一样，坐在座位上抱怨过他们的父母，是不是很不可思议?

王老师还夸《亲爱的三毛》组最后一个环节巧妙。能得到王老师的褒奖，明灯的雀斑都骄傲得发光。其实她只是提出了一个问题，“你觉得什么是人生最大的幸福，什么又是人生最大的痛苦？”答案那叫一个五花八门：考第一、收情书、和朋友绝交、被爸妈冤枉。三毛的回复是这样的：当一个人，印证了世上存在着另一个人，与他真诚相爱，就是幸福。当一个人，被他视为最亲爱的人所欺骗时，人生极大的痛苦之一，于是产生。

明灯说，“老师喜欢三毛的哪一句话？”

“人，不经过长夜的痛哭，是不能了解人生的，我们将这些苦痛当作一种功课和学习。”

“人，不经过长夜的痛哭，是不能了解人生的，我们将这些苦痛当作一种功课和学习。”明灯重复了一遍。

似乎一夜间，从一楼到五楼同学们都在谈论春游。课堂里，猴哥——是孙老师——胡子上翘，恨不得把几章生物知识全塞进大家脑袋里。脊椎动物分为五类，鱼类两栖类爬行类鸟类哺乳类，别忘了仔细观察一番。

超市里，墨一样的校服取代了高跟鞋女士们的位置，个个提着堆成山的购物篮，你要是来晚了只能冲空空如也的货架干瞪眼。冉故拿了两包小熊饼干，还买了两根火腿肠回来做饭团。灶台的火力格外热烈，老房子也很期待明天。

去动物园的路上，王老师允许大家随意坐。冉故跳到严穆旁边的座位上，像是一颗落入游泳池的深水炸弹。严穆露出两只酒窝，她取下一边的耳机，塞进冉故的耳朵里。大巴比菜市场还要热闹，零食满天飞，有人唱歌助兴。好在尹曼没有心血来潮，他一开口，只怕王老师会马上下令掉头回学校。不必春游了，花朵绿叶都吓得纷纷凋零。

听见自由活动的命令，男生们比二踢脚蹿得还快，一眨眼不见了踪影。严穆在咨询处抽了一张地图。地图分为三块，东区西区北区各为一种颜色。“小不点，你想去哪儿？”

冉故在上面画了一个圈，“先去西区北区，再回东区。怎么样？正好逛完。”

一大片绿油油的水禽湖里，鹈鹕站在中央的小岛上。严穆说，冉故嘴巴下面应该长个像鹈鹕那么大的皮囊，这样上课偷吃零食再也不会被发现了。冠鹤的模样也十分有趣，脑袋上顶着一颗爆炸的烟花。最鲜艳的是火烈鸟与孔雀，据说方诺小时候来动物园，硬要和孔雀比美。孔雀压根不搭理她，方诺气得一边跺脚一边哭。那时她还叫诺诺，不叫诺子。

科普画廊连接鸟苑和非洲动物区。画廊里全是年代久远的水粉画，有的生了细小的裂纹。远处，长颈鹿正在吃金合欢树顶的叶子，它的舌头能挖鼻孔和掏耳朵。如果有如此长的舌头，冉故可以在文化节上表演特技，比严穆的斗鸡眼更能吸引眼球。一时间，她无法决定严穆是更像长颈鹿还是更像金钱豹一点，若是能把二者的高度和速度结合起来就完美了。然而严穆拒绝了，她并不愿意让自己的脖子在奔跑时甩来甩去。

男生们对两栖爬行动物馆情有独钟。老头扒着池子的栏杆，湾鳄像晒太阳的老头一样卧在木桩上。十里拍了拍白唇竹叶青的玻璃，没获得蛇的理睬，获得了管理员的一顿训斥。野兔全神贯注地盯着蝇虎跳蛛，蝇虎跳蛛的八只眼睛也在全神贯注地盯着他。假使孙老师在，他肯定会提醒大家蜘蛛属于节肢动物门，并且不是昆虫。但严穆就是不靠近蜘蛛展柜一步，她执意要和树蛙待在一楼。

“怎么不见尹曼？”冉故问野兔。

“他怕蛇。”野兔头也不抬，“你可别去宣传。”

下了楼梯，结果发现严穆和尹曼正在斑腿树蛙前相谈甚欢。这两人一块出没时，宛若两面行走的奖状墙。

去往北区的路上，冉故递给严穆一个饭团，“竹小姐，您二位刚才在聊什么？”

“我们在聊《哈利·波特》的电影，他刚看完。”严穆说，“我觉得你有点像里面的卢娜，她是一个疯丫头。”

狮虎山前矗立着一座老虎雕像，老虎尾巴下有家小卖部。严穆买了一瓶印着老虎爪子的桃子汽水。她自己灌了一口，冉故也灌了一口。许多游客在雕像前拍照，有的举着“长枪短炮”，有的拿着手机。“你有手机吗？”冉故问。

“没有。”严穆从冉故头上摘掉一片三角梅，“我爸妈说上高中前给我买一个。”

“那等我也有手机后，我们就可以发短信和自拍了，比如说去迪士尼乐园的时候。”

冉故仰着头往嘴里倒汽水，忽然伸出胳膊指着前方，一边发出咕嘟咕嘟的声音。“你说什么？”严穆顺着手指的方向望过去——草坪旁停着一辆小吃车，前面排着长队。

一个嗝从冉故鼻子里冒出，呛得她直想掉泪。“咱去看看，我的肚子已经叫唤了。”

新鲜出炉的凉面摆在台上。师傅一手抄起锅，一手挑桶里的面。先舀一勺炸黄豆，再加进盐醋大头菜海带丝，淋上酱油与香油。本来还有辣椒油，但辣椒油的瓶子空了。最后倒入碗里，不忘撒上葱花。冉故猛吸一口口水，“我请你吃吧？”

冉故从书包里掏出钱。她若是知道一周后会发生什么，此时此刻她会立即丢下那张二十块纸币，拽着严穆能跑多远跑多远，最好离那碗凉面十万八千里。

小吃车对面是海洋乐园。一进门便看见几块灰色的大鹅卵石，再定睛一瞧，鹅卵石长着尾巴和鳍，原来是在岸上休息的斑海豹。海豹们用肚子贴着冰面滑行，比明灯身手还要矫健。希望她能从海豹的动作中得到一些花样溜冰的灵感。

冰山往下是一座巨大的水池，温柔与一众男女生站在栏杆后头，一看见严穆，温柔立马朝她们挥手。水池里，企鹅正在游泳。并不是瘸了一条后腿的花猫，那只企鹅特别讨厌水，宁愿吃豆子也不愿淋雨。

当领头的企鹅露出水面时，冉故连忙咬住嘴唇，以免一张嘴便前仰后合，一头栽进池子。她的表情肯定十分扭曲，因为严穆正准备摸摸她有没有发烧。但等严穆的视线转移到这群企鹅上时，她自己也憋得满脸通红——因为它们的样貌几乎是温柔同学的翻版，尤其是那狂野不羁的眉毛，已经飞出了面部，如同插在眼睛两侧的炸薯条。

一旁的说明牌上写着：凤头黄眉企鹅，分布于南非到南美西部以及南极洲沿岸，因为喜欢跳跃又得名跳岩企鹅。该物种以暴躁的脾气及凶悍出名，是最具攻击性的一种企鹅。

长臂猿馆和猩猩馆挨在一起。老远听见喧哗声，两只长臂猿正吊在铁环上互相推搡。左边那只施展足上功夫，两腿在空中三百六十度旋转。右边那只深谙三十六计的最后一计，抓住绳索四处飘荡，大有把对手绕晕的趋势。它们身下是紫色的峡谷——长满二月兰的地面。游客们好似坐在罗马斗兽场席上，只需一根香蕉便可贿赂场上的明星选手。

冉故大嚼特嚼着小熊饼干，“我想起一个笑话，把主角设为尹曼好了。”

尹曼来到动物园，看见许多黑猩猩。他朝猩猩们挥手，结果猩猩都冲他扔烂香蕉皮。他不解，去问动物园园长，“我向猩猩挥手示好，为什么它们冲我扔垃圾？”动物园园长说，“你不懂，在黑猩猩的语言里，挥手这个动作相当于骂人白痴。”尹曼问，“那我该如何表示友好呢？”园长说，“黑猩猩的语言里，用拳头砸胸口就是你好的意思。”尹曼恍然大悟。第二天他又来到动物园，到了黑猩猩馆，他举起双臂握紧拳头使劲砸胸口。猩猩们纷纷冲他挥手。

桃子汽水像喷泉一样从严穆嘴里射出来。她咳嗽了半天，“你从谁那儿听来的这个笑话？”

冉故没回答。她觉得她的胃突然被人狠踹了一脚。酸，痛。

袋鼠馆的墙壁上彩绘着大草原，袋鼠在其中奔跑跳跃，线条流畅，色彩鲜艳，唯一美中不足的是馆里不见袋鼠。铁盘里放着切成块的玉米与红薯，无鼠问津。一只黑白相间的喜鹊在上面蹦着，不时低下头啄啄。院子里马鹿正在吃草。它们是正儿八经的鹿，头上长着硕大的角，体形似马，因此得名。严穆说日语里马鹿这个词是骂人白痴的意思。真是替鹿抱不平，神话里的鹿那么厉害，既能把人从水中救起，又能让人长满烂疮。

严穆看看鹿，又看看冉故。严穆的嘴张张合合，仿佛一个上了发条的玩具，好不容易伸出一只手，指了指左胸腔，“这里，有只乱撞的小鹿。自从军训认识你以后，它就好像得了脑震荡。”

冉故仔细回忆着，军训时她也没做什么能让严穆得脑震荡的事啊。“这样的话，你应该赶快去医院照个 X 光片。”

严穆的芝麻眼在镜片后眨啊眨，一副可怜兮兮的模样，再眨也不会变大。冉故把她扯到熊猫馆的趣味知识牌前，上面写着：大熊猫其实也是近视眼，它们只能看清几米之内的物体。大熊猫生活在森林或竹林中，那里高大的植被遮天蔽日，眼睛再好也无法看得很远。而且，和很多野生动物一样，大熊猫在找寻食物、判断风险等方面首先用到的是灵敏的嗅觉和听觉，视力差点儿也就无所谓了。

靠近出口的熊猫馆是最热门的，花花绿绿的衣服围了里三层外三层。严穆将冉故稍微抬起来了一点，所以也能看见不少。熊猫坐在木桥上，抓起比熊还高的竹子，许多竹叶搁在嘴里一块儿嚼。竹叶啃光后便开始吃竹竿，先用牙齿把皮撕掉，再一截一截吞进肚里。

“你挺像熊猫的，”严穆说，“吃得好睡得好，从来不失眠。”

回程时，太阳已经落山，余晖还未散去，大地笼罩在柔和的蓝色中。冉故坐在靠窗的座位上，一只耳朵里插着严穆的耳机。播的都是日语歌，一句也不懂，严穆却听得摇头晃脑。

大巴车在马路边的公交站停下，这里离家还要走一段。她和严穆路过邮局，路过面包房，路过街心公园。现在是大人下班的时间，孩子们都回去吃晚饭了，公园里没有人。严穆在秋千上坐下，手里攥着从面包房买的布丁。

冉故站在秋千旁，弯下腰，凑近严穆的脸颊——居高临下的感觉真不错。若是从远处看，像是在嘴唇上碰了一下也说不定。

冉故舀了一勺严穆手里的布丁，“你知道吗，听说和喜欢的人接吻时会看见烟花，否则看见的就是一些乱七八糟的东西。”她叼着勺子想了想，“比如像塑料筷子和空掉的辣椒油瓶之类的。”

光是听到接吻二字，严穆的脸便烧了起来，比放鞭炮更立竿见影。还不如小时候沉稳，那时她能面不改色地帮别人止鼻血。

星期一去学校时，最后一排连着三个位置都空着，左边是老头，右边是严穆，中间是尹曼。十里说，莫非是约好一同去参加全国八年级高人比赛？要是有这种比赛，她马上给方诺和野兔报名全国八年级矮人比赛，说不定还能赢一堆奖品回来。不过王老师很快揭晓了谜底，她说这三位同学都得了肠胃炎，可能是春游时吃坏了肚子。

“尹曼也没吃啥啊，”野兔在一旁嘟囔，“不就吃了一碗凉面吗。”

他们错过了周二的自习课。明灯提议十里放《女孩梦三十》，那自然是畅通无阻。一听电影名里有“女孩”两个字，许多男生唯恐避之不及，仿佛患上了女生恐惧症，谁爱跟女生玩谁就最不酷。冉故翻了个白眼，这《致橡树》品德课的确应该上。

一开片，十里直呼倒霉，詹娜的年级照片拍得实在是太糟糕了。等詹娜一觉醒来变成三十岁，他的嘴又张得能吞下一颗鸡蛋。詹娜发现她得到了一切她曾经梦想的事物。她加入了六姐妹，与克里斯约会，拥有火辣的身材，成为知名杂志的编辑，衣柜里塞满裙子与高跟鞋。长大后的生活真是一帆风顺。

“呸，她管众叛亲离叫一帆风顺？”明灯说。

马特要结婚了，他把以前为詹娜做的娃娃屋递给她。詹娜吸了一下鼻子，“我爱你，马特。”她拼命挤出笑容，“你是我最好的朋友。”

冉故的眼睛有些酸，她迅速捏住鼻子。好些女生已经开始掉泪，方诺正从桌斗里抽出一张又一张纸巾。男生们却嘻嘻哈哈地做着鬼脸，气煞人也，这群混蛋从来不懂得共情二字怎么写。

明灯从后面的桌上拿起老头的眼镜，挂在鼻梁上，显得特像一个学究，“楼下一个男人病得要死，隔壁唱着留声机，对面在弄孩子，楼上有人打牌，河中有女人哭她死去的母亲。人类的悲欢并不相通，我只觉得他们吵闹。”

“刚才那是鲁迅的话。”她把眼镜还给老头，“他们只是想假装帅气而已。”

到了星期五，严穆仍旧没来学校。冉故觉得有必要去看望一番，即便她没准备慰问卡。后院的槐树上冒出了新芽，冉故注意着没给踩掉。她从排水口翻上去，在两个飞檐间坐下。自然看望一般指的是从正门进，但她没有足够的胆量去按门铃。

六祖慧能说：“不是风动，不是幡动，仁者心动。”当冉故靠在中心书城的二楼平台上，向孟桓解释的时候，她总记不清当时是瓦片、窗框，还是她的心脏先动了一下。这种话题争论起来没有意义，但她发誓她的确听见了响动。一开始很微弱，哭泣声、吼叫声、东西摔碎在地上，这些还没有拉开序幕。

冉故盯着手边的瓦片，层层叠叠的瓦片沿着边缘翘起，一张一合地翕动着。往日繁忙的电线上空空如也，没有一只小鸟休脚，仿佛一落下来就会被大风卷走。她撑着瓦片站起，沿着房脊往窗边走，在靠近檐角的地方趴下。她竖起耳朵，试着捕捉屋里的动静。

下个星期一，她会夹着熊仔走在放学路上，脑子里一边闪过许多可能：如果她站在门口按门铃呢？如果她扒着房檐把头探下去，瞧瞧到底发生了什么呢？先不说这个动作的危险系数，屋里的人望见外头垂下两条辫子，怕是要当场吓昏。然而可能都是可能。她从来无法得知，三月最后一个周五，四道街十三号里到底发生了什么。

这时要提到可怜的企鹅。它见冉故在欣赏日落，正准备爬上屋顶，窗户里冷不丁飞出一只盘子，企鹅的尾巴噌地一下炸开了花，直接从墙上摔了下去。冉故的耳朵也接受了一场风暴的洗礼，尽管隔得老远，一切声音都像蒙着一层糯米纸。要知道，有些词语只适合拿来形容青蛙的发育过程，或者袁隆平爷爷培育的水稻。不过那叫杂交，不是“那个小杂种”。究竟是出了什么事才值得发这么大火，这些词又是在说谁？

太阳消失了，星星从云层后探出。冉故又一次从屋顶上站起，眉头紧紧锁在一起。她抱着电线杆滑下，停在下面的水泥台上。她想，下周就能问清楚了，那时严穆总该来上学了吧。

星期一，严穆来了，但她破天荒地迟到了。等做完操后，才看见她坐在桌前，头埋进课本里，仿佛鼻尖和书页被五〇二胶水粘在了一起。可以理解，尖子生们落了课大概都急着补回来。

十里像一阵旋风冲上讲台，将黑板槽里大大小小的粉笔头捡得一干二净，再跑到冉故桌前，“别忘了。”

“放心。”冉故把粉笔盒塞进桌斗里，“下次这种事你找方诺，她会很高兴的。”

“为什么要找她？”十里问。冉故敲着他的脑袋，“你是真蠢还是假蠢啊。”

同学们回到座位上。上课铃打响，孙老师踏进教室，把书和文件夹放在讲台上，“上课。”

“起立。”班长叫道。大家一齐站起，“祝老师三八妇女节快乐！”

孙老师竖起眉毛，“长本事了啊，小兔崽子们。坐下。”

幻灯片上出现了青蛙和蝌蚪，标题为《两栖动物的变态发育》。到了板书时间，孙老师先在桌上搜寻着，又转过身看黑板槽，终于冒出一句，“粉笔呢？”

野兔举起手，“老师，粉笔在讲台下面。”

孙老师弯下腰。冉故赶快起立，以迅雷不及掩耳之势把粉笔盒放回讲台上。孙老师直起身子，“没有啊，到底在……”他的目光落在桌面，眉毛像两条黑色的履带扭在了一起。这下没人忍得住了，全班哄堂大笑。

离开教室前，孙老师捋了捋胡子，“明天我们来一场突击测验，今晚好好复习。”跨出门时，他还吹了一声口哨。

教室里响起一片哀号声——老师，这不行，这叫公报私仇！

严穆没有笑。一整天，她没说一句话。下课铃响了一遍，又一遍，再一遍，除了去洗手间，其余时间她如同被定住了一般。冉故的心绷成一条钢丝，抹布拧了三次才拧干。今天的窗户格外脏，污渍怎么擦都不掉。她看见严穆拉上书包拉链，但没有背在肩上。严穆抬起头，眼神与冉故的对上了。

她说，“冉故。”

她从来没叫过冉故的大名，一次也没有。

“来一下。”

冉故爬下来。她将抹布放在窗台上，跟着严穆走向后门。这里热闹非凡，三班的同学在把易拉罐当球踢，二班的同学在用拖把擦窗子，一班的同学在跳绳。

严穆张开嘴，她的喉咙里发出可怕的咕噜声。严穆的牙齿上长起了刺，血红的舌头上下翻腾。一粒一粒凝成铁砂的字，从齿缝里掉出，砸在瓷砖上。如同寒冬从河里凿出的冰砖，又像是凿冰用的镩子，上头的倒钩拖在地上，尖锐的声音刺入耳膜，行人忍不住捂起耳朵。

一开始，冉故认为这是一个愚人节的玩笑。不过若要她评分，这绝不是一个聪明的玩笑，把对方送的礼物甩在地上，也并不十分礼貌。冉故看着熊仔打了几个滚。她抬起头，望进严穆的眼睛。登时，她明白了，这不是玩笑。

严穆转身进了教室，追上前面的同学，把胳膊搭在他们肩上。冉故愣愣地立在走廊上。后面，三班的同学把易拉罐踢出了栏杆外，一边嚷嚷一边跑下楼梯。二班的同学拖到了最后一扇，窗户上留下一排弧形水渍，引来了一帮看众。一班的同学还在跳绳，从单摇变成了双飞扯花。

没人知道发生了什么，没有一丝痕迹，下水道冲得干干净净。冉故不禁怀疑刚才那诡诞的一幕是否是幻想。然而她是亲眼看见了。当你怀疑你有没有看见什么的时候，你多半是看见了。

熊仔面朝下趴在地上。一片木棉花飘下来，停在它的背上。冉故拾起熊仔。她把木棉花放进手心里，一阵风吹来，带走了花瓣。她想起去年学过的《春》。

小草偷偷地从土里钻出来，嫩嫩的，绿绿的。园子里，田野里，瞧去，一大片一大片满是的。桃树、杏树、梨树，你不让我，我不让你，都开满了花赶趟儿。花下成千成百的蜜蜂嗡嗡地闹着，大小的蝴蝶飞来飞去。野花遍地是：杂样儿，有名字的，没名字的，散在草丛里，像眼睛，像星星，还眨呀眨的。

风里带来些新翻的泥土的气息，混着青草味儿，还有各种花的香，都在微微润湿的空气里酝酿。鸟儿将窠巢安在繁花嫩叶当中，高兴起来了，呼朋引伴地卖弄清脆的喉咙，唱出宛转的曲子，与轻风流水应和着。牛背上牧童的短笛，这时候也成天在嘹亮地响。

一年之计在于春。刚起头儿，有的是工夫，有的是希望。

程暝把胳膊伸进讲台的缝隙，掏出滚进去的黑板擦。今天本来不该他值日，早上和尹曼换了一下，尹曼说他要去准备模联社的彩排。

程暝从黑板的左侧开始，右侧写着课表与作业。他用双手扶着板擦在黑板上移动。板擦犹如收割机，粉笔字一个不剩地被吞进嘴里。黑板上的白字越来越少，露出大片黑色的土地。胳膊酸也不能放慢速度，一会儿他还要去操场为运动会训练。今年他报名了实心球，他哥程曙去年拿了金牌。只要是他哥参加过的项目，他都想跟着试试，虽然到目前没有一个能比上他哥。

清理完毕，程暝把板擦一丢，走向卫生角。“咦？”

他抬起脚，好在不是口香糖，在教室里吐口香糖的话也太没公德心了。他从地上捡起一个纸团，是用草稿纸揉成的。展开一看，写满了小字，仿佛要将《出师表》抄下来。第一行是七个字：你又去图书馆了。

第二行：咋的，法律说不能去？

第三行：你要拿得起，放得下。

第四行：合着看书就成自怨自艾了是吧。

有两种笔迹。程暝明白了，这是甲和乙在对话。不过这个传话用具真不小，且不说会不会被老师发现，要是砸到脑门上够疼半天的。

甲：我不是这个意思。大家都喜欢乐观的人。

乙：我怎么乐观，我就跟见不得光的吸血鬼似的。

甲：你得把你的喜欢藏起来。

乙：凭什么要藏？

甲和乙有些像相声里的逗哏和捧哏，只是这个逗哏脾气较为暴躁了点。

甲：就凭这一点，社会不接受。

乙：我不会。

甲：伯爵都懂得藏骨头，你怎么就不会。

乙：你在骂我？

甲：不敢。我知道你很难过，但这总会过去的，别花时间在同情自己上。

乙：你做不到的事现在来要求我？

甲：天哪，你能不能别像吃了火药似的，我是为了你好。

乙：是你说的话不中听。

甲：良药苦口利于病。这些都是我的经验。

什么经验？应该是恋爱经验，看来甲是个谈过很多场恋爱的大师。

乙：至少告诉我为什么啊。不够好的地方，我可以改。

甲：别去问，没用。她还会烦，这是你最不想要的。

下一行应该还是甲，笔迹和上一行一样：反省自己是对的，怨天怨地最讨厌了。

乙：可是，这也太不明不白了。

甲：世上不明不白的事多了去了，放下这件小事吧。

乙：这不是小事。

这五个字是用加粗的黑笔写的，是其他字的两倍大，墨水渗到了纸的背面，几乎沾到了程暝手上。

甲：问题是别人不知道，他们认为是朋友绝交。

乙：她不是朋友。

这五个字也是。

甲：我怎么讲不管用，关键她是这么对外说的。

乙：但这种东西，就算捂住嘴巴，也会从眼睛里跑出来啊。

能从眼里跑出来的东西，程暝第一个想到的是超人的热射线，以及路飞的见闻色霸气。小时候班上有个女生特别崇拜路飞，还喜欢跟他哥讨论各种坦克与军舰的型号。因为程暝也看《海贼王》，在搬走之前她把《海贼王》的漫画全送给了他。她说，路飞向往自由，热爱冒险，什么都不怕，她想成为路飞。她没有说出来的是，她也像路飞一样，有一个非同寻常的愿望，而且她会排除万难实现它。

有趣的是，甲的下一句回复和上一句隔了好几行，如同停顿了好长一阵子才写下。

算了，藏不住就藏不住吧。我也知道，他喜欢的人不是我。

这里第一次出现了单人旁的他，谁知道这个甲是谁，喜欢的“他”又是谁。头顶上的喇叭以一百分贝的音量传出铃声，程暝差点跳起来。这是高中部的上课铃，他望着教室后面的钟，已经快五点了，他居然还在这儿傻站着。工作早就完成了，结果又把时间浪费在不知从哪儿滚出来的废纸团上。

程暝带着纸团向前冲，避开守篮队员，一个三大步往上跳，学着他哥手腕一翻，球瞬间射向球框——纸团在空中画出弧线，不偏不倚地落入垃圾桶中。他拎起书包，朝操场飞奔而去。

“请八年级女子四乘二百米接力参赛同学到游泳馆检录——”

扩音器喊了三遍。温柔从看台上站起来。刚参加完跳高，她得喘两口气。上午的开幕式十分热闹，他们打扮成拿着水管的马里奥，和三班的一众无脸男一决高下。口号也称得上全年级最豪迈，比去年的更上一层台阶。

四班最强，
除暴安良。
顺我者昌，
逆我者亡。

到了游泳馆前，严穆正在压腿，“你可真慢啊。”

“抱歉，我是不是迟到了？”温柔一巴掌拍上额头。

“差点。”严穆把号码牌递给她，“帮我别一下。”

温柔小心翼翼地打开别针，生怕戳着严穆，“下次我一定记得看表。”

温柔跑向游泳馆大门。她不会游泳。二年级时爸爸给她报名了游泳班，那教练特别凶，发现谁偷懒或是动作不标准，立刻冲他河东狮吼。她一看到教练两腿就哆嗦，暑假结束后连憋气都没学会。

她没上一年级，直接上了二年级，该上四年级时又去了五年级。小学时她总比同学们矮一头，这情况到了初一才开始改善，连带着力气也开始长了。去年，她人生头一次参加了运动会，报名了一个项目。今年打破了自己的纪录，但若是和严穆比就小巫见大巫了。她了不起的同桌一口气报名了四百米、八百米、接力赛与跳远，几乎是奔着铁人的头衔去的。严穆之前向她解释过，这叫能者多劳。作为全年级数一数二的跑步健将，自然要为四班多拿几块金牌。尤其是接力赛，只要有严穆压场，其余三人就安心了。

上周严穆又获得了英语写作比赛大奖。温柔在台下拼命鼓掌，手都拍红了。在国外待过两年就是不一般，和《家有儿女》主题曲里唱的一样：快乐学习德智体美，个个是强项。虽说她自己学习也不差，小时候总被叫神童。过奖过奖，她只是在幼儿园里，用背古诗乘法表和妈妈换了一套过家家玩具。然后开学前在校长室里做了两张卷子，就稀里糊涂地坐进了二年级的教室，连入队仪式都省去了。

接力赛最终拿了第二。这个成绩不错了。温柔差点掉棒，那根红白棒子在众目睽睽下翻了好几个跟斗，她仿佛骑在独轮车上的小丑，费了九牛二虎之力才保持住平衡。这一来四班就落到了倒数，幸亏最后一棒严穆还追过了三个。

刚冲过终点线，严穆身旁已经围了一圈同学，还有其他班的女生，一边尖叫一边递饮料。温柔拧开自己的水瓶，她什么时候才能像严穆这样受欢迎啊。小时候她的确挺风光，许多老师同学都听说过这个跳了两级的“聪明小孩”，享受了不少福利，例如“六一”的游园会上，有些学长学姐会把多余的票送给她。但她从来没有过严穆那样丰富的朋友。谁不想当她的朋友呢。假若再配上个同样品学兼优的白马王子——好比说尹曼，简直如小说里的剧情一般完美。

“大家辛苦了。”

司马顺头上绑着啦啦队的绸带，作为班里的文艺委员，她给运动员们挨个发巧克力。温柔剥开锡纸，咬下一口，嘴里全是榛子的气味。她翻出纸和笔，王老师规定每人要给广播站投五篇稿子。司马顺发完了巧克力，回到看台上，“你还在写？”

等另一个声音在背后响起时，温柔才明白司马顺不是在和她讲话。“最后一句。”

司马顺叹了口气，“我一篇都还没动呢。”

“不急，等会儿帮你来两篇，我坐在这儿也没事干。”

“救命恩人啊。下午我还得去排练。”司马顺说，“对了，你要不要来给毕业生唱歌？”

“我又不是合唱团的。”冉故停顿了一下，“再说我跑调。”

“把《送别》多听几遍就好了，这次纯属重在参与。你以前不是说想来嘛。”后面传来刺啦一声，司马顺应该是撕开了一袋薯片，“希望这个消息能让你开心一点。”

“我开心。”

“开心个大头鬼。你要是开心，就会全神贯注地看比赛，而不是和我聊天。”

一串沉默。温柔咬着笔杆，终于能好好构思一下广播稿。她并没有偷听别人的习惯，但是离得实在近，险些贴着她的脊梁柱，加上嚼薯片的声响，她控制不住耳朵。

“就穿上次一块儿去购物中心买的那条裙子吧。”

“你确定？那条吊带裙从脖子一直露到肚脐眼，出门会冷死的。”

“你的肚脐眼不长在背上。而且被聚光灯照着有多热你知道吗？捂得严实才要长痱子呢。”

字越写越淡，温柔把笔甩了两下，好像真的是没墨了。她只好拿出圆珠笔。后面，司马顺又开了口，“她说是为了你好。”

“啥？”

“她说，分手的原因是为了你好。只有这四个字。”

温柔的耳朵竖得比兔子还快。八卦使人振奋，无论是好八卦还是坏八卦。听上去冉故似乎刚刚被男生甩，可怜的人。

“我……我没明白。”

“我也不明白，因为这完全是个借口。”

“我倒希望她真的是为了我好。”

“相信我，她在耍你。这太明显了。”

冉故喜欢的到底是谁，难道是程暝或者兔牙的钱逸？他们平日看起来和冉故关系不错。要不去问问严穆，她和冉故之前不是朋友吗。

司马顺似乎在磨牙，温柔都能听见咯吱咯吱的声音。“我气她，也气你。这个人真的很卑鄙。你还喜欢她，还战战兢兢地喜欢，生怕打扰到她。她有啥好的？”

半晌，冉故说，“对不起。我要是能解释清为什么，我就不喜欢她了。”

温柔把笔帽盖上。前不久她问严穆，怎么放学不跟冉故一起走了。严穆说，“我和她绝交了”，然后继续看起了笔记。

她望见升旗台下，严穆正拎着奖状冲她招手。温柔站起身，抓起稿纸跑下看台。还是不要问了，既然都绝交了，严穆八成也不会知道。

孔续夹着课本，第一个从音乐教室里出来。他要赶快回班，数学老师让他在上课前把卷子发下去。

音乐课在为毕业典礼的合唱招募人选，孔续没有报名。他从不主动参加各种表演，万一在台上忘词了呢，万一摔倒了呢，万一裤子被旁边同学扒下来了呢。所以很少有人知道，他其实擅长唱歌，可能是跟着奶奶看戏的缘故，奶奶最爱看《穆桂英挂帅》。虽然唱戏和唱歌不太一样，吐字和用气注重的地方都不同。

爷爷和奶奶都喜欢听豫剧。爷爷不擅长唱，他擅长木工活。小时候爷爷给他做了一个陀螺。他一边拿鞭子抽陀螺，一边看爷爷刨木头。新鲜的木花一层一层地刨下，像是海上漂浮的泡沫，也像爸妈每次离家时，火车烟囱里喷出的白雾。

木工活是爷爷的业余爱好。爷爷和奶奶以前是报社记者，他们来自同一座小镇，奶奶是村子里第一个考上大学的女孩。人们说他们是青梅竹马，不过打他记事起，爷爷奶奶似乎总是在吵架。或许打是亲骂是爱，也或许他们只是爱面子，不好意思离婚。

同学们从音乐教室里出来，高个子先，矮个子后，笑声在走廊上响起。这的确是让人开心的季节，《春天的故事》里唱道：你迈开了气壮山河的新步伐，走进万象更新的春天。

“这周末是我生日——”

一个女生大声宣布，还没说完另一个女生立刻蹦起来，“我要报名！”

“会请你的，别急。我准备去欢乐谷，你们谁想来？”

更多男生女生加入了讨论，“我”的叫声此起彼伏。“能去欢乐谷还能吃必胜客？”一个男生嚷嚷着，“你爸妈真大方，比宇宙还大方。”

这位仁兄一听就是科学学得过于入迷。科学课最近的版块是天文，讲到宇宙的诞生。老孙提问时，几乎所有同学异口同声地回答——宇宙大爆炸！

“不错，从上世纪二十年代开始，大爆炸理论逐渐成为主流观点。然而我们不清楚暴胀如何开始，也不清楚在暴胀之前发生了什么。转眼百年的时间过去了，一些科学家提出了新的看法。有同学了解吗？”

孔续不了解。班里没有人举手，除了钱逸，钱逸最擅长天文。“我在书上读到过，说宇宙可能来自一次大反弹。”

“非常好。”老孙说，“来多给我们讲讲这个理论。”

能在科学课上进行演讲，钱逸激动得满脸通红，“根据大反弹学说，宇宙大爆炸可能是上一次挤压所造成的后果。凡事都是有限度的，人和宇宙都是。好比一个弹簧，拼命压拼命压，到了顶点时就会反弹。宇宙膨胀的过程，便是它生长的过程。”

大家纷纷鼓掌，老孙称赞了弹簧的比喻。身后，关于生日的喧哗声一点也没减弱，反而愈演愈烈。“咱小声点吧？”一个女生发了言，“那些没被邀请的同学，听到可能会伤心的。”

“没关系，叫他们听着呗，伤心是他们自己的事。”严穆说。

孔续蹙起眉。人们说他经常皱眉，第一个这么说的是徐老师，所以得了老头这个外号。他还没回过头看看都有谁，严穆先叫住了他，“孔续，你要不要来我的生日？”

严穆是班里乃至全年级最高的女生，站在她面前很容易产生压迫感，尤其那些个子矮的男生。

“什么？”

“这周六上午九点。”

实际上，他和严穆不怎么熟，或者说他和班里的女生都不太熟。他不是很理解女生这种生物。她们特别敏感，总是因为一些小事生气或者哭哭啼啼。还爱八卦，并且爱凑小圈子，几个人围在一起叽叽喳喳的。他最不能理解的是女生连上厕所都要成群结队。

“温柔也来，你不来吗？”严穆叉着腰，露出笑容。

孔续又皱起眉。温柔去关他什么事。何况他一来，温柔岂不是更气得跳脚？常常有同学朋友看见他写字便惊叹，“哇，左撇子可是很聪明的。”他早习惯了，何况他并不相信左撇子就比别人聪明。但温柔一听见有人夸他便牙齿咬得咯咯响。女生的脑袋像羑里城的八卦阵似的，千变万化，难以捉摸。

他爷爷奶奶是河南人，他是在羑里城和殷墟附近长大的。爷爷管羑里城叫兔儿家，奶奶说他爸爸妈妈小时候会来这里逮兔子，但他一只也没有发现。殷墟倒的确遍地是人骨，一个个墓葬坑里挤满了骷髅，把五岁的他吓得转头就跑，结果没看路掉进了一旁的池塘里，从此再也不靠近水。

严穆还等着他的回答。行，这回他却想见识见识这帮家伙要整些什么幺蛾子。

“我去。”

钱逸系上鞋带，匆匆推开家门。有病假条在手，他其实不需要急。昨晚他把闹钟关上了，一直睡到了上午十点，但他还是想赶上最后一堂信息课。

这个时间的上学路非常清净。只有坐在长椅上看报的爷爷，和推着孙子遛弯的奶奶。在他们眼里，自己会不会像是一个逃学生？初夏的好日子真应该用来逃学，而不是把时光浪费在教室里，比如说搭辆公交车去天文馆。听上去相当诱人，但他没有那么大胆。

跨进白色的大铁门时，下课铃和他的脚同时落地，仿佛鞋子下连着一个按钮。这叫赶早不如赶巧。钱逸把书包放下，在里面翻着作业。只有科学练习册不见踪影。这可糟糕，最近的天文版块是他最喜欢的。

他站起身，发现教室外站着一个女生，正扒着窗户左顾右盼，看起来需要帮忙。钱逸之前似乎见过她，她的皮肤可真黑。

帮忙的人来了——其实是刚好路过。严穆在门口停下，黑皮肤女生叫住了她。钱逸很少和严穆说话，站在她面前容易有压迫感。这人成绩好，又擅长体育，简直三百六十度找不出死角。他希望自己至少能长高一点，别老像《哈利·波特》里的弗立维教授似的，讲个课还得站在一堆书上。

严穆转过头，大声叫道，“冉故！”

她完全没必要使出排山倒海的气势，冉故的座位就在讲台旁边。不过这是吵闹的课间，也没多少人注意。钱逸不仅注意到了，还嗷的一声撞在了冉故的桌上，因为冉故踩到了他的脚。桌子晃了三下，一卷毛线和两根钩针从桌斗里掉出来。

他捡起毛线和钩针，“别紧张，又没人拿着豆子追你。”

冉故没有回答，她或许是没听见，或许是真的很紧张。是被叫了大名的缘故吗？没有人会怕自己的大名，那就跟怕自己的影子一样傻。王老师昨天还夸奖了她，说最近冉故同学的学习劲头高涨，上课不讲小话了，做题也比以前认真很多，看到她的努力老师十分欣喜。所以，只有严穆的呼唤好似魔咒，传进耳朵里就会吸取魂魄。

严穆一眼也没瞧冉故，蹦蹦跳跳地回到座位上。

下午的体育课注定要错过了，他得去孙老师的办公室补考。在大家拎着水瓶下楼梯时，钱逸往上爬。办公室在船尾的位置，靠着音乐教室。做完卷子时，离打铃竟然还有些时间，来得及赶去操场。

虽然去老师办公室时的心情一般称不上无忧无虑，但能在栏杆边欣赏风景，也算是美差。若是以前，他肯定有心情吹几声口哨。校园里很安静，学生们都坐在教室里，除了——

钱逸停在楼梯口。他的正下方是后花园，一个披着外套的女生正在徘徊。一进五月，许多男生迫不及待换上短袖，看来女生们没那么怕热。她那一头短发乱得像个鸟窝，因为她时不时举起手揉着头发。

她在焦虑吗？但焦虑时应该大把大把拔头发，而不是双手背在身后，默默凝视池中的金鱼。而且竹林里有那么多鹅卵石，她一颗也没踢。钱逸烦躁的时候，可以把一圈石子全踢进池里。如果是尹曼那种射门健将，估计能在池子周围挖出一道护城河。

严穆终于停下脚步，在长椅上坐下，从凝视金鱼改成凝视膝盖上的双手。她那副模样更像是忧虑。钱逸咬紧了牙关。她那么风光，走到哪儿都呼风唤雨，轻而易举就得到了白马王子，她有什么好忧虑的，她哪里来的脸忧虑？

她什么也不懂，他们什么也不懂。但他清楚，尹曼不让同学去家里，是因为他爸爸工作压力大时喜欢喝酒，家里藏了很多酒瓶。而他总穿长裤，是因为七岁的时候，他爸喝醉了，不小心打翻一壶开水，全洒在了他腿上。

第三次站起又坐下后，严穆摘下眼镜，把手盖在脸上。她的肩膀颤抖着，一颗颗水珠顺着她的指缝往下淌，连绵不绝，像教室的卫生角一样。卫生角的墙裂了一道缝，一直往外渗水，上周终于修好了。

钱逸忽然气不起来了，他见不得女孩哭。家家有本难念的经。或许这两个人没有做错什么。他只是恨自己没有站出来，没有为自己争取。

昨晚下了场雨，今天天空十分晴朗。阳光洒在花坛上，篮球架上，还有他胸前。他等不及夜晚的来临了。当他站在浩瀚的星空下，把眼睛凑到望远镜前时，他会觉得自己并不孤独。

背后有人凑过来，高妙把视线从成绩单上移开，“什么？”

“考得不错嘛。”

这叫不错？她离历史最低只差了两分。“你又讽刺我。”

“我说的是体育。”魏晋拉开前面的椅子，“而且二模分数低很正常，你要用老孙的话安慰一下自己。”

“好吧，至少体育发挥超长。”

魏晋一巴掌拍在桌上，“你发挥超长，我发挥失常。平时我能跳一百九十个的，这次才跳了一百七。”明明是她提议安慰一下自己的。

“你该像我一样选仰卧起坐，不容易失误。”高妙说。虽然高妙没选跳绳还有一个重要原因——跳绳对她的胸部负担太大，在一众男生面前实在难为情，让人想用个纸袋把自己闷死。

“你知道卢艾跳了多少个吗？两百三十五。”

两百三十五，绳子在空中都得甩没影了。“我以前没看出她有体育天赋啊。”

“她刚入学时跟个瘦鸡似的，现在轻轻松松就能把人抱起来。这说明啥，功夫不负有心人。课上她练的那些深蹲高抬腿，我看着都觉得累。”

“也不用这么拼命吧。燕艺招的是艺术生，又不是体育生。”

“别以为艺术学校就不管文化课和体育了。”魏晋晃着手指，“那家伙倔得像头驴，说好听点叫坚持不懈。她想考燕艺，她就考得上。”

高妙点点头。她给卢艾算过星盘，她的火星与冥王星形成夹角为九十度的四分相。火星是精力充沛的行星，冥王星则代表钢铁般的意志——这是好听的说法。

老孙走上讲台，把文件夹放下，“今天不上课，聊一聊考前的准备。拿到卷子第一件事是什么？”

“涂考号！”大家齐声嚷道。

“别以为这是老生常谈。二模出了一个忘填考号的，是谁就不点名了。”老孙的目光在教室里扫了一圈，“重点还是心态放平，吃好喝好玩好，进了考场就和平常一样。考试是你们最擅长的事情。”

“并不是我最擅长的事。”程曙在旁边嘀咕。

老孙拍了拍黑板，“上周末的宝瓶座流星雨，看了的把手举起来。”

新闻联播里都报道了，据中科院紫金山天文台消息，今年的宝瓶座流星雨格外激烈。加上老孙一直唠叨，班里举手的人获得压倒性胜利。老孙点了魏晋，“怎么样，壮观吗？”

“壮观得不得了。为了不中途睡着，我喝了三杯咖啡。一点钟的时候还是没有动静，我都有些怀疑了。刹那间，一道亮光划破天空。”魏晋在头上挥出弧形，“后面跟着三四颗流星，又有更多的掉下来。我弟在阳台上手舞足蹈，我瞪了他一眼，但我爸说我叫得更大声。”

“谢谢魏小雀同学的分享。”老孙说，“你们在看流星雨的时候，出题老师说不定也在看。你，”他伸出手，“来讲讲流星现象发生的原因。”

卢艾站起来，“太阳系中的微粒和固体块在经过地球附近时，进入大气层，与大气摩擦后燃烧发光。没有燃尽的落在地球表面，这些流星体叫作陨石。”

“标准答案。”老孙满意地捋了捋他的宝贝胡子，“你和谁一起看的流星雨？”

“我和……我和一个学妹一起看的。”

接下来的半堂课全在强调别忘带准考证和身份证。以及每科出考场后不讨论答案，不估算成绩，不因一场考试不理想影响情绪。最后一门历史在五点半结束。末了老孙宣布，“行，去做操吧。”

《运动员进行曲》在校园里回荡。老孙最近总叮嘱他们，好好享受在这所校园里的最后一个月，别为以后留遗憾，例如想着“啊，当时我没珍惜食堂的土豆饼”而哭天抢地。

高妙走到白色栏杆的第三根柱子旁，这是她排队时的固定位置。曾有一次翻新走廊上的栏杆，不知谁把“油漆未干”的牌子摘走了，结果她光荣地变成了雪人。身后有人笑得快窒息了，不用转头她也知道是谁。那是上初二的时候。现在的初二生正在下楼梯，全走完才轮到初三。

“年轻真好啊。”

魏晋回过头，“你说啥？”

“我刚看见两个初二生牵着手。男生和女生都特别高，如今的小孩是吃什么长大的？”高妙举起胳膊，“那儿。”

魏晋一动不动地盯着远方，久到高妙以为她的眼珠子脱臼了她才开口，“我知道那两人，八四班的尖子生。”

“一个年级五百人你都能认出来，你的脑子比教导处的砖头花名册还要厚吗？”

“老孙也教他们班。而且像你说的，他们的身高太显眼。”

“不怕被发现的情侣，要不是小太弟和小太妹，要不是一对学霸。”高妙说，“看来有不少人羡慕他俩呢。”

魏晋哼了一声，“羡慕？碎掉的不止一颗心啊。”

高妙瞟了她一眼。突然如此酸溜溜，魏晋不知哪根筋搭错了。

壁炉里，木柴噼里啪啦地响。没有人四月的第一天还在烧火，但老房子坚持要这么做。胶片在留声机上一圈一圈地转着，冉故躺在地板上。唱针第一百次跳了，她把唱盘压低，又躺回地上。

吃完晚饭，她发现镜子裂开了一条缝，又深又长。站在跟前，人和牙刷也变成了两截。冉故移到左边，她完整地出现在左边的镜子里；移到右边，完整地出现在右边的镜子里；移到中间，像毕加索的画《哭泣的女人》：眉毛倒悬如刀片，鼻子扭到侧面，牙齿咬着比钢板还硬的手帕。整张脸仿佛世界地图，分裂的板块漂浮在大洋上。

墙上的钟指向九点五十八。冉故把泡沫吐掉。她在毛巾上揩干手，从储藏室里拿出一大卷胶带。

她在凌晨三点醒来。她从床上滑下，把客厅里的电视打开，插进《玩具总动员》的碟。循环到第三遍时，卧室里的闹钟准时响起。冉故打了个哈欠，从沙发上坐起。她望着镜子，尽管不能复原，贴上胶带后，倒影总算正常些了。

屋外传来两短一长的敲门声，有大半年没有听到这个声音了。

她低下头，掬起一捧水，融化掉脸上的泪痕。

钟楼里，冉故坐在表盘框上，右侧写着巨大的阿拉伯数字七。她把脸贴在玻璃上，玻璃平整且冰凉。她能通过时间的缝隙望见外面，望见东海、北山和北山脚下的铁轨。铁轨驶在田野上，驶在手臂上。赭色的暮霭坠入山后，坠入一道道枕木间，映在校服里。

齿轮下，小老鼠的身影不见了。或许是被夹在了捕鼠器上，一条又细又长的尾巴垂下来，脖子压得扁扁的，张着小嘴巴，再也无法享用面包了。

齿轮永远不停止转动。在震耳的摩擦声中，她想像杨过一样仰天大喊——若是我错了，我自然要改。可是我没做坏事，我没害人！

时间能抚平一切，时间能抚平一切。但时间怎么过得这么慢呢？从四月份到六月份，还比不上她跑八百米的速度。

今天早上，十辆大巴车停在铁门外，把道路占得满满当当。初三生们鱼贯而出。从楼上望去，只有书包颜色不同。仲夏的夹竹桃落在地上，为考生们铺出一条粉色与白色的绒毯。车子静悄悄地滑走了，宛若一部卓别林的黑白默片。在《摩登时代》里，卓别林演的查理只要看见六角形便想去扭。假如她患上这种病，送给卢艾的生日礼物可要遭殃了，上面要穿不少六角形的珠子。

她嘴里叼着钩针，爬下舷梯，在体育课结束前回到教室。

“等我收拾完就去礼堂。”司马顺说。

司马顺慢悠悠地拿起笔记，像是和语文难解难分似的。冉故帮她把剩余的东西一股脑儿塞进书包，“别磨蹭了，走吧！”

礼堂在竹林前面。石榴树上，火红的小灯笼挂在枝叶间。英子喜欢石榴花和夹竹桃。毕业典礼上，她的衣襟上别着一朵粉红色的夹竹桃。毕业生坐在最前排，同学们为他们歌唱《送别》。

冉故已经唱了七年骊歌。今年是最后一年了。

毕业典礼在周五上午。据程暝的消息，周五下午他哥哥全班要去歌厅开派对，包了最大的宴会厅，光十五寸的披萨就订了八个。他哥带了一台拍立得，准备送给每个同学一张相片。可惜八年级还要上课，等放学后她再去为卢艾道贺。

放学时，天已近黄昏，一朵乌云遮住夕阳。冉故抱着一袋山楂酥，在十字路口等绿灯。她耽误了些时间，逃课间操被王老师逮住了，周一要交一份检查。当时她正在赶工生日礼物的最后几针，谁知恰巧碰上点名。但明天就是端午了，所以这篇检查写得不亏。

上午的典礼圆满落幕，尤其是骊歌的表演。上台前，她的手不停地往后伸。司马顺说再拽裙子就要掉了，况且不可能有人注意。礼堂里充满吸鼻子的声音，一大半毕业生在抹眼睛。炽热的目光，冉故想起这五个字，文学作品里经常这么写。但目光确实是没有温度的，你无法盯着一盆水使它沸腾，或是在别人的后背上烧一个洞。让身子热起来的是头顶上的聚光灯。

喝酒也能使身子变热。诗里说，绿蚁新醅酒，红泥小火炉。晚来天欲雪，能饮一杯无？然而现在是六月，漫天飞雪是不可能的，只有发生大悲之事才会漫天飞雪。冉故在红绿灯下抬起头，这天色瞧着更像是“晚来天欲雨”。她最初以为第一句的意思是把蚂蚁拿来下酒，吓她一大跳。人又不像《狮子王》里的丁满和彭彭，如何大快朵颐虫子？好在徐老师解释了，“绿蚁”指的是新酿好的米酒上的泡沫。在白雪纷飞的冬天里，邀请朋友来饮酒叙旧，体现出诗人浓浓的情谊。刘十九在读了白居易的诗后，必定是欣然前来，穿过巷子，绕过槐树，站在门前，轻轻叩响——

冉故也叩响大门。门开了，后面站着满脸通红的卢艾。

雨刚好下起来。远处的天空出现一道闪电，断掉的雨丝敲在房顶上，再晚两分钟她就会被淋成落汤鸡。

“进来。”

和魏晋说的一样，喝了酒的卢艾是口齿清晰的。冉故解开鞋带，鞋架上果然只有一双鞋。“你爸爸又出差了？”

“他明天下午赶回来。”卢艾说，“吃饭了吗？”

肚子的叫声替冉故回答了。“我做了面，去吃点。”

厨房的灶台上搁着一口锅，里面是茄子鸡蛋卤。冉故把橘红色的纸袋放在餐桌上，从抽屉里拿出筷子和勺。空气如一潭没有涟漪的湖水，被吸面的声音打破。洗碗池里摞着碟子和碗，她一块儿给刷了，饱嗝从她嘴里冒出来。

贴着画的房门没有关，一推便开了。卢艾坐在床上，手里攥着一瓶酒，床头摆着一排空了的瓶子。“天哪，你哪儿弄来这么多酒？”

“派对上拿回来的。”

冉故把她手里的酒瓶抽走，“甭喝了，你能不能让人省点心？”

那么多酒下肚，不会想吐吗？卢艾没有反胃的样子，她的眼睛大如铜铃，浑身散发着奇异的精神。冉故回到厨房，她最好调一杯蜂蜜水。冰箱里没有葡萄，不知道葡萄干行不行？她叹了口气，将冰箱门关上。

玻璃杯放在书桌上。旁边是敞开的素描本，一盒温莎牛顿的颜料，棉签与碘酒。台灯下有一本书，封皮上写着作者的名字：艾米莉·狄金森。

偶尔，冉故会有那么一丝想法——徐老师如果教卢艾，她的作文说不定也会发表在报纸上的“小作家园地”一栏。不过这份潜在文采不像艺术天赋一样得到了重视。燕艺中学要是不录取她，那简直是有眼不识金镶玉。冉故极少当面称赞卢艾，卢艾实在是不识抬举，一被夸就叫人笨瓜，还不如骂她呢。

在高中里，当冉故翻开史淮的《尼罗河上的惨案》，读到波洛侦探和杰奎琳在花园里谈话的时候，她会想起那本狄金森的诗集，在折角的一页敞开：

我本可以忍受黑暗

我本可以忍受黑暗
如果我不曾见过太阳
然而阳光已使我的荒凉
成为更新的荒凉

卢艾喝了一口蜂蜜水，“你们的表演，不错。”

“何止不错，是很棒。”亏她牺牲了两个月的课后时间。

“你那条白裙子——”

司马顺讲错了，是有人注意的。“漂亮吧，超级贵，还是名牌的。”

“不要再穿了。”

“为什么？”冉故皱起眉。

“世界不总是美好的。”

这是啥意思，现在到了说胡话阶段吗？卢艾把玻璃杯放在床头，放在半瓶酒的旁边，“这世上有很多恶。你没见识过，你还太天真。”

据她的了解，天真就是蠢的意思。“你别假装高深，会不会好好说话？”

“是我爸教会我说话的。”

驴唇不对马嘴，完全是强行转换话题。这才叫作跟朽木疙瘩交流呢。

“小时候，我爸爸买来图画书，读一个字，让我看他的舌头是怎么动的，把我的手拉到他嘴前，感受他吐气。再把手放到我嘴前，一遍又一遍。”

“你没告诉过我。”冉故瞄了她一眼，低头研究起床单上的花纹。

“我没告诉你的多了去了。那时我总带着一瓶泡泡水，其实是为了锻炼肺活量。”

外面刮着风，好似唱针卡住的留声机在呻吟。风夹着雨点，贴着地面左冲右撞，再蹿上来，用力鞭打着玻璃窗。

卢艾又拿起了酒瓶。那这蜂蜜水到底管什么用？“我要给他争口气。我要证明给那些人看，搞艺术的人是有骨气的。五月初五出生的小孩，不比任何人差。”

那些人是谁，冉故很想问问。她更想问问端午怎么就差了。要她说的话，端午是数一数二的佳节，谁不爱吃粽子和咸鸭蛋？

“笨瓜，你知道五月初五是什么日子吗？”卢艾冷笑着，“那是恶月中的恶日，这天出生的孩子会克父母，带来厄运。古时候的孟尝君和宋徽宗都出生在端午，他们一个被父亲丢弃，一个被寄养在宫外。”

“那是封建迷信——”

“给我闭上你那叽叽呱呱的小嘴。我外婆说，五月五日生子，男害父，女害母。我三岁就知道。”

“拜托，世上有那么多端午节出生的小孩呢。你净给自己压力。”冉故双手抱在胸前。

卢艾转过头，“少贫几句行不？你懂个屁。爱都是有条件的，不优秀就不值得被爱。”

她最讨厌卢艾那副高高在上的样子，自以为有多成熟。“胆小鬼。你说不优秀就不值得，那你咋不去努力？就会矫情，没本事的人才矫情。”

卢艾望着冉故，但是视线落在很远的地方，仿佛冉故的脑袋是透明的。“我努力了。有时候不是努力就有用的。”

“你别一天到晚同情自己了。近视的人戴上眼镜过得好好的，怎么搁你这儿就天塌了？”冉故把玻璃杯重重敲在桌上。好家伙，倒溅了自己一身水。如果卢艾这时嘲笑她，她能立马急火攻心而一命呜呼。但卢艾只是说，“你可以乱发脾气，我连这个权利都没有。”

“去啊，你尽管气去啊，又没人阻止你，我看是你自己太懦弱。”冉故翻了个白眼，蜂蜜水让她的手黏糊糊的。算了，还是去厕所洗洗比较好。

卢艾的声音在身后响起，“你可不要对水龙头发火，因为开水龙头烫着你了。”

冉故冲她大吼，“你也甭贫了！你那些笑话一点也不好笑，每次我都尴尬得不行。”

回来时，卢艾正拿着一支铅笔，在手指间转来转去，好似在耍孙悟空的金箍棒。“这么多笔，够你在燕艺用个一年半载了。”冉故说。

“砸了。”

“什么？”她没听明白。卢艾不可能考砸。

卢艾盯着铅笔，声音像是指甲划过黑板，“我考砸了。作文跑题了，那是第一门。数学和科学算错了不少。”

这回冉故听明白了。她差点把剩下的半杯蜂蜜水浇在卢艾脸上。

天全黑了。雨追着风，风赶着雨，风雨混成一片，裹着房屋树木，到处都灰蒙蒙看不清轮廓。

“没事，高考还没到，你还有机会考上央……”

冉故把话全吞进肚子里。她看见了卢艾眼里的水光。

“如果我是男生就好了。”

泪水从卢艾眼窝里涌出，一滴连着一滴，像两汪小泉。

“男生不用生孩子，不用做家务，不会被骚扰，可以自己闯天下，还可以保护喜欢的女生。你什么也不懂，对于有些人来说，是女孩就是罪。”

冉故哆哆嗦嗦地递去一张纸巾，“小艾姐，你醉了。”

“别叫我姐。”卢艾没有接，瞧都没瞧冉故一眼，“我不想当你姐。”

冉故忽然想起凤姐与平儿说的一段话：只可惜她命薄，没托生在太太肚里。虽然正出庶出是一样，但只女孩却比不得儿子。

“我要让他们看看，女孩不比男孩差，男生能做到的，女生也都能做到。”

趁着卢艾擤鼻子时，冉故小心地插了句嘴，“你也可以闯天下，也不一定要做家务……”

“你知道吗，遇见站着说话不腰疼的人，我总想穿着钉鞋一脚踹向他的腰。”冉故倒吸一口凉气，她觉得自己的腰似乎隐隐作痛。

闪电划破天空，惨白的光映着夜。雨点硬如冰雹，白晃晃的，砸起许多灰土。两条小溪顺着卢艾的脸颊流下，在吊灯下发亮。冉故愣愣地望着她，时间冻在了这两条小溪里。

“你不爱哭，是因为男生都不哭吗？”

卢艾咧开嘴，虎牙又尖又利，“我妈说，哭不好看，笑才好看。我猜她喜欢的肯定是好看的小孩。”

卢艾把食指和中指放在鼻子上，接着移到下面，伸出拇指。她又哭又笑，“但是我不够好看，我从小就晓得。后来我学会了讲笑话。一开始，我想逗自己，把自己逗乐就好看了。”

所以，当大家说她虎牙机灵的时候，说她头发乌黑的时候，她从来没相信过自己好看？无论化上多精致的妆，穿上多华丽的裙子，她从来没相信过自己好看？她为什么不明白，好看指的不只有外表，还有心灵？她明明有那么多优点，她为什么看不见？她是星光，她应该照亮自己的，她为什么想不起来？

一道雷劈过，又是一道，滚雷掀开一片片灰云。滂沱大雨落个不停，无数道瀑布冲刷着街道。在洪涛中，动物四下逃窜，树木死命扒住土地。黑沉沉的夜空即将塌下，天地变成了水的世界。

卢艾从床上坐起来，往前俯身，“我问你，这是不是真的？”

“回答我。”她抓住冉故的左胳膊，冉故颤抖了一下。

“你怎么发现的？”

冉故咽下一口唾沫。这样相当于承认了，她没法把话收回来了。

一丝气从卢艾的鼻子里呼出。“这世上有许多重要的东西，不是用眼睛看见的。”

“冉故，你为什么要这么做？”

卢艾的手攥成拳头。如果中间是一块饼干的话，早被捏成稀巴烂粉末了。卢艾可能也想这样捏一捏她的脑袋。

“她那样的小人，下十八层地狱也不过分。你什么时候才能明白，你越是难过，她越是得意，你对她来说只是个解闷的玩具。你为什么还要为了她……你值得吗？”

你呢，那些用不尽的碘酒和棉签，为了我，你值得吗？冉故没有问出口，她忙着捂身上的裂缝。喝醉的人口无遮拦，喝醉的人说话不经过大脑——她不停地提醒自己。卢艾是为了她好，也或许只是因为卢艾在生自己的气。

“你知道我有多嫉妒她吗？她可以挥霍你的喜欢。而我，我战战兢兢，比做贼还像做贼。”卢艾把酒瓶砸在床头。酒瓶转了几个圈，倒在了枕头上。冉故还没来得及伸手，床单已经浸在了水塘里。得赶快拿点什么来擦擦。

她刚站起来，卢艾扯住她的衣服，她咚的一声倒在床上。“别走，小故。”

“我去拿条毛巾。你瞧，到处都湿了。”

卢艾的手撑在她脑袋两侧。冉故怀疑卢艾瞪着的不是自己，她是在对着一个想象中的冉故说话。“湿去吧。反正你在的地方总是有雨，不是吗？”

当然不是，她又不是车迟国的虎力大仙，哪儿来的求雨令牌？况且那只是修辞手法，比喻烟花如雨一般落下。

“五月五日出生的女孩，耳朵又不好，是不值得被爱的。”

卢艾抬起右手，盖在冉故的胳膊上。透过校服，手心的温度传递到皮肤。她面无表情地往下按，看着冉故的五官一点一点扭曲。铁轨若是断裂的话，火车就无法驶过了。

“你今天不应该来的。我等了你很久了。”

衣领的扣子被解开。冉故的胸膛一起一伏。那里不再飘着红领巾，卢艾也不用再以勒死人的手法帮她系了。六月的第一天，初二全体学生面向国旗，最后一次敬少先队队礼。

蚕。蚕从书柜上的墨盒里钻出来，一只接着一只，黄褐色的头高高扬起，排成望不到尾的队伍。骨节分明，纷至沓来。爬过小腿，爬过肚子，爬过胸口，八对足上的绒毛扫过之处，生出一股又麻又痒的热气，从脚底升至头顶。

黑暗中，卢艾的瞳孔又圆又大。这是一只夜行的猫。在试衣间里，当冉故换旗袍的时候，她也如此凝视着冉故的脊背，从上到下，从里到外，连内脏都看穿了。

“灯……”

冉故的后背贴在充满酒精的床单上，她沉入了一湾大麦香气的湖泊。在浓重的雾间，一条青色的秋刀鱼跃出水面，鳞片在月色下发着微弱的光。发丝黏在额头上，汗珠滚下脖子，落入湖里。那些细小的鱼，顺着瀑布流进上衣与裤子，在嘴里横冲直撞。她无法喘息，鳃片一张一合。秋刀鱼躺在岸上，尾鳍在空中不住地拍打。

一滴泪掉在嘴角边。灯何时被关上了，她没有印象。卢艾大概不愿叫她看见她的脸。再一滴，砸在她的唇上。这才是真正的“如雨”。或许她出生那天不是真的火树银花，而是因为有人在哭泣。但愿那是快乐的泪水。

一团烟雾在头顶上盘旋，是面包仙子，满头银丝，白裙子薄得透明。她举起双手，一袋小麦粉从门缝里飘进来，还有湿润的牛奶与滑腻的鸡蛋。有什么东西从刚才起便一直在震动，发出烦人的咚咚声。冉故发现那是自己的心脏。

酵母终于降临了，因为仙子是由强烈的愿望生成的。面团开始膨胀，变成一条面包，两条面包，三条面包。面团像杨柳一样吐芽，像山桃一样吐蕾。她似乎也即将炸裂。枝杈在内里窸窸窣窣地生长，很快就要从七窍破土而出。

现在不是春天，肃杀的严冬早已过去。风筝仍旧飘了起来，长长的尾巴忽上忽下。风筝应该拿剪子铰断，铰了晦气就散了。冉故骑在上面，浮到天花板上。在她脚下，房间正在扩展。床跟轮船一般大小，之中卧着一个女孩，扎着和她一样的辫子。船在海浪上颠簸，人也随着摇晃，女孩抖得犹如筛糠。人竟然能抖成那个样子，委实稀奇。同样稀奇的，还有越来越多的淤塞感，撑得她想吐。

她低下头，没有找到自己的腿；肚子以下空荡荡的，只有撕烂的白色裙摆在飘动，和一道一道燃烧的红丝带。原来她就是面包仙子。

从始至终，鲸鱼一直没在卢艾的瞳孔中出现，或许它们再也不会出现了。

水声与雷声已经消逝了。乌云融化在夜色里。星星探出头，随着微风起舞。天上升起一枚月亮，端午的月亮又细又弯，宛若一抹浅浅的笑。月光洒向大地，凝结成蜂蜜般醇厚的梦境。小鸟从树洞里钻出，抖一抖翅膀，唱起清脆的歌。歌声在空中飘扬，影影绰绰，为田野披上一层薄纱。

“妈妈，我不要山楂酥了……”

卢艾眉头紧锁，在枕头上翻来覆去。她八成把十年间的眼泪在一个晚上全流完了。很久以前，她也曾这样哭过，那也是一个星期五。那天下午，血从冉故破了的额头和鼻子里往下淌，把胸前染红了一片。因为她看见卢艾坐在沙池边哭，核桃在一旁做着鬼脸，嘲笑她是个没有妈妈的聋子。

冉故缓慢地把双脚放在地上。她从床头拿来毯子，给卢艾盖上。她希望等卢艾醒来后，能忘记今晚发生的一切。

书架上的墨盒不知什么时候翻了。墨汁洒在白色的素描本上，染得一片焦黑。那上面画的全是她：她在操场跑步、她在食堂吃饭、她站在煎饼摊前、她坐在银杏树下、她在更衣室里穿着旗袍。

她拎起墙角的书包，歪歪扭扭地走向门口。

六月的天空像是洗刷过一般，晶莹剔透。夏夜的风拂过枝头，拂过圆滚滚的路灯灯泡，拂过文具店和玩具店的招牌。草丛里，蝈蝈坐在蘑菇上，举办着演奏会。池塘中，青蛙们鼓起肚皮，神气地呱呱叫唤。树林间，萤火虫提着小灯笼，忽明忽暗地飞舞着。繁星悬在天际，如鹅毛，如棉絮，如漫天的雪片，时而零落，时而纷扬，整个宇宙变成了一片白色混沌。

吃完晚饭的人们出来遛弯儿，谈笑声不绝于耳。小孩子在巷子里蹿来蹿去，大呼小叫地玩抓人。有些孩子赤着脚踩水，泥点四处飞溅，一张张小脸上射出快活的光彩。

转过路口，红砖在槐树后露出。一场暴雨过去，窗框又斑驳了一点。柔和的灯光投在牛奶箱上，牛奶箱里插着几根菖蒲，叶片往下滴着水。不止菖蒲，牛奶箱也在滴水。风铃在屋檐下转动，转落一颗颗水珠。不沾雨的门框和窗框上，连绵不断地渗着水。灰色的瓦片翕动着，发出山谷里的回响，仿佛叹息，仿佛惊叫。

冉故踏上台阶，把额头抵在潮湿的墙面上。

“不要哭。”她说。

冉故把笔放在历史答题卡上。距离五点半还有二十分钟。

窗外，交国中学的羽毛球馆墙上拉着红色的横幅：祝同学们在中考中取得佳绩！

黑色的长方形铅笔块好像小蝌蚪，在阳光下游弋。去年六月下了不少雨，今天却是晴空万里。最后一堂语文课上，王老师拿出一张照片：同学们身穿迷彩服，在草坪上你推我挤，不少人提着裤子，以免一松手就掉下去。她说三年前，我看着你们一个一个上来做自我介绍。三年后，我送你们一个一个离开学校。但是不要忘记，师大附中四班永远欢迎你们，永远是你们的家。

王老师和志愿者家长已经把桌椅摆好了，像是初一的“六一”联欢会一样。五十个人站在黑板前，那些跳的叫的，骑在扫帚上的，搂着别人脖子的，做鬼脸和秀肌肉的，全部被拍进集体照里。试卷在空中到处飞，水笔钢笔圆珠笔像导弹一样发射。各式签名舞在黑板上，舞在校服上，舞在一本本同学录上。一大摞一大摞的书本和练习册，从桌斗里搬了出来。大家绕过金鱼池，绕过地球仪雕塑，绕过操场，绕过食堂，在校门口互相挥手。

三天后的上午，当冉故与众人站在国旗下，从校长手里接过奖状时，她会想起班会上司马顺给她的推荐辞——冉故同学是一个乐于助人、勤奋好学、有责任感的女孩，严格遵守《中学生守则》和学校各种规章制度。她从小养成爱读书的好习惯，广泛阅读了多种题材的作品，并不断投身写作实践，作文经常被老师选为范文。这一年她刻苦努力，成绩突飞猛进，一改曾经粗心大意的毛病，课堂上专心听讲，课堂外温故知新。天才是百分之一的灵感加百分之九十九的汗水，每一名尖子生的背后必定付出了巨大的努力。

三天后的下午，当四班同学浩浩荡荡前往歌厅时，她会想起中考结束的那个下午，在考场外，严穆伸出手，把她拽到羽毛球馆后面的阴影里。

宴会厅里，大笑声接连不断。国王游戏玩到第三轮，程暝把外套系在脖子上当作披风。他抽到了鬼牌，命令二号和四号用嘴扯断一张纸巾。鼓掌与跺脚声要将屋顶掀开，环绕着中间的严穆与尹曼。冉故坐在沙发一头，她端起茶壶，往杯子里倒茉莉花茶。严穆与尹曼凑得越来越近，几乎额头顶额头。

有人和她碰了下杯，“祝贺你选上三好学生。”

“谢谢你华丽的推荐辞。”她可不好意思宣称自己严格遵守《中学生守则》和学校各种规章制度。

“不浮夸怎么突出？”司马顺说，“而且后半部分总是真的吧。”

冉故拿来几块冰糖，投进杯子里，“为了不想以前的事，找个方法分心而已。”

“你要是这么跟别人讲，绝对会被揍。我不揍你，我知道你说的是真的。”司马顺摇头。冉故哼了一声，“你也很刻苦啊。”

“我刻苦是因为我想被喜欢的人看见。”司马顺剥起一个橘子，

“程暝上午跟我表白了。当众表白。”

糟糕。“不是吧，告诉我方诺正好去厕所了。”

“她在第一排。”

冉故拍上前额，简直是糟糕中的糟糕。

国王游戏结束了，同学们玩起“一只青蛙”来舒缓舒缓心情。钱逸总是忘记有几只青蛙，被罚了很多次。

司马顺举起茶杯，“初中最后一天，敬我们呜呼哀哉的初恋。”她喝了一口，全喷在了冉故身上，“你这是打死卖糖的了？”

“呜呼哀哉，王老师会说这成语用得真规范。”冉故抖着衣服。司马顺从书包里掏出纸巾，“随她说去吧，以后就再没机会说了。”

房间中央，几个男生拿起话筒，唱着跑调跑到爪哇国的歌。茶难道也能喝醉人？一瞬间，冉故觉得控制不住自己的舌头。

“你听我说，如果，只是如果，除了和严穆分手，还发生了其他事呢？”

司马顺转过头，“有什么我不晓得的吗？”

“没啥大不了的。”冉故从茶几上拿来一块披萨，“方诺叫我乐观，有时候，我不知道该怎么乐观。”

司马顺凑近了一点，虽然不凑近也没人注意她们的聊天。“我告诉你该怎么办。”

“忘掉吧。忘掉最痛苦的经历。那些还记得的，你要压在心底，千万别说，千万别抱怨，这是为了你好。不是所有人都愿意听女孩和女孩的故事，所有人都不愿意听抱怨。”

“实在不行，还可以回到篝火和童话的世界。人们以为那是不幸，其实那是幸事。”

司马顺以茶代酒，和冉故碰了碰杯，“这么做的话，生活会越变越好的。”

高中

花店里摆起了康乃馨，粉色红色黄色的康乃馨扎成一束束，插在门外的桶里。走在去师大附中的路上，香气飘进鼻子。小学生们拿着自己做的教师节贺卡，一边玩“炸弹爆炸”一边过马路。一个男孩冲得太猛，撞在了冉故身上。

许多同学已经到了，看见大家穿着各个高中的校服，确实新鲜。王老师的桌上堆了不少礼物，她当上了新的七年级四班的班主任。冉故站在最后，她把办公室环顾了一圈，又环顾了一圈，再环顾了一圈。

“严穆没来吗？”她问。

“啊，”温柔将一串千纸鹤挂在台灯上，“她去伦敦了。”

“伦敦？”

“圣保罗女子学校，英国顶尖的中学。真不愧是她。”温柔抬起头，“你不知道？”

她不知道。严穆是从何时开始准备的呢，初三寒假、初二暑假，还是初一？如果那么早就开始准备，为什么当时不告诉她呢？十五岁就独自前往异国，是什么样的感觉？严穆会想家吗？会躲在被子里哭吗？会骗人说她一点不害怕，还是会承认她其实很想她姥姥？她会记得自己是穆桂英吗？

那她为什么还要参加中考，只是因为想体验一下吗？中考结束那天，她又是否是想道别？在考场的楼梯口，严穆伸出手，将冉故拉到羽毛球馆后的阴影里。她俯下身，把额头抵在冉故的额头上。然后一个字没解释，转身离开了。

三年后，在高中毕业的戏剧演出上，面对台下三个年级的学弟学妹，冉故在空气中撇断了一根隐形的弦：当时，在温柔开口的那一刻，我心里确实有一场海啸，一波又一波的浪潮席卷过房子和街道。但是没有人发现，没有人看我的眼睛。我稳稳地把鲜花从塑料纸里拿出，帮王老师插进花瓶里。

高一四月份时，我听说严穆回了国。我们没有春假，他们有。我们有晚自习，他们没有。我在笔记本里找到了她的手机号，发了一条短信，问她最近过得如何。我完全没料到她会回复。结果半小时后手机亮了，她说她过得挺好，下面还有一句：小故，是你吧？我正在吃饺子，差点把企鹅的尾巴蘸上醋咬一口，它很不客气地挠了我一道。

两周结束后，她回英国了。时差不是问题，我抓紧一切时间和她聊天，冲着被老师没收手机的次数，你们该叫我一声勇士。不过严穆可不像我一样那么“有空”，差不多是我发十句她回一句吧。

舞台上很亮，我站在这儿只能看清第一排同学的模样，比如莫德那一头耀眼的红发——莫德冲冉故咧嘴一笑——莫德旁边这位学弟满脸疑惑，似乎有话想问。我来回答你，严穆不喜欢我，我清楚，没有人比我更清楚了。

说点开心的。你们知道吗，孟桓有一次问我，在这里的街上能不能随处看见泰勒·斯威夫特？我说你以为我住在杜莎夫人蜡像馆里吗？

高一六月的第一个星期一，墨色的云顺着天际往下淌，凉凉的水气充斥着街巷。早晨七点半，冉故站在赵记饭馆的檐下，望着马路上的车溅起朵朵水花，洁白又巨大。她抖了抖长柄雨伞，将它收起来，插进门口的塑料桶里。

赵记饭馆在公交站隔壁。开学第一天，冉故拖着箱子，抬头便见招牌上的四个大字：赵记饭馆。据说原来叫赵记早餐铺，最近扩大了业务。有时她会把店名念成着急饭馆。确实是着急，尤其是升旗的周一。上一届班主任每次点名必用丹田运气，由此得了一个气功达人的外号。据冉故看叫“音乐喷泉”也颇为贴切，班主任喜好河东狮吼，前排同学常常荣获一场口水沐浴。

公交站离学校走路十五分钟，现在撒开脚丫狂奔还是赶得上第一堂课的。越来越大的雨点把这个念头打消了。冉故将手机掏出来，放在铺着塑料垫的桌上，塑料垫被油浸成了浅棕色。她在餐桌下伸直双腿，重重地松了口气。鞋子里全是水，能倒出一条小溪来。她真想向赵老板要个火炉，脱了袜子烤一烤脚，但此种形象不宜于店家招揽生意。

她要了一碗紫米粥。

她不急，喝粥急不得，六月份的梅雨季更是。她才不会像方谨那样，闹钟还没响就从下铺弹起。方谨的闹铃是五月天的歌，一周换一首。冉故没有这份动力，因为全勤奖从一开始就没她的份。开学第一天，她也被滂沱大雨困在了赵记饭馆里。那天她要的是小米粥。

假使九月第一天是晴空万里的话——冉故往紫米粥里加了点糖——她便不会躲在饭馆，不会缺席新生报到。有了全勤奖的激励，自然不会有之后一而再再而三的逃学。这个理由说得通。

头顶上三瓣叶子的风扇呼呼地转着，刮散了紫米粥的热气。屋外的风卷着树叶。九路在公交站停下，下车的人撑开伞，上车的人收起伞，仿佛吹了又灭的肥皂泡。九路经过赵记饭馆，经过中心书城，还会经过七一湖脚下的儿童乐园，最后驶向东海。孟桓和史淮经常乘九路，但是她俩住在两个方向，所以从来没在车上碰过面。和史淮一起乘车肯定很热闹，她家小孩多，出门能占半辆公交。

冉故看着墙上的老挂钟，这钟的年纪怕是比她还大，锈掉的一个指针断了半截。八点四十五，第一堂课快结束了，她逃过了《蜀道难》的默写。

她喜欢邓老师的语文课，但一默写就忍不住往桌斗里塞课本。邓老师满头鹤发，可以媲美翠翠的爷爷，她教过的学生可能也跟茶峒河里的小鱼一样数不清。学《边城》的那堂课上，冉故困得眼皮打架，她想模仿汤姆猫用火柴支撑眼皮，只怕把火柴都给挤断。她一边掐大腿，一边听邓老师讲《边城》受到了郁达夫的《迟桂花》的深刻影响。一九二三年的冬天，沈从文来到北京，在破屋里裹紧被子写作，投出的稿子却纷纷石沉大海。他尝试着给作家郁达夫写了一封求助信，结果郁达夫真在下雪的这天踏进小斋。看见屋里没有火炉，郁达夫马上将自己的围巾解下，戴在沈从文身上。这一上午，他们聊了许多。中午郁达夫请沈从文吃饭，共花去一元七角。这顿饭沈从文记了一辈子。

当天晚上，郁达夫写下一篇文章，叫作《给一位文学青年的公开状》："佩服虽可佩服，但是你的思想的简单愚直，也却是一样的可惊可异……大学毕业，以后就可以有饭吃，你这一种定理，是哪一本书上翻来的？"这些犀利的言辞正如那条羊毛围巾，为一个饥寒交迫的灵魂添了一把柴火，沈从文的命运从此改变了。

二十多年后，另一位青年在上海找不到工作，生活困顿，情绪非常低落。沈从文得知后立即给他写信："为了一时的困难，就这样哭哭啼啼的，甚至想到要自杀，真是没出息！你手中有一支笔，怕什么！"由此可见，深刻的友情都是骂出来的，骂得越狗血淋头越好；或者说像周瑜打黄盖——一个愿打，一个愿挨。

在中心书城，在读完汪曾祺的《我们都是世间小儿女》后，冉故会在本子里抄下这句话：有人说故事像说着自己，有人说着自己像故事。

邓老师在黑板上写下"至纯"两字。"《边城》如此美，人也如此善良，作者为何要将其处理成悲剧呢？"她点起冉故旁边的女生。

不知道邓老师为啥这么喜欢提问钟紫，她又不是不了解钟紫的特点。"我、我、我觉得，人生正是这样，充满意料之、之、之……"

邓老师做了一个吸气和吐气的手势，"不着急，慢慢来。"

片响，钟紫极其缓慢地开了口，"人生存在很多不确定因素，如果都是大团圆结局也太假了。有时候没人是坏透顶的恶人，但美好的东西依旧被毁灭了。我想沈从文要写的就是这种命运的无奈。"

邓老师赞赏地点点头。钟紫坐下来，冉故在桌下和她击了个掌。

钟紫是冉故在高中结识的第一位同班同学，也是带去医务室的第一个。九月第一天，雨小了些后她从饭馆跑去学校。来不及去宿舍拿钥匙了，她把行李箱放在楼下。正在这时，她听见一阵哭声。哭什么，她都没哭，有人能比淋雨又迟到惨吗？冉故绕过单车棚，绕过台阶，发现还真有，那便是淋雨又迟到还摔在沟里。

冉故把抽泣的女孩扶起来，“你还好吗？”往下一看，腿上剐了老长一条口子。“你得去医务室。”

“我不、不知道医务室在、在……”女孩终于说话了。

“我也不知道，所以要问。”冉故撑开一把伞，“你能走吗，不行的话我背你。”

“但是，”女孩抹掉脸上的泪水，“如果我们一块儿再栽进这个劳什子沟里，可没那么走运了。”

冉故笑了。这个姑娘挺有趣，她喜欢。

钟紫是很有想法的，但你要有耐心听她把话讲完，或者让她写下来。这次作文课邓老师还称赞了她的引用——世界让我遍体鳞伤，但伤口长出的却是翅膀——出自叙利亚诗人阿多尼斯。而且她也不是什么时候都结巴。据她自称，多吃双皮奶有助于捋直舌头。她真该写封信给医学专家报告此新发现。

钟紫认为学校外面小卖部的双皮奶最正宗。大商场甜品店里的双皮奶过于养尊处优，小心翼翼地盛在瓷碗里搁在瓷碟上再搭上一把瓷勺。她喜欢更瓷实的口感。

“你这叫没有高级嘴。”冉故说。

钟紫把钱隔着栏杆递过去，一旁还有不少学生在买牛肉丸和烤肠，“高级嘴太费钱，这里才卖三块五。”

老板将冷柜门拉开，里面是排得整整齐齐的塑料杯。冉故有时学钟紫要一份薄荷味的，老板从众多糖浆罐中找出一个，在双皮奶上倒上绿莹莹的黏稠物体。钟紫视其为异类。冉故舀了一勺塞进她嘴里。

“刺激。”钟紫咂咂嘴，“有利于提神。你应该睡前来一杯。”

“困死我对你有什么好处？”

“哦不，我的意思是，睡前喝牛奶能助眠。你不是总失眠吗？”

“别担心。”冉故把找回的硬币揣进兜里，吹了声口哨，“我从小就失眠，习惯了。”

冉故拉开书包拉链，把水瓶掏出来。刚才糖放得太多，紫米粥有点齁。外头的雨没有一点消停的趋势，看来六月的第一天她要在饭馆里耗到中午了。本想回学校后借同学的经济作业抄，现在得靠自个儿了。老天造她时肯定忘了捏经济那根筋，因为她本来就没多少钱需要管理。

她推开笔盒盖，自动铅笔一根贴着一根，像是等着下锅的油条剂子。但是翻了个遍也没找着黄色的小花橡皮，只好下次去中心书城时再买一块。

立春时节，嫩黄色的迎春花含苞欲放。早晨点名时，讲台上站着一位年轻的男老师，下巴剃得光光的。他张开嘴，露出一口雪白的牙。他介绍自己姓熊，原先的班主任去医院生孩子了，从今天起他开始带高一四班，并且教大家历史。

“他看起来有点面熟。”冉故低声说。

钟紫转过头，“他上学期来代过课的，忘了？”

“不是那时候，是更早以前。”

熊老师给冉故开了第一张假条。她打算去买新的日记本和经济辅导书，否则连课上的笑话都听不懂：一群警校的学生要毕业了，老师告诫他们，“出去以后，千万别和经济学家过招，因为他们都有一只看不见的手。”然而从气功达人女士那儿拿到假条好比登天。住宿生放学后不能出校，除非交出盖有班主任姓名章的假条，加上晚自习又来一遍的点名，冉故真想用双皮奶和钟紫交换走读生的自由。

至少得试试运气。冉故大义凛然地敲响办公室的门。熊老师正端着茶杯，和其他老师谈笑风生。他一句都没多问，大笔一挥，一张粉色的长方形纸片像仙鹤一样飞到冉故面前。圆形的印章应声落下，火红的印泥在台灯下熠熠生辉。气功达人真该和熊老师学学，能省下好多口水。

看门的大爷戴上老花镜，几乎把假条贴在脸上，接着推开了身后的栅栏门。冉故脖子上挂着公交卡，一手抓住杆，跳上九路。车厢的地板和座椅上散落着黄色的花瓣。她摘掉手套，拾起一片。

车窗大开着，虽然赤裸的树干还在风中战栗，天气确实是逐渐暖和起来了。空气中弥漫着芳香，土地中升起湿润的气息。枝头抽出嫩芽，鼓起一个个花蕾，小鸟扇动翅膀，衔来草秆搭巢。冉故从窗户探出去脑袋,两侧的花坛中冒出青苔,比上周经过时更新鲜了些。青草从赵记饭馆前的石板缝里长出，人行道上点缀着积雪化掉后剩余的盐粒。粉色的霞光笼罩着北山，一团团云朵压在夕彦寺的顶上。

戴着袖章的售票员大声喝道，“那个穿校服的姑娘，把头缩回来，多危险哪！”

上次来书城好像还是初中。王老师让大家找自己想看的书，冉故费了九牛二虎之力从顶层抽出《呼兰河传》，就差把书架当成梯子爬上去。她记得呼兰河城里那五六尺深的大泥坑，和下雨屋顶长蘑菇的破草房，但印象最深刻的是祖父的花园：花开了，就像花睡醒了似的。鸟飞了，就像鸟上天了似的。虫子叫了，就像虫子在说话似的。一切都活了，都有无限的本领。倭瓜愿意爬上架就爬上架，愿意爬上房就爬上房。黄瓜愿意开一个黄花，就开一个黄花，愿意结一个黄瓜，就结一个黄瓜。若都不愿意，就是一个黄瓜不结，一朵花不开，也没有人问它。

冉故闭起眼睛，她也来到了那座蜂子、蝴蝶、蚂蚱样样都有的花园。樱桃树不结樱桃，李子树不结李子。天空蓝悠悠的，又高又远。

书城一楼有一架糖果贩卖机。严穆投进硬币，拧了一圈把手，两颗圆溜溜的弹珠糖滚下来，撞在铁皮挡片上。严穆把一颗放进嘴里，另一颗投进冉故嘴里。这种糖会把舌头和手心都染上色，咬上一口能崩掉大牙。

立春应该吃春卷，冉故的晚饭可比那要上档次——一块便利店的面包外加一条水果糖。书城二楼的露天平台上，灰色的鸽子在咕咕叫着，冉故把面包与它们分享。新的日记本和经济辅导书如今装在她的书包里。刚才她还路过了烘焙区，那些食谱长得比辅导书有吸引力多了，随手一翻都是让人垂涎三尺的图片，仿佛读完能立马做出英国咖啡厅里一般精致的甜点。

天一擦黑她便飞奔向公交站，夜色使她颤栗。下了晚自习后，冉故把水果糖分给了宿舍的五个学姐。史淮还没有回来，她放在了弗兰旁边。弗兰是一只毛绒兔子，有着紫色的眼睛，手里扛着一把枪。这次她挑的是桃子味的。上回买的柠檬，她在垃圾桶里发现了给史淮的那颗。孟桓告诉她，史淮不吃柠檬味的任何东西。

“她能冒充她哥去考试，咋就不能学学她哥别那么固执？”孟桓把糖从垃圾桶里捡出来，剥开纸丢进嘴里，“这对双胞胎除了长得像，其他没有一点像。”

黑社会成员，这是冉故对孟桓的最初印象。记得九月的第一次升旗典礼上，这姐们儿面无表情地坐在全校最后，一头灰色大波浪卷发，墨镜架在鼻梁上，只差往胳膊上贴左青龙右白虎的文身了。一放学就骑着她那小滑板，跟一帮男生去操场打球。冉故在阳台上看得一清二楚，她正在晾刚洗好的衣服。没过多久孟桓放弃了打球，回到宿舍把十吨重的书包砸到床上，巧舌如簧地抱怨起西班牙语考试。冉故手一抖，衣服从撑竿上掉了下来。

好不容易等没声了，她才蹑手蹑脚地从阳台出来。外面，方谨又一次主动包揽了清扫工作，“哟，你在啊。”

“孟桓走了？”

“去社团了。”方谨放下扫帚，“小故，你是不是怕她啊？”

冉故才不想承认自己怕孟桓，她又不多长两只角或一条尾巴。虽然她见了孟桓恨不得绕道，可不想和这种人扯上关系。

方谨忍俊不禁，“你误会了。”

误会什么，误会孟桓的武力值？难道她是绣花枕头一包草？

“那倒不是，打起架来她还是能一个顶仨的。她就看起来凶点，其实是一大傻妞。”

即便方谨从来不粉饰太平，冉故还是半信半疑，尤其是在孟桓动了她的食物后：她买了一碗牛肉丸，吃了一口，随手搁在宿舍的椅子上，然后端着盆去洗澡。出来后牛肉丸上演了绝地逃生术，连渣都消失得无影无踪。看着空空的碗，冉故的心仿佛同时变了铅块，很重很重地堕下去了。

“你应该生气。要是我的话就偷偷给她使绊子，让她一天到晚苦不堪言。”钟紫说。

钟紫生气的样子肯定很有趣。她那么爱哭，还没张嘴眼泪珠子就啪嗒啪嗒往下掉，“我警、警、警告你——”对方憋不住笑场了，架也不用吵了。

“我不生气。”冉故拿着水瓶，去教室后面的饮水机接水。

“是不想生气还是不能生气？”钟紫问。

“是乱发脾气会导致可怕的后果。”

“你忒夸张了，能有什么可怕的后果。”钟紫咳嗽两声，装作班会上的气功达人女士，“今天讲情绪管理。经常愤怒会损害肝脏，引起内分泌失调。”

冉故把瓶盖拧上，“荷花，你真懂我。我就担心脸上长痘。”

当孟桓得知她帮忙消灭的食物是有主儿的，主儿还是冉故的时候，吓得一头卷发都变直了——方谨的形容过于添油加醋。有那么容易的话，孟桓每天早晨就不用咬牙切齿地梳头了，梳子都断了好几把。她的卷发是天生的，每次洗完会像弹簧一样根根竖起。史淮路过总要学周星驰的《功夫》里喊一声，“包租婆，为什么突然之间没水了呢？”

孟桓赔了她三碗牛肉丸。冉故本来打算和舍友分享，但大家纷纷谢绝。原来去年有一阵子孟桓想改掉爆粗口的毛病，焦点建议她每说一次就买牛肉丸请大家。最终孟桓放弃了，因为众人抗议实在吃不下了。

冉故把笔一丢，向后伸了一个懒腰。手机屏幕依旧没亮。当然，现在是伦敦时间凌晨。就像翠翠所说的：这个人也许下一秒回复，也许永远不回复了。

六月第一天上午第二堂课是化学。化学这门课着实让人难受，动不动就推翻以前学过的知识。老师嘱咐大家要记着一切规则都可能有反例，除了化学平衡。这比不嘱咐更令人糊涂。还不如体育呢，至少没那么复杂。八百米能跑进三分四十秒就是能，不能就是不能。

好在不必天天跑步。最近的体育课的主题是健美操，在光天化日下的操场练习，男生们叫苦连天。上回打乒乓球也没见他们这么害羞。乒乓球馆的外墙是玻璃做的，里外通透。墙上经常贴着一些紧跟时事的海报，例如十月的时装秀、十一月的万圣节、三月的美食节和四月的配音比赛。冉故的宿舍在配音比赛里拿了第三名。如果不是她漏词，本来能拿第一名。

冉故把经济作业放回书包。手指碰到搁在夹层里的一大沓纸片，像一团海藻搔着她的掌心。

立春往后，她从两周去办公室开一次假条，变为一周一次，再到一周两次。赶上熊猫和爸妈一块儿吃晚饭的日子，他便让冉故自个儿去——熊老师是高一组唯一的年轻男老师，所以得了这么个外号。冉故像个透明人一样飘进办公室。熊猫的桌上摆着一个相框，里面的单人靓照不时更换，看来他还没有未婚妻。冉故找到粉色纸片，在第一张上写下“去中心书城”，拿起印章压在上面。然后，她翻过这页，在接下来十张空白假条上也盖上同样的章，一齐撕下塞进口袋，再昂首挺胸地离开。做这种偷偷摸摸的事的关键是千万别缩头缩脑，一看就知道心里有鬼，毕竟被发现的话没准要通报批评。

严格来说这不算逃学，又没落下任何课，而且她每次都赶在晚自习点名前回来。学校就一亩三分地，不出三天每个角落都能逛遍。若是五乘二十四小时都待在里头会无聊透顶，她得想办法给自己放个风。

钟紫挥挥手，“祝你今天逃离牢笼愉快。”

这个逃离牢笼有两层意思。古今中外把学校比喻成监狱的文人肯定不少，所以不算稀奇。第二层意思更形象：学校后墙的栏杆正对着一排小卖部，每当大家扒着栏杆大声叫唤的时候，与动物园笼子里上蹿下跳的猴子颇为相似。冉故也是其中一员。不去便利店买面包的日子，她会要一盒炒饭。小卖部的炒饭比食堂的便宜，得用放大镜才能看见里面的鸡蛋与香肠。冉故伸出胳膊，够到外面放着的番茄酱与甜辣酱。寡白的炒饭瞬间泼上一层红油漆，一张嘴喉咙直往外喷火。有一回史淮问她是不是在学鲁迅。鲁迅把金奖章拿到鼓楼街头卖掉，换来书和一串红辣椒。每当夜里寒冷时，他便大嚼辣椒，直辣得出汗再继续读书。

但冉故不是为了出汗，否则澡就白冲了。一到“逃离牢笼”的下午，铃声一响她就脚底抹油，赶在五个学姐之前第一个奔回宿舍洗澡。若是现在不抓紧，晚上的洗澡战更为激烈，有时熄灯后还有人在黑漆漆的浴室里高唱《蜀道难》，这才叫时间管理大师。冉故把湿乎乎的头发拨到脑后，没空吹干了，在公交车上容易为其他乘客造成刚下过雨的错觉。

除了文学区，烘焙区她光顾得越来越多。《鲁迅选集》与《典藏英国甜点》的搭配，非常符合邓老师对于“读书可以杂一点”的建议。而摘抄下来的名言也日渐增加，当她从书架里抽出太宰治的《人间失格》时，她誊下了头句。虽然邓老师和熊老师都不提倡阅读《人间失格》，然而大二的春天在医院所待的那一个月里，冉故会发现一本书，引言便是这句话。

邓老师和熊老师总像是心有灵犀似的，比如上堂班会刚进行安全教育，叫大家不要独自去野外玩耍，下堂语文课就讲鲁迅的《祝福》。

“一天到晚安全教育，外卖也不让点，这劳什子学校的特色就是瞎操心。”钟紫把托盘重重地放在食堂的桌子上。

“非也，是多元化。”冉故夹起一块葱油鸡，“学校一定派人跋山涉水，历尽千辛万苦才找到这只全世界最肥的鸡。太难得了，咬下去根本不见肉，全是油。不知道它下的蛋是不是全是黄，那样孟桓会很高兴的。”

钟紫叼着葱油鸡点点头，“读万卷书，行万里路嘛。”据熊猫所说，此为人生五堂课的前两堂，后面三堂则是阅人无数、名师指路与自己觉悟。

每天早晨，方谨站着门口问有谁想去食堂吃早饭，但她经常被忽视，尤其是在吹风机轰鸣的时候。方谨好像从来不会大喊似的。

孟桓是绝对响应的，丰富的食物才让她有力气开启一天。冉故第一次被孟桓扳住肩膀时，还以为做了什么惹到了黑帮女老大。孟桓恶狠狠地瞪着她，“不吃早餐长不高。”

冉故被架到食堂，拿了鸡蛋和馒头。她把蛋白一片一片剥下来，碟里最后剩下一颗圆滚滚的蛋黄。“你是不吃蛋黄吗？”孟桓问。她坐在旁边，盯着冉故的一举一动，仿佛想趁机收保护费。接着直接从冉故胳膊下把碟子抽走，“正好，我喜欢蛋黄，这样不会浪费。”

自此孟桓包揽了冉故早餐的蛋黄。没有什么东西是孟桓不吃的，她从不挑食，而且似乎永远没有饱的时候。这姐们儿简直是“如何与同学们分享零食”的最佳错误典范，戴着墨镜从天而降，怎么看怎么像是准备敲诈勒索。她还没开口，那些胆小的后辈们早已哆哆嗦嗦地献上零食，一溜烟儿跑没影了。

冉故把剩下的半碗紫米粥又端过来。还有五分钟，六月第一天的大课间也要结束了，同学们大概正窝在教室里，天花板上的灯全都明晃晃地亮着。上午第三堂是物理，钟紫的最爱。男生们说钟紫什么都怕，体检也怕。这是不对的，至少她不怕物理。问问那群男生有多少面对物理考试能信心满满？十个里头站不出两个。

钟紫最讨厌的体检项目是抽血，每次都做好奔赴刑场的心理准备。她对冉故的忍耐力赞不绝口，就算护士找不着静脉，拿针管在手臂上戳了好几个洞，冉故也眼睛不眨一下。

冉故扔掉棉签，“这叫跛子骑瞎马——各有所长。”钟紫的长是物理，她会给你讲解飞机的动力原理。她为时装秀设计的裙子上头也缀满了飞机。

时装秀在去年十月，是开学后第一场大型活动。一看见乒乓球馆外的海报，钟紫便兴奋不已。她与另外两位擅长画画的女生放学后窝在美术教室里，一会儿量尺寸一会儿裁布料，桌上全铺着稿纸。

课间，去洗手间的路上，钟紫晃着冉故的胳膊，“当我们的模特嘛。”

“不。”这是冉故第十次拒绝，“咱们班那么多又高又瘦的，你怎么不去找她们？”

“就是因为所有模特都又高又瘦，你才特别啊。”钟紫噘着嘴，“为什么不行？给我一个理由。”

“我绝对不会穿那些性感的衣服，你死了心吧。”

“早就是二十一世纪了，你没理由这么保守！”钟紫在后面喊，“过了这村就没这店了，你知道想当模特的人和设计师的比例是多少吗？二十比一！”

这句话孟桓也经常说——在她邀请别人分享零食的时候，这时那些胆小的后辈不想吃也不敢不吃。不过下一次她买了零食，依旧会嚷嚷过了这村就没这店了。所以看来新的店层出不穷，完全不必担心错过。

冉故第一次单独和孟桓聊天是在十一月份。放学后，她坐在羽毛球馆前的长椅上。厚厚的落叶铺在通往教学楼的道路上，被太阳晒得又松又脆。可惜天气预报说傍晚有雨。

光源被一座从天而降的山挡住了。“小故，你读什么呢？”

冉故抬起头，“哦，我在复习历——”她咬到了舌头。

“别紧张，又不是看黄赌毒小说。如果是我也不介意。”孟桓戴着毛线帽，两手插在兜里，“我能坐这儿不？”

冉故把书包拎起来，孟桓在长椅左侧坐下。“你总爱走在别人右边，有什么特殊的原因吗？”

“没有，就是习惯而已。”

孟桓指着宿舍楼，“瞧，方谨洗完澡了。”

四楼的阳台上，墨一样的校服在晾衣竿上摇曳，整层楼只有方谨拿初中校服当睡衣。当冉故第一次踏进宿舍时，视线首先落在外面挂着的校服上。等她看见床上坐着的人是谁，她的嘴张得如鳄鱼，而方谨的面膜也直接掉了下来，“宿管说今天要来个学妹。怎么会是你啊，小故？”

一旁，史淮从洗漱间出来，把她上上下下打量了好几遍，冉故的头发都竖起来了，她才终于打开尊口，“比我想象的要壮点。”不了解的还以为是屠夫在审视案板上的猪肉呢。

香味从栏杆外飘来，孟桓深深地吸了一口气。“你饿了吧，我请你吃糖炒栗子。”冉故还没来得及回答她一点都不饿，孟桓已经抱着满当当的纸袋回来了，又从牛仔裤口袋里抽出一盒牛奶糖，“你把这个给钟紫。我上次想问她能不能给我两颗，结果把她吓哭了。”

“你认识钟紫？”冉故问。

“社团认识的。你和你姐夫不也都在杂志社吗。”

冉故左思右想，说的大概是那位老穿格子衬衫的副社长。“焦点？”

“对啦。虽然他只负责编辑，料他也没啥文采。我问方谨是看上了焦点的文还是武？她说看上他长得帅。行，够肤浅。”

听起来，姐夫十分人如其名。“哼，他算什么焦点，他的球技烂得很。”

“他打篮球？”

“其实是排球，想不到吧，他也就和我差不多高。”孟桓大嚼特嚼，栗子渣四处飞溅，“我和焦点在八班，方谨在七班。她可是个大叛徒，光替我们班加油，一会儿格子衬衫跳得真高，一会儿你看我头发乱了没有。过两天焦点问我，能不能把这封信给你同宿舍那个女生？

妈的，这两人能成，有我很大一份功劳。”

“那小子可滑稽了，在情书里摘抄了一堆诗歌。方谨开始还被唬得一愣一愣，后来发现不对劲了——这不是哪位名家的作品吗？我记得一首北岛的，只有两行字——”

艺术

亿万个辉煌的太阳
呈现在打碎的镜子上

“谁知道为什么要叫艺术。我只能想到一片废墟，太阳碎得到处都是。可能那些学艺术的人懂吧。”孟桓递给冉故一把栗子，但由于临近期中考试，冉故的指甲实在太短。“我帮你剥。食堂今天有绿豆粥，去喝了吗？”

“我不吃豆。”

“真够挑食的。你之前都怎么办，有人帮你吃豆子和蛋黄吗？”孟桓夸张地摊开手，“我最近开始学你点薄荷味的双皮奶了。”

大姐头非常有勇气，不是什么人都敢把一勺绿莹莹的黏稠物体放进嘴里。“味道怎样？”

“宝贝儿，你的性格真独特，喜欢这么矛盾的食物。又甜又辣又刺鼻，比薄荷曲奇还叫人上瘾。”

提到薄荷曲奇，因为看见冉故把打开的曲奇放在床头，史淮劈头盖脸骂了她一通，直骂得她连北也找不到。孟桓听说了，“别害怕，教训人是她的日常娱乐活动，她不当真，你也别当真。我们都被她骂过。”

“难道也包括你？”

“看着不像？”孟桓露出八颗牙齿，“方谨没给你讲过那个‘井水不犯河水’的故事？”

“我刚和史淮认识的时候，我们很少交流，互不干扰，主要是担心一开口就打起来。有一回咱宿舍去吃火锅，我问史淮高不高兴，结果她只回了一个字，‘高。’我差点掐着她的脖子来回晃。妈的，她还高呢，她能高到哪儿去。”

冉故想象出那幅画面，方谨肯定赶快把她俩分开。住在这个宿舍里真是辛苦了方谨。“你淮哥脾气比较怪，绝对是看了那么多恐怖片的缘故。我们都叫你小故，除了她。”孟桓说，“我最烦这家伙做事拖拉。她那件睡裙从六年级穿到现在，洗得连花纹都没了，还不买新的。”

一阵秋风刮来，金黄的落叶四处飞扬，冉故的历史笔记和围巾都被吹乱了。孟桓盯着翻动的笔记本，“你用铅笔记笔记？”

“改起来方便。”冉故说。孟桓伸出手指，“这串手机号是谁的？”

“历史老师的。”

“宝贝儿，老师的电话你会光明正大地写在第一页，而不是在每一页的角落记一个数字，连着记十一页。我还以为是啥密码呢。”

原来孟桓并不是头脑简单，四肢发达。冉故将本子塞进书包里，一边把辫子从围巾里拿出来。“你是不是从小就扎麻花辫？”孟桓问。

“不是。我以前梳的是那种很奔放的羊角辫。”

“我才叫奔放。这是暑假染的，本来想染成白色，我妈拒绝了。”孟桓用手钩着灰色卷发，“没想到你以前还奔放过，你说话这么少。”

她说话不算少，只是孟桓讲得太多。“对了，方谨说你昨晚说梦话，你知道吗？”

“真的？”冉故瞪大眼睛，“我说了啥？”

“我没听到啦，好像是噩梦。”孟桓把一堆栗子壳投进垃圾桶，“这些都给你，接好了。”

孟桓扬起胳膊，纸袋在空中画出一道弧线。冉故伸出手，还是慢了一步，光溜溜的栗子从袋子里掉出，像弹珠一样四处滚动。

这位大姐头以后最好还是不要耍帅了，容易引发灾难。冉故赶紧蹲下身，一起捡起地上的栗子。孟桓叹了一口气，“你不会吃了吧，都脏了。”

“我会。”粒粒皆辛苦，粮食和钱都辛苦。

孟桓看了冉故三秒，然后哈哈大笑起来。冉故吃了一惊，树上的麻雀都吓得展翅飞走了。“我他妈第一次遇见和我一样的人。你真是个宝物，小故。”

冷静，冷静，冉故提醒自己。方谨说每当孟桓问候别人母亲时，就当作她在说“真是有趣”。而且这场谈话对孟桓来说恐怕还算是文明的。她怎么不能学学方谨？一块儿住这么久总该有所耳濡目染。方谨从来不讲脏话。

孟桓站起来，“快下雨了，咱去食堂吧。”

“最近的雨真是多。”

“多才好呢，九月一号的那场下得最妙。”孟桓向冉故递出手，“否则你也不会缺席新生报到，也不会分到我们宿舍来。”

刚才有一阵子，雨确实小了。然而半空里劈过一道响雷，水珠又抢着要落地。赵记饭馆外，行人们纷纷缩着脖子。紫米粥喝得一滴不剩，冉故准备再要点什么，反正六月第一天也赶不上去食堂吃午饭了。

一大盘炒面端上来，香气四溢，色泽鲜亮，就是肉放得不够足。这一点焦点要略胜一筹。

焦点是一个大厨，他的炒面很有进入米其林餐厅的潜力。但因为米其林的美食密探有眼不识泰山，焦点只能暂时屈才，在三月份学校的美食节上稍露一手。冉故本来是抱着捧场的心态去的，没想到这位姐夫的摊位是全场最受欢迎之一，队伍拐了几个弯，他忙得跟个陀螺一样。

冉故也有一个摊位，名义上。班长希望大家为四班做点贡献，于是钟紫下了汤圆，她做了乳脂松糕，班长煮了俄式罗宋汤，简直是一个模拟联合国。然而她和钟紫作为摊主都不算负责，她急着去品尝各式美食，钟紫急着去中心书城，有人给她推荐了一本传闻极有趣的书。钟紫有个不大不小的爱好，闲来无事读一读青春文学。

“你尝了邓老师的糯米藕吗？在羽毛球馆那边。”冉故说。

钟紫摇摇头，她还在排炒面的队。冉故把碗递给她，“读《大淖记事》的时候你不就想吃了吗，现在邓老师亲自做了。”

“你是不是不喜欢《大淖记事》？”钟紫问，“因为那个刘号长？”

冉故没有答。钟紫往嘴里一块一块夹糯米藕，似乎平生第一次见到如此美味的食物。她突然转过头，腮帮子还鼓鼓囊囊的，“我明白了，你不想写《追风筝的人》的读后感，是不是也是这个原因？”

“不是不想写，我是不想再读一遍。”

“差不多啦。”钟紫好不容易咽下去，哽得四处找水，“放宽心，那些情节都是小说编出来的，现实生活很平淡的。”

冉故笑了，拿出一张纸巾让钟紫擦嘴，“荷花，有时候生活比小说荒谬得多。小说有逻辑，生活没有逻辑。”

这碗糯米藕叫钟紫吃了个一干二净。据邓老师说，糯米适合在春天吃，能健脾养胃。冉故望着操场上踢毽子的同学们，马上要到春分了。

春分一大早，刚进教室，钟紫便使劲拍着她的桌子，快把桌面拍出一个坑，“我读了那本书，没想到是青春疼痛文学，亏我花了不少钱。”

“不是正合你胃口吗？”冉故说。

“哼，多了俩字听不出来吗。”

“能有啥区别？”

“区别大着呢。”钟紫嗤之以鼻，“青春文学就是主角是青少年的文学，比如《哈利·波特》《射雕英雄传》《追风筝的人》。青春疼痛文学可、可大不一样，虽然也是写青春，但里面必须包括疼痛，受个小挫折恨不得全天下都知道，再加上什么车祸癌症堕胎，怎么离谱怎么来。”

“这些是哪儿的官方定义？”冉故问。

“当然是我自己的定义。”钟紫一副想把书撕烂的样子，“重点是看得我很、很不开心！通篇就是告诉你最好别努力，最好尽情放纵。学习好的要不胆小要不虚伪，反正一无是处。只有差生和混混有情有义，动不动就把别人打得头破血流。拜托先生，你可是在宣传犯罪耶。”

“我看这个作者根本是为赋新词强说愁，谁能上一秒堕胎下一秒得癌症，身边的人全出车祸？那不叫青春，那叫倒了八辈子血霉。”

冉故鼓起掌，“讲这么多只磕巴了两次，非常棒。”

钟紫总算是消了点气。她转过头，“说起来，你呢，你的青春怎样？你都没聊过以前。”

冉故敲上钟紫的脑门，“瞧你问的，好像我已经半截入土了。”

“那换个说法，到目前为止，你的青春痛吗？”

“这问题真逗。”冉故思考了一下，“完全不痛。我们初中的品德老师说，青春最痛的是浪费时间早恋，没好好学习。我好好学习了。况且那些什么车祸癌症我一个也没遇到过。”

“真的？”

“废话，这有什么好扯谎的。”

钟紫很满意，“我想也是，交国不是那么好考的。”

交国高中就是离家远了一点，坐公交要五十分钟，和一堂课差不多长。六月第一天上午最后一堂课是历史，可惜今天要错过了。

熊猫看见第一排正中间空着的座位，是否会感到失望？希望在这种天气下缺席可以被理解。通常情况下她只在星期三逃学，周三有她不擅长的化学和经济，没有历史和语文。但这并不是每周三都必须逃学的意思。

“第一次正式逃学”始于一个小契机，就像所有历史上的重大事件的发生一样，比如维也纳艺术学院拒绝了一位奥地利青年画家，或是一个叫布瓦吉吉的小贩被城管殴打。冉故打算在清明节之前去拔牙——牙疼可不是装的。语文课上，她捂着半边脸瘫在桌上，邓老师差点让全班以她为模特来一段神态描写，只怕还没写完模特已经不省人事了。

有句话叫艺高人胆大。看门大爷应该都记住她的模样了，但可能是被老花镜片挡住了视线，他没有丝毫怀疑。冉故迈出栅栏门，晨光洒在脸上，带着木棉花的香气。

当她从牙科诊所出来，一只手摆弄着那颗罪魁祸首蛀齿时，她确实是往公交站的方向走——只不过是路对面的车站。这一趟九路不会带她回学校，而是会越走越远，驶向儿童乐园，驶向东海。咸腥的海风会飘进车窗，沙子会拂过她的脚趾，虎视眈眈的海鸥会相中她的面包。冉故坐在栈桥上，海水蓝幽幽的，唰啦唰啦地冲着礁石，盯久了又是一片焦黑。

栈桥边是一排富丽堂皇的店，她从没进去过。橱窗里摆着流光溢彩的手镯项链，要省吃俭用一年才能买一条。橱窗上贴着一张最新产品的海报，这是一张动漫海报，名字很长，关于一朵花。

冉故推开这家店的门。

赶到学校时正好是晚饭时间，她必须在夜色降临前返回。“什么牙需要花一整天来拔？”钟紫问。冉故使劲往嘴里拨米饭，“因为麻药打得太足，所以一直睡到了终点站。”

“得了吧，我还不了解你。”钟紫双手交叉在胸前。“你要是去学青春疼痛文学那一套，我可是会嘲笑你的。”

冉故笑嘻嘻地放下勺子，“别生气，我赶回来不就是为了排练么。”

不知道排练配音比赛算不算钟紫认为的“正事”。昨晚史淮一回宿舍就宣布她和方谨看见了配音比赛的海报，要知道，能让史淮喜形于色的东西屈指可数。她想说服全宿舍去报名——根本不需要说服，连孟桓都积极支持。

昨天早晨，孟桓和史淮刚拌了回嘴，有关史淮过于从容，眼镜丢了许久也不去配。还是方谨将她俩分开的，把孟桓送往去八班的路，拉着史淮走向七班。方谨有时候仿佛驯兽师，在巨大的猛兽间轻声细语地调解，猛兽们还觉得她说得很有理。

方谨拉着史淮走向教室。路过乒乓球馆时，玻璃墙上映着金灿灿的晨光。史淮猛地凑上前去，鼻尖都快贴在玻璃上了，“全校第一届配音比赛？”

“还是去配副眼镜比较好吧？”方谨在后面说。

“放心啦，不是所有近视的人都和焦点一样，能把年级主任当成妈。”

“他可该长教训了。”方谨表示赞同，“这回是全年级尽知。下次再在升旗仪式上抱着校长叫爸的话，就要举校闻名了。”

海报上说视频材料可以自行准备，只要是英语的，内容不限。方谨看着史淮快咧到耳根的嘴角，“别露出那副笑容，我不会配《闪灵》和《弗兰肯斯坦》。”她的兔子都以这部电影命名了，还不够吗。

“《惊魂记》呢？”“淮哥，地下室里可是有一具干尸耶，你考虑考虑裁判的心情。”

史淮撇了撇嘴，“要不《杀死比尔》，可以配砍头或者挖掉眼珠那一段。”

真是不叫人省心。“你再提不靠谱建议，我就拿喇叭通告你每晚要抱着弗兰睡的事。”

“谁怕谁，我手机里有一百张你的黑照，发给焦点可以三个月不重样。”

方谨差点把益力多从鼻孔里喷出来，“我不跟你争，你先能找到那么多人再说。”

史淮一点也不担心的样子，“这不难，咱们宿舍就有六个了。”

“只有这个提议还算靠谱。”方谨摸了摸下巴，“希望你能说服孟桓。”

为了第二天的戏剧课考试，晚自习后她和焦点一直复习到教室熄灯。焦点算得上是半个学霸，否则一千度的近视白牺牲了。这家伙以后想学考古，擅长的科目有地理、历史与戏剧——不知戏剧能有什么贡献，挖土挖累了给大家唱一曲娱乐娱乐？不过理科方面就作出了相应的舍弃。这点和方诺有点像，方谨想起曾经被妈妈逼着给诺子补习数学，口干舌燥地教了半天，那么简单的知识点还是答不上来，她真觉得方诺是故意来气她的。结果这小孩振振有词，说每个人只有一个大脑，门门都精通是很难的，除非你是爱因斯坦，不过大多数人没有那么天资聪颖。真不知道是和谁学得如此伶牙俐齿。

推开宿舍门的时候，史淮的牙刷直直地从她脑袋上飞过。长得矮是有好处的，否则牙刷把脸凿穿，明天她就得额头上带着一个洞去上课。到底是什么事这么有趣？方谨定睛一瞧，有站着的，有坐着的，有趴在床上的，俨然在开联合国五常大会。她这个第六常因为太晚回来失去了开口权，沦落到与第三世界小国为伍了。

孟桓的两只脚从上铺吊下来，“和焦点打情骂俏愉快吗？就你选了戏剧，你个异类。”

方谨拧了一把孟桓的腿。史淮在对面插了一句，“你不冤，叫你异类是因为你是宿舍里唯一一个非单身。”

“你的配音比赛怎样？”

“是大家的比赛。忘掉《闪灵》，我们已经全票通过了配《海绵宝宝》，你同不同意都得参加。”

这转变可不小。“我猜这个绝妙的主意不是你提出来的。”

“是学妹啦。你错过了刚才的模仿秀，学妹的海绵宝宝和孟桓的派大星，和六点档几乎一模一样。”史淮穿着她那件劳苦功高的睡裙坐在床上，正给弗兰换上一件铆钉夹克。

“什么是六点档？”

“《大风车》，用大脚趾想想就知道。”这是史淮的口头禅，她的大脚趾头应该很聪明。

“行吧，剩了个什么拿不出手的角色给我？”方谨问。

“瞧你说的，我们这是民主社会，哪儿有不让你选的道理？你和焦点一人一个，痞老板和他的电脑老婆。”

“怎么还有焦点的戏份？”

史淮指了指洗漱间，“也是学妹的提议。告诉焦点他该感到荣幸，受到女士们的青睐。”

方谨换上拖鞋，把睡衣翻出来，“那我肯定选痞老板喽。组名想好了吗？”

孟桓的脑袋又从上面探下来，“我们进行了十轮投票。你来了，可以进行第十一轮了。”

方谨拿着睡衣走进浴室。看来冉故对这个活动挺有热情。她还记得初二的文化节，冉故和方诺溜进礼堂看他们年级的表演。当她站在舞台上时，方诺一脸冷漠，似乎连坐在台下都是在浪费时间。不必说，这小孩绝对是被冉故硬拽过来的。

她和方诺在上小学时被当成过双胞胎，扎着一样的小辫穿一样的裙子。全天下的妈妈都爱这么做，可能是为了防止小孩打架。其他兄弟姐妹们总是小的黏着大的，大的想把跟屁虫甩掉。她家完全相反。方诺凡事都爱和她作对，她倒是常常热脸贴冷屁股。她的成绩从小数一数二，胳膊上戴着三道杠。方诺半道杠也没戴过。真是除了模样别的一概不像。

方谨打开花洒开关。上了高中后，方诺很少跟初中小学的朋友联系。等上了大学，她可能也会和高中同学断了联系。方诺把过去甩在后头的样子就像头上的花洒，拨一下开关，所有水珠同时截断。难道过去就有那么多难言之隐，必须要和未来划清界限？她有时候也能理解，人们想要崭新的、不拖泥带水的开始。

方谨推开浴室门。这回不吵了，大家正托着下巴苦思冥想。这联合国会议开得是越来越叫人伤脑筋。没想到取个组名难如登天，此时不得不佩服起爸妈的伟大。

阳台门响了一声，冉故探出头，“还有没有衣服要洗？我开洗衣机了。”

一二三，静默了三秒钟后，另外四人爆发出一阵大笑。方谨也笑了，孟桓在床上鼓起掌来。

史淮把手搭在冉故的肩膀上，“学妹，你刚刚解决了我们的大难题。”

事情就这么定了下来，史淮拿着 Washing Machine 的组名去报了名。冉故分发装订好的稿子，上面用荧光笔标出每人的部分，据说晚自习时她会溜到走廊拐角偷偷练习。孟桓想叫她别那么用功，如果太辛苦干脆不要参加了。方谨及时阻止了她，孟桓讲话的质量实在比不上数量，连说谎的技术都有待加强，明眼人一看就能识破。

她想起她问孟桓，“你告诉我，你是真喜欢吃蛋黄，还是只是为了不让冉故为此烦恼？”

孟桓没有回答，她向方谨绽放出一个八颗牙齿的笑容。

到目前为止，一切都很顺利。方谨喝了一口小卖部的薄荷味奶茶，这玩意儿是孟桓推荐的，味道相当刺激。一切都很顺利，一切都在正轨上，直到冉故漏了词。

舞台很热，灯光很亮，话筒不够用，这些都在意料中。但冉故卡壳的确在意料之外。谁都会犯错，有时是故意的，有时是无意的。冉故自然是无意的。但看她那咬牙切齿的模样，方谨觉得冉故想和自己干上一架。这小孩哪儿来那么大的气？没必要，要是得了最后一名就当作根本没报名呗，况且洗衣机队还拿了季军，全宿舍今晚应该点食堂最贵的菜庆祝。路上冉故直道歉，没拿冠军是因为她失误，本来可以避免的。五分钟以后，她开始为所有无论是不是她的失误承担责任。

史淮听得不耐烦了，“甭矫情了好吗，又没人怪你。拿别人的问题惩罚自己，好像就你是全世界最可怜的，无理取闹。”

冉故像是被一把斧头齐根斩断了舌头。她不说话了，没有人说话。

一声怒吼劈开了冻住的空气。“你他妈给我闭上嘴。”孟桓指着史淮的鼻子，“人家感情比你细腻，所以作文能拿全年级第一。你能吗？你不理解，就说是矫情。到底是谁在无理取闹？如果没体会过别人的经历，就不要自以为是地乱发表意见，这是我爸告诉我的。”

方谨倒吸一口气，她的心脏怦怦地跳。这个气氛过于紧张了，仿佛动一根手指两只猛兽就会扑向对方，白刀子进红刀子出。身经百战如她，如今也惴惴不安，怕她的能力不足以息事宁人。

谁都没有料到，估计孟桓也没料到——史淮思索了片刻，然后点点头，“我觉得你说得有些道理。”她转过身，拍了拍冉故的脑袋，“走吧，学妹，今晚有你最喜欢的葱油鸡。”

六月第一天的中午十二点半，雨停了。地面还是湿的，但是乌云已经散了，一道彩虹架在空中。冉故吸着最后一根面条，下午第一堂班会也快开始了，她可没料到会在赵记饭馆消磨这么久。

桌子上的手机发出了震动声，她叼着面条转过头。屏幕上有一行字：再说吧。今年暑假我不回来了，在这边上夏校。

冉故把手机揣进兜。她站起身，从门口的塑料桶中抽出雨伞。

她将校卡贴在铁栅栏上，从小门进了学校。睡完午觉的学生正从宿舍楼里鱼贯而出，冉故望见了史淮的背影。史淮有很大的起床气，最好不要在这时和她搭讪，也不要一不小心把她的拖鞋踢到床下。

冉故刚踩着上课铃进教室，还没来得及把书包挂在椅子上，熊老师就迈入了前门。大屏幕上出现了一堆倒塌的雕像和长满青苔的石柱，熊老师说，这是希腊的德尔菲神庙，据说在神庙的太阳殿前刻着一句名言，“认识你自己”。冉故觉得这座庙的名字听起来有些耳熟。

下一张幻灯片变成了保罗·高更的一幅油画。难道要给美术课开小灶？她从没看出熊老师有艺术天赋。油画的名字还特绕嘴：《我们从哪里来？我们是谁？我们到哪里去？》。这堂班会的名字和它一般长：《爱自己，爱父母，爱生活，自信伴我成长》。

熊老师宣称他带来了一幅画，然后从讲台下掏出一张白纸——空空如也，除了中间有一个黑点。他还煞有其事地提问大家看见了什么，自然只有一个黑色圆点！这种班会应该开给刚学习图形的一年级小朋友。

“还有什么吗？”所有人都摇头。“看来我把大家给难住了。这张纸好比一个人，白色是优点，显眼的黑色是缺点。我们如果只盯着自己的不足，就很难发现身上的长处，但是如果我们学会了欣赏，善于欣赏，那么你就会发现身边到处都是美。”

白纸和她一点关系也没有。冉故在桌上趴下，她现在困得晕头转向，可能是上午盯了太久雨珠的缘故，说不定和数羊一样有催眠的效果。

她想起来了，那座神庙为何耳熟。在《纸牌的秘密》中，汉斯·汤玛士和爸爸在出发寻找妈妈前，就到访过德尔菲神庙。神庙的废墟后，小丑从四面八方钻出，头上戴着驴耳朵帽子，衣襟里塞着小圆面包，不断发酵膨胀。小丑们围成一个圈，巨大的金鱼在外层游动，这条咬着那条的尾巴，首尾相连。彩虹汽水从天而降，越下越大，把一切都卷走了。一个又一个晚上，一次又一次碎裂。金鱼散落一地，一地的金鱼残肢，满目疮痍。

有人拍了拍她，是小丑还是神庙的雕塑？冉故睁开眼，钟紫的两只手按在她的肩膀上，“你做什么劳什子梦了？”

冉故打了个哈欠，“啊？”

“翻来覆去的。我问你，熊猫刚才讲了什么？”

冉故想了想，“他说我们都是白纸。哇，那得浪费多少树苗啊。”

“什么玩意儿。”钟紫立马化身为从天而降的哼哈二将，一边哼一边哈，“他说的是下堂体育课改成英语课了。”

钟紫拽着冉故的胳膊，把她拉到英语教室，“消失了一上午，下午一来就睡觉，你好意思吗？再说我们才不是纸，我们本身就是苗。”

英语老师还算仁慈，这堂课放纪录片《企鹅群里有特务》。老师还不总在教室里，她需要兼顾隔壁三班的纪律，三班这堂也是体育课。冉故的视线牢牢地黏在屏幕上，旁边钟紫用笔戳了戳她的腰。

“啥事？”

“你是真看得入迷，还是脑子已经飞去了外太空？”

这小机灵鬼桌上摆了一排用草稿纸折成的飞机。钟紫会折十种纸飞机，哪些飞得远，哪些姿态优美，哪些不怕大风吹，她都能给你娓娓道来。冉故拿起一架，“你还有脸问我，看来这刺激的纪录片不合你的口味。”

钟紫把纸飞机夺回去，“你管企鹅下蛋叫刺激？要是放《秘密花园》，我保证专心。”《秘密花园》是钟紫最喜欢的电影，她对按照自己的意愿茁壮成长的各种植物赞不绝口。

“我想起——”冉故顿了顿，“初中班上一女生。她英语很好，看这种纪录片不需要字幕。”

钟紫用笔戳起自己的下巴，“唤起我一些久远的记忆。”她深吸了两口气，每次发表长篇言论前她都要这样做准备，“我小学班上也有一个女生，英语全年级第一。她上英语课都不用听讲，一个人坐在后排读书。我们可羡慕她了，体育又好，个子又高，我总在想高处的空气是不是更新鲜。”

“有趣，她不会姓严吧？”

“哎哟，你可以去当算命师傅了。她还真姓严。我以前跟她玩得不错，她去了一趟英国，回来以后谁也记不清了。”钟紫摇了摇头，“可怜的孩子，看来新生活很难应付。”

“继续讲，”冉故说，“我想听听这个姓严的人的事。”

“我记得她怕虫子，玩捉迷藏十有八九会在尖叫中结束。但她能在运动会上拿一堆奖牌，简直是我们班的吉祥物。还会照顾人，尤其是比她小的孩子。她的梦想是当幼儿园老师。”

“假的吧？”

“当然是真的了，她坚信她长大绝对会当幼儿园老师。去她家我们总是玩过家家，把布娃娃放进小床里睡觉。那些布娃娃和小床都是她姥姥买的。她一到周末就去姥姥家，风雨无阻。我也挺喜欢她姥姥，总是笑眯眯的。严穆想当幼儿园老师，她姥姥第一个支持。”

钟紫停下来。这一口气说得真不少，比纪录片字幕的效率高多了。

“对了，荷花。”冉故托着下巴，“你是不是还有个姐姐，小名叫桂子？”

“你比算命师傅都要厉害！”钟紫的眼睛瞪得溜圆，“你怎么知道的？那是我表姐。”

冉故把她的水瓶递给她，“和开学时比起来，你演讲的进步真是太大了。”

“有、有吗？”钟紫笑了，“这得感谢邓老师。要不是她，我八成永远也不敢在课堂上主动回答问题。”

“你应该买几杯双皮奶奖励自己。”

“听起来像奖励小朋友的方式。”钟紫咕咚咕咚灌下几口水，“说起来，今天是儿童节耶，要不要庆祝一下？”

“早就不过那玩意儿了。”

“下周的端午可是要过的吧，不晓得食堂会不会有粽子，或者咸鸭蛋，或者九层糕。”

“那是什么东西？”冉故问。

“在我老家，端午节会吃九层糕。”钟紫说，“又香又甜，用糯米做的，里面放了槐花和菖蒲。”

“菖蒲做的糕没吃过，菖蒲做的汤我喝过。”钟紫一脸好奇，冉故摆摆手，“太久以前了，早忘了是什么味了。”

屏幕上，帝企鹅幼崽们正摇摇摆摆地走向大海，其中一只比其他的都高，在企鹅群里很是显眼。钟紫跷着二郎腿，“也不知道严穆怎么样了，小学毕业后就没见过。她应该长得更高了。”

冉故的指关节叩着桌面，一下两下三下。然后开了口，“她现在嘛，大约一米七九点五。”

六月第一天的晚上，冉故一手夹着拼图，一手拧开宿舍门。

“放我床头吧。”方谨用毛巾包住头发，一边揉一边甩，像是被雨淋湿的伯爵，“等会儿给你钱。”

这盒拼图是下午去书城时买的。英语课后她去找熊猫开了新的假条，在办公室里竟然碰见了史淮。冉故花了两秒钟想起，史淮是他们班上的历史课代表。

“自二月起，那家伙的历史成绩突飞猛进。”方谨说，“目标的力量是无穷的。”

“你呢？”冉故问。

“她得不到回应的，我比她幸运。而且我也没选历史。好在没选，否则孟桓又有嚼舌根的了。”

想必是由于焦点选了历史，据说这个姐夫家里有六种版本的《十万个为什么》。冉故拿起牙刷，发现牙膏早晨已经用完了。方谨把自己的递给她。她小心翼翼地从下往上挤着牙膏皮，以免破坏了方谨的习惯，“我觉得孟桓只是嫉妒。”

孟桓被史淮叫作毛头姑娘，因为她没有任何恋爱经历，一场激烈的斗嘴自然在所难免。但方谨也说过，孟桓和史淮之间的交情全靠吵。听上去像是薛定谔的友谊。

方谨抓着肥皂，“提到这个，我想起高一有一堂物理公开课，有关薛定谔和量子力学，我们班和八班一起上的。老师叫格子衬衫起来回答问题——”

“姐夫？”

“姐夫就姐夫吧，虽然那个时候还不是。他吭哧半天答不出来，我都快替他急死了。”

“你教他理科，他教你文科，这不是正好嘛。”

“好啥好，”方谨翻了个白眼，“那天我倒霉透顶。”

冉故叼着牙刷，用手指在空中画出一个问号。方谨说，“那是去年冬天第一场雪，我来例假不想动，架不住史淮拖着我。我坐在长椅上，好端端地看大家玩雪，结果一个雪球从天而降落进我衣领里。”

“乌鸦扔的？”

“这乌鸦还会直立行走呢。我转过头，格子衬衫正目瞪口呆地看着我。长得还不错，浓眉大眼。但我那天异常地愤怒，把他质问了一通。”方谨用力搓着袜子，好像要把袜子搓出个洞，“这蠢蛋给我鞠了一躬，大喊一声对不起，音量可以绕操场两圈，太尴尬了。”

冉故漱干净嘴，“所以，你看上他是因为他惹你发火？”

“因为发了火他也没有离开。”方谨指着架子，“你帮我够下吹风机。”

冉故踮起脚。肯定是孟桓之前用过，没有人会放在那么高的地方。“那这天不是妥妥的幸运日吗？”

“幸个头。他的眼镜在打雪仗中被砸坏了，第二天把年级主任当成了妈。”

大概女孩子们嘴上都是嫌弃男友的。吹风机的轰鸣终于消停了，冉故在床上躺下，听见宿管独有的拖鞋声在走廊上响起。“还没回来，那群家伙要挨骂了。”

“她们下午考完就收拾东西溜了。史淮这回有葵花宝典的加持，不知道考得如何。”方谨赶在最后一秒按下了电灯开关，“我明天还有戏剧，干脆等方诺放学一块儿回去。”

史淮有一本葵花宝典，是她大哥读高中时的笔记本，据说里面包罗万象无所不有。史淮的兄弟姐妹多到数不清，她的衣柜里很少有全新的衣服。

“诺子最近怎么样？”冉故问。

“交了朋友，上回小测超过了温柔。应该算不错？反正她有困难从来不告诉我。”

冉故在黑暗中点点头，方诺、温柔和尹曼去了同一所高中。尹曼中考失利了，他本来可以去四大名校的。

“听诺子说，那个尹曼原来是你们班的黑白双煞，”方谨说，“不过他们毕业前分手了。”

准确地讲，是毕业前三天。考试结束后，大巴车把同学们载回学校。试卷和书本在空中到处飞，水笔钢笔圆珠笔像导弹一样发射。在黑板下，尹曼与严穆握了握手。大家说他们俩是好聚好散。但她和钱逸心知肚明，好散是因为根本没聚过。尹曼不喜欢女生。

“对了，我其实一直好奇，诺子为什么叫诺子？”

“之前的小名叫诺诺。她嘲笑我取的太嗲，自行改成了诺子，气得我两天没打扫房间。”

冉故忍俊不禁，“姐，你和你的名字挺相配的。”

“诺子也这么说过。好吧，希望她也能和她的名字相配。信守承诺很重要。”

阳台外，夜空格外澄澈。小狗去睡了，小猫也睡了，小卖部的老板把门帘放下。冉故在毯子下摸着自己的指甲，凹凸不平，像是被僵尸啃过。

“我没记错的话，程曙也在那所学校。”方谨叹了一口气，“我和诺子只在这一点上相像。可惜，程暝喜欢的是你们班那个复姓女孩。”

可惜，司马顺喜欢的是王老师。冉故想起初中毕业那天，程暝举着他哥的相机站在茶几上，以及司马顺手里那个怎么也剥不完的橘子。高中毕业那天，莫德也会把她拽到相机前，非要和她一起做星之卡比的招牌动作合影留念。

“数学课说方程是包含未知数的等式。但我和他这条方程，是包含已知数的不等式。”方谨从喉咙里发出笑声，“听我一句话，小故，顺其自然，强求自己没好处。”

“聊点开心的，端午节咱们去吃火锅，菜市场对面那家。熊猫不会为难你吧？”

为难倒没为难，只是被调侃了一番。下午她去办公室的时候，熊老师笑眯眯地拿起台灯下的印章，“爱读书是好事，就是要多牺牲一些树来造纸。我们班假条消失的速度是其他班的五倍。”

冉故红了脸。抬起头时，她看见相框里新换上的熊老师与父母的合照。现在她终于明白，为什么以前总觉得他面熟，也明白自己没被通报批评应该感谢谁了。

高一六月的第一天算不上特别，虽然上午的大雨确实壮观，然而与往常一样上课，与往常一样逃学。才不算逃学，她只是去书城继续研读贝克汉姆布丁的食谱。

直到高二开学她才重操“正式逃学”的旧业。只逃无趣的课，而且会把落下的内容补回来——这是她给钟紫的托词。每次去东海时，她都会确认一下橱窗里那条“一朵花”项链还在。它一直没被买走，不过更有可能的是店家有很多条存货。

钱一点一点攒起来，从挤满番茄酱与甜辣酱的盒饭与便利店的面包里。冉故感觉到硬币和纸币在她的书包里碰撞，所以“穷得叮当响”这个说法并不准确，她发现穷和富的时候都会叮当响。

活了十六年，这是她买过的最贵的礼物。在那些阿加莎和斯蒂芬·金的悬疑小说里，主角们总是能在做重大决定前听见内心的声音，好比“太危险了，我不应该去”。冉故有没有听到“这不值，还不如用这些钱来犒劳自己”？无论怎样，她坚定不移地从售货员手里接过了项链。况且那都是小说，她也不会遇到东方列车或者遥望酒店。

梧桐叶铺在通往教学楼的路上，这是高二上学期最后的落叶了。

经过乒乓球馆时，冉故停下脚步研究起海报。最近的活动是周五的万圣节晚会。玻璃后面有个黑点，定睛一瞧，是穿着铆钉夹克的史淮。不知道是同伴抛下她去食堂了，还是她在和自己对打。俗话说得好，人最大的对手是自己。

史淮抬起头，向冉故招招手。冉故四下望了一圈，确认旁边没有其他人，“淮哥，你叫我？”

“要不我是朝空气招手吗？来，帮我搭台子。”

史淮似乎认定了冉故这个下午没有其他事要忙，大步流星地推开玻璃门。冉故跟在后头，“什么台子？”

“万圣节的，我申请了一个摊位。”

史淮这可搭得有点晚，操场上早立起几排桌子了。“那为啥往宿舍走？”

“动一动你的小小灰色细胞，没资本怎么开张？”史淮掏出钥匙，“你搬我床上那两箱，我拿柜子里的。”

冉故掂了掂，还挺沉。“今天你当小苦力，明天我帮你免费打扮。你没化过妆吧。”

“小学就化过，上台表演的时候。”

“小学啊，”史淮用脚钩住门，砰的一声带上，“你是从那时起开始发表文章的吗？”

这个说法过于抬举，冉故怀疑孟桓又夸大其词。史淮说，“我小学时喜欢读林格伦的书，像是《大侦探小卡莱》。”

“哇，你果真从小就浑身是胆。”冉故还记得这本书中孩子们发现尸体的场景，给二年级的她留下了巨大冲击。

“那要让你吃惊了，我原本非常胆小。”

如果有胆小排名，史淮肯定是倒数第一名。“哥，你是不是太谦虚了点？”

“是真的，坐家里我都怕石头从天上掉下来。”这转变听起来不是一般的大，可别是遇上啥重大打击了，冉故有点担忧。

“打击倒没有。四年级第一天，我哥告诉我，战胜恐惧的最好方法就是冲向让你恐惧的那个东西。”史淮从单车棚边上绕过，“是我大哥，不是和我长得一样的那个。”

“你到底有多少兄弟姐妹？”冉故小心翼翼地下台阶，箱子挡住了她的大部分视线。

“亲的有六个，俩哥哥一个姐姐俩弟弟和一个妹妹，我在正中间。”

若不是双手占着，冉故肯定要鼓掌赞叹。“太厉害了。你们能分清谁的东西是谁的吗，还是要在上面贴标签？”

“还贴标签呢，能找到用的就不错了。我丢过五百支笔了。”

冉故照指令将箱子放在地上，虽然从宿舍到操场没几步路，她觉得她的胳膊快断了。史淮打开箱子盖，把眼影腮红一个一个递给冉故。这箱子跟魔法口袋似的，里面的化妆品永远拿不完。

“对了，你最近去书城的话，帮我捎一本《魔女嘉莉》。”

冉故知道这本书。“是原来那本被弟弟妹妹撕烂了吗？”

“不，是我要读。”真是难以置信，史淮拥有的斯蒂芬·金的著作能垒到天花板，竟然没读过他的处女作？

“《魔女嘉莉》讲的是校园暴力。我不喜欢校园暴力，我大哥以前遇到过。”

“你爸妈知道吗？”冉故问。

“你从方谨那儿听说过吧，我爸妈忙得要死，一天到晚在外头工作。我们家小孩都是在孩子堆里长大的，加上表兄堂兄，挺有趣的，永远不缺人玩，捉迷藏的时候能分成好几队。”史淮展开一块格子布，铺在桌子上。

冉故想起《红楼梦》里一回，贾府里来了一大帮亲戚，有邢夫人兄嫂带了邢岫烟，李纨的婶婶带着两个女儿李纹和李绮，还有薛蝌和妹妹薛宝琴。叙起年庚，除李纨年纪最长，其他十二个人皆不过十五六七岁，或有这三个同年，或有那五个共岁，或有这两个同月同日，那两个同刻同时，所差者大半是时刻月份而已。连他们自己也不能细细分清，不过是“弟”“兄”“姊”“妹”四个字随便乱叫。

“我大哥是我们这帮里最大的，他受欺负的时候没告诉别人。我上高中前那个晚上，他说小十六，我想和你聊聊。”

小石榴？按照史淮的脾气，叫个小榴梿更为贴切。“十六石榴混着叫，因为我总排行第十六。”

“我当时只知道他一放学就去练打沙袋，不知道他是为了保护自己和弟弟妹妹们。后来他在班主任那儿从校园暴力保护对象，变成了被注意是否有校园暴力倾向的人。”

这回冉故的手终于空出来了，“简直是天下第一帅气大哥！”

“他很帅，也很幸运。”史淮把一大把化妆刷插进花瓶里，“他站了起来，还有千千万万受到校园暴力后没站起来的孩子。”

冉故想了想，“像是尼采说的一句话，但凡不能杀死你的，最终都会使你更强大——”

“打住。”史淮伸出一只手，“我知道你读了很多书，不用时刻显摆你记的那些名言。能不能改掉这臭毛病？”

冉故乖乖闭上了嘴，学着史淮将唇彩分门别类。“我哥没遇上像克莱尔和比尔那样坏的人，就是往嘉莉身上倒猪血的那对情侣。好多欺凌者都说不出为什么要这么做，有些是想显得酷，有些是担心会被其他同学排挤。”

“我明白，我看了电影。”

史淮仔细打量着冉故，好在这回不像是审视案板上的猪肉，“不错嘛，长进不小。”她扔过来一个纸包，“拆开放抽屉里。”

“这是什么？”“文身贴，给你来个左青龙右白虎怎样。”

冉故并没有模仿孟桓的意愿。于是史淮把青龙白虎又放回了纸包，“我问你，喜欢电影里哪个场景？”

“嘉莉引爆加油站的那段吧，大快人心。”冉故说，“但这部电影是个悲剧。嘉莉杀光了欺凌者，自己也死了。”

“那是因为她误解了复仇的意义。复仇不是为了毁灭别人，是让自己变得更好。”史淮在空中挥出一个上勾拳，“我哥说在那些打沙袋的日子里，他一遍一遍地幻想着欺负他的人跪在脚下求饶。但是等他变强了后，他发现他不在乎了。”

冉故舒了一口气，“好在真实的欺凌没有电影里拍的那么恐怖。”

“错了，真实的欺凌比电影里拍的还要恐怖。你看两个小时的电影，但校园欺凌会影响那个孩子一辈子。”史淮说。

“我们每个人都会遇上校园欺凌，要不是加害者，要不是受害者，要不是旁观者。”

冉故颤颤巍巍地举起手，“斗胆说一句，我好像哪种都没遇上过。”

史淮没有回答。她笔直地站着，手里拿着抹了半截的胶水，好像被冰冻射线照住了一般。冉故顺着她的目光往外看，只见下了班的熊老师正走出校门口。

“哥，我想问你一个问题。”

“问呗。磨磨叽叽的。”

“你一直喜欢熊猫吗？”

史淮盯着冉故，仿佛她刚问了世界上最愚蠢的问题，“才夸了你，怎么又连我的大脚趾还不如？”

这意思应该是喜欢。可是，那毕业后呢？这只会是一厢情愿的暗恋。你要怎么做才能放弃一个你喜欢的人？连讲出来都觉得好难。

“很简单啊。”史淮说，“谈恋爱应该是件快乐的事。如果它带给你的痛苦大于快乐，你会越来越累。直到有一天你终于发现，你不想再把喜欢浪费在这个人身上了。”

“他把你扔下了悬崖。当你灰头土脸地爬上来，站得比原来还高时，你绝不会感谢他，或者悬崖。你要感谢的是所有托着你拉你一把的人，和你自己。”

“你会原谅这个人吗？”冉故问。

“原谅不原谅都好，就是想到他，你心里不再恨了。”史淮旋上胶水的盖子，“顺便一提，他道过歉，在同学聚会上。”

“不是所有对不起，都值得你回一句没关系。记住这句话，学妹。”

全都准备妥当了，连垃圾桶都换上了新袋子。冉故好不容易在椅子上坐下，“哥，你今天真健谈。”

认识史淮一年多，她说过的话加起来还没这一下午的多。后面半句“你是不是吃错药了”被冉故吞回了肚子里，她可不想吃一记爆栗。

“哦，你过了圣诞节就要走了，我想起还没和你聊过天。”

史淮把空箱子一个一个垒起来，塞在桌子下面，“放轻松，学妹。去到新学校，没有语文课，也别放弃写东西。我读过你那篇游记，孟桓说你很有才，她说的不会错。”她给嘴巴拉上拉链，“不要告诉她这是我讲的。”

冉故想，她在去年寒露认识了孟桓，今年寒露认识了史淮。

史淮顿了顿，“其实，我平时也很健谈的。”

“是吗？”冉故十分诧异，“和谁？”

史淮朝她一笑，“弗兰。”

天越来越冷了，动物喜欢扎堆取暖，人也是。冬至的中午，宿舍罕见地在食堂里聚齐了。冉故推开门，凉气随着她钻进来。她和方谨吃到最后。孟桓也没走，说是因为体育课跑了太多步，现在腿酸得没法动。这借口真不咋高明。

“周末都做什么了？”孟桓问。

“昨天我们全家去了夕彦寺。周六的话……”方谨想起什么，“对了，小故，你可能会对这个感兴趣。”

“啥？”冉故嚼着猪肉大葱馅的饺子。

“你记得卢艾吧，我碰见了她。”

冉故猝不及防地呛到了，发出一连串咳嗽，像是要把肺咳出来。孟桓拍了拍她的背。

“我去买早饭，她排在我后面。她也挺吃惊的，初中毕业后我们还没见过呢。”

“你们过去关系很好？”孟桓冒出一句。

“我过去和她还是半个情敌，我单方面这么宣称。”方谨笑得前仰后合，椅子都晃起来，“她是那种很有耐心的朋友。我问你怎么回来了，燕艺不是半年才放一次假吗？她说她请了假。”

“这也忒严了吧！”

“人家是集训管理，回家还得坐火车。所以你别拖个堂就嚷嚷半天。”

孟桓在一旁嘀嘀咕咕，选那么远的学校不知为了啥，跟逃灾避难似的。方谨转向冉故，“你和卢艾以前好像经常在一块儿啊，她上高中前的暑假都是，发生了什么事吗？”

冉故拿起筷子，“没什么，我记不大清了。”

孟桓把冉故掉在地上的勺子捡起来，“听起来，这个卢艾像是个好好先生。”

“人家可是金童玉女。”方谨说，“玉女是她，金童是我暗恋的人。连我都不得不承认，他们俩站在一起实在般配。”

又一阵风从门缝里刮进来，吹动桌上的纸巾，吹动方谨和孟桓的头发。距离孟桓破口大骂好好先生还有三年零八个月。

说点开心的。你们知道吗，孟桓有一次问我，在这里的街上能不能随处看见泰勒·斯威夫特？我说你以为我住在杜莎夫人蜡像馆里吗？

在高中毕业的戏剧演出上，冉故昂首挺胸，作出踩着高跟鞋风驰电掣的模样，丝毫不在意身后的狗仔队与闪光灯。台下的学弟学妹们大笑不止，这帮小孩太容易被逗乐了。

冉故抬起头，二楼探照灯旁，戏剧老师向她比了个剪刀手——意为还剩两分钟。刚才用了五段话讲初中，三段话讲高中，看来结局只够留个悬念了。他们班人太少，不像上一届能撑起一场完整的戏，所以今年老师建议他们演几场短剧。但自己写剧本的只有冉故一个，只有她演的是独角戏。

泰勒·斯威夫特有一首名叫*Breathe*的歌。这是她所有歌中我最喜欢的一首，讲的是必须要和某人分开，但这不是任何人的决定。桥段的部分是这么唱的，你们凑合听听，我跑调：

It's two am, feeling like I just lost a friend
Hope you know it's not easy, easy for me
It's two am, feeling like I just lost a friend
Hope you know this ain't easy, easy for me

我记得那种感觉，假装的感觉。我想那才是最难的。我不仅要假装我没事，还要假装离去的只是一个朋友，因为她不是一个男生。我记得那些日子，我是如何咬着牙，把千疮百孔的心用布缠住，锁进箱子里，再丢到什么黑暗隐蔽的角落。因为这是错误的，这是不被接受的，我是女孩子，她也是女孩子。

台下的各位小朋友，不必惊讶，也不必为此伤心，毕业前的戏剧表演应该是欢乐的时候。我省去了很多部分，才二十分钟的戏，故事你们还听不够呢，不能让你们听抱怨。

去年暑假，也就是十一年级的暑假，我收到严穆的一条短信，她说她欠我一个东西要还我。

灯光汇聚在舞台正中央，这是闭幕前的辉煌，仿佛迪士尼乐园的烟花表演。冉故眨了下眼睛，“我猜到了那是什么，你们呢？”

灯光熄掉，她在黑暗中等待其他九位同学登上台。全班——也即为全年级——总共十人一鞠躬，再鞠躬，三鞠躬。掌声经久不息，宛如无数颗弹珠在剧院内来回撞击。

“好了，现在是和你们挚爱的高三同学拥抱的时间了。”戏剧老师宣布。

第一排首先从椅子上蹦起来，看来再继续坐着屁股就要变成平的了。冉故的节目是最后一个，她站在最后。一个学弟激动地端起冉故的手，“我刚才掉了好多泪，我从来没想到我会在看戏的时候哭。”

这拙劣的人生故事可以哄哄小朋友，三四十岁的人听了恐怕要笑掉大牙。冉故拍了拍学弟的腱子肉，“小子，你有鉴赏艺术的潜力。”

学弟挠挠头，“严穆欠了你什么？我猜不出来。”

一个红头发的女孩从他的宽阔的背影中蹿出，“蠢货，这还不明白？欠的是——”

莫德猜得没错，确实是一个吻。腱子学弟不蠢，只是吃亏在四肢发达后面总跟着头脑简单。不过莫德是机灵，课外实践时她能把帐篷的绳索系到树上。莫德擅长爬树，她腿上那道疤也是因为从家里农场的树上摔下来。若不是一根骨头断成了九十度直角，她还不是非得做手术不可。

莫德推着学弟往台下走，“急什么，又不是赶着投胎。小故已经保证过了，这周六的毕业典礼上让你知道后续。”

等校车的空当，冉故从剧院后门来到无人的停车场。她从口袋里掏出一根棒棒糖，捏着棍子把糖纸拽下。看起来好像叼着根烟，只是没有烟圈从鼻孔里喷出来。

在假想的烟雾中，远远走来一个人，红色的头发让六月天变得更热了。莫德拿着星巴克的粉红特饮，银色的牙套在阳光下闪闪发光，像是圣莫妮卡海滩上的沙子，“你们的表演结束了，该看我们的汇报了。”

“我很期待。”据说莫德为这个期末作业准备了一个月，到最后只能靠使劲吃咖喱饭来维持斗志。她还自称涵盖的主题相当之多，绝对令冉故大开眼界。

莫德做了个要吐的动作，“别期待。那些毛姆海明威莎士比亚搅得我昏头昏脑，我现在就等着放假打星之卡比。”她把粉红特饮嘬得嗞嗞响，“我问你，孟桓向你表白了吗？”

“啥？”棒棒糖硌得冉故牙齿生疼，“你怎么知道她向我表白？”

“你的描述已经泄露够多信息了，再加上一点闪灵。”这次换莫德冲她眨眼。

“在我们那儿，通常叫它第六感。”冉故笑了，“或者女孩子的天生敏锐。”

孟桓是在高二的圣诞节向她表白的，非常适合在门上挂槲寄生的季节。那是一个星期六，书城二楼的平台上，鸽子正在啄面包屑。上午的雨刚停，地面仍是湿的。

冉故料到会有这么一天，但她手中的面包还是掉到了地上。孟桓弯下腰，把面包捡起来，掸了掸灰，塞回了冉故怀里的纸袋。

冉故撕下一块面包，在掌心里揉碎，“我不会答应的，你知道。”

“我不急，我可以等。”

呸，真是爱情电影看多了。这是在模仿《魂断蓝桥》还是《罗密欧与朱丽叶》？这两部都是悲剧，她若是答应孟桓，那也会是一个悲剧。她不能再让悲剧发生了。

“随便你，不会有结果的。”

“你可以依靠我，你不用扛着所有事。”孟桓说。

她懂个屁。她什么都不懂。冉故扬起手，鸽子纷纷扑过来。“这条路太难走了。”

“小故，你能不能先看我一眼。”

冉故转过身。孟桓没有戴墨镜，灰色卷发披在围巾上。“我可以保护你。”

逞什么英雄，真当自己是电影主角了？冉故想仰天大笑，又想揪住孟桓的衣领大吼。别大放厥词了，你知道光是做到简单地活着，像一个普通人一样，我要花费多大的力气吗？那些碎片，那些梦，那都是要被锁进箱子，再丢到隐蔽的角落里的。

“你弄反了，孟桓，是我在保护你。”

“保护我？”孟桓点着自己的胸膛，仿佛要确认一番，“保护我什么？”

冉故把纸袋捏成一团，丢进垃圾桶，“保护你天真可爱的小心灵。”

公交车外，孟桓的身影渐渐变成一个点。冉故在玻璃上哈了一口气，用指头写上自己的名字。她在尽最大的努力保护她们两人。她的路，她一个人走就好了，孟桓没有必要陷入这片混乱。很久以前她发过誓，有的秘密永远也不能见天日，甚至必须被自己遗忘，这样另一个冉故才能活下去。

但是她并不想伤孟桓的心，她明明不想伤任何人的心。孟桓素来很强大，她不会受多少打击的——不，快停下，这听上去太麻木不仁了。这世上冉故最不想做的事，便是成为一个欺凌喜欢自己的人的混账。

雨为什么不继续下了？她希望瓢泼大雨倾倒在她的头顶，灌进她的喉咙，灌进肺灌进胃灌进肠子，把她从里到外冲刷得一尘不染。

冉故哭了起来。泪珠掉在围巾上，像是沙滩上的螃蟹洞，被涨潮时的海浪卷没影了。

一阵喇叭声响起。冉故和莫德转过头，校车的黄色大鼻头出现在路口，两辆校车足够装下全校六十个人。“走吧，”冉故说，“你的汇报要是成功，我送你你上次想买的那条手机链。”

“怎么样算成功？我觉得我拿不了第一耶。”

“你觉得是就是。”

莫德很满意，拉着冉故跑回大部队，她上一次如此眉飞色舞还是骨折痊愈的时候。同学们说说笑笑地走出剧院，手中摇着开场前发的节目单。三天后，他们手里抛来抛去的会变成书本和作业，还有零食和可乐。观看十一年级的期末汇报不是强制性要求，冉故来义务捧场，她搬了把椅子坐在教室最后。

莫德在腱子学弟后面，她选的是毛姆的《面纱》。这小孩像模像样地披了件西装外套，背着手站在屏幕前，“这个面纱是什么意思呢？据我所看，它可以帮人们掩饰自我。众人看见的唐生英俊幽默，瓦尔特才华横溢，凯蒂是活泼的交际花。好比万圣节面具，你想扮海盗就扮海盗，想扮吸血鬼就扮吸血鬼，没人知道你长什么样。”她从背后拿出一副恐龙面具，道具准备得可谓丰富，“顺便一提海盗已经老土了，今年又开始流行侏罗纪恐龙。复古潮，你们懂的。”

“但有时它并不是人们选择的，例如凯蒂，她就亲口承认了——因为我愚蠢、轻佻、虚荣，你就责备我，这对我是不公平的，我就是被这样教养大的。如果我们从小被这样教育，就会以为面纱是我们的一部分，到后来和脸长在了一起。”莫德做出撕掉一层脸皮的动作，“抱歉，此画面过于血腥。鉴于台下有许多未成年同学，包括我自己，这次汇报不能变为限制级。”

“父母把孩子当成白纸，描绘自己想要的图画。你要问了，他们爱的是孩子本身吗？我认为非也，他们爱的是心中的期待。这些孩子担心会让爸爸妈妈失望，不敢展现真实的自己。他们从来没真正感到安全过。”莫德大大地叹了一口气，足足有十秒钟，观众们听得都快窒息了，“这是很值得叹息的。”

“不过呢，面纱这东西偶尔还是需要的。亚当夏娃吃了果子后第一件事就是找衣服穿。俗话说距离产生美，什么事情都开诚布公的话会吓坏别人的。各位老师看不看尼克卡通台？”莫德胳膊一挥，因为动作过猛差点把桌子捶翻，“不看？或许有时候会跟着儿子女儿看一下吧。我最喜欢的动画片叫 *Loud House*，主人公林肯是家里唯一的男孩，他有五个姐姐和五个妹妹。”

“其中四岁的丽莎是个天才，会造很多奇怪的机器。有一集讲的是丽莎觉得世上谎言太多，于是发明了一个检测谎言的机器，结果使得家庭氛围极不和谐，大家都在生彼此的气，最后丽莎决定带头打坏摄像头。从这一集我们学到没有事情能永远隐瞒，假的真不了，真的假不了。”幻灯片上又出现一摞三明治，腱子学弟的口水哗哗流，“丽莎超爱吃林肯做的花生酱加草莓酱三明治，十分美味，没尝过的同学请尽快去尝。”

“在这场汇报的末尾,我为大家朗读一下纪伯伦的《你的孩子》。”跑题跑到爪哇国去竟然还能扯回来,真有她的。

你的孩子,其实不是你的孩子,
他们是生命对于自身渴望而诞生的孩子。
他们通过你来到这世界,
却非因你而来,
他们在你身边,却并不属于你。
你可以给予他们的是你的爱,
却不是你的想法,
因为他们有自己的思想。
你可以庇护的是他们的身体,
却不是他们的灵魂,
因为他们的灵魂属于明天,
属于你做梦也无法达到的明天。

莫德鞠了一躬,跳下台。冉故扔给她一瓶水,“这下可以放松了。”

“放松个啥,吃完午饭就得去出力气。”莫德夸张地一巴掌拍上脑门,“你们毕业,还得我们帮忙搭场地,真会压榨后辈。”

再过三天,一排排椅子在空地上摆好,彩灯挂在树杈间。冉故依旧最后一个登台,这回她毛遂自荐做压轴的。稿子在她手中攥着,前面的同学转过头,对她比了个“加油”的手势。

冉故碰了碰话筒,传出一阵刺耳的声音,台下亲朋好友学弟学妹纷纷堵住耳朵,她赶紧把话筒扶正。九位同窗的演讲已经十分详尽,有不少提到了逃学日与恶作剧日。她就做了一点小补充：逃学日那天全班去回声公园野餐，恶作剧日则是大家在半夜翻进学校，把桌椅全搬到外面草坪上，在教室里打地铺睡了一宿。

“最近收到一些来信，要求我一定得收尾了戏剧演出上的故事，不能老吊着大家的胃口。”冉故咳嗽了两声，“我认为非常有理。”

“冬至饺子夏至面你们听说过吗？去年的夏至，我吃了一大碗打卤面，肚子撑得不行，必须出门走走。”

故事的结尾很简单。

北山脚下，汽笛声轰隆隆地响着，把黄昏撕裂成两半。火车开过去了，先是冒着白烟的头部，挂着一节节车厢，最后尾巴消失在天际。黄砖火车站里，冉故坐在站台边，腿搭在枕木上。枕木间长着金色的狗尾巴草。

她在手机上敲下一句话：你不欠我任何东西。

暮色从山后袭来，映在候车室的窗户上。窗户玻璃破了一个角，是被弹弓打破的。窗沿落满了灰尘，企鹅从上面走过，留下一排脚印。

“她说，她下个月回国，想和我见一面。”

企鹅望了她一眼，前爪搭在地上，翘起后身，伸了一个懒腰。

“她欠了我什么，你知道吗？”

冉故挠了挠企鹅的耳朵。“我想她要亲我。”

“你问我高兴吗？”

企鹅从她的膝盖上跳下，舔着自己的毛。

“我不高，我挺矮的。”

大暑，冉故在儿童乐园里见到了严穆。这天艳阳高照，特别适合外出游玩。摩天轮旋转木马云霄飞车上的笑声和尖叫声此起彼伏，小朋友们举着冰淇淋和棉花糖跑来跑去。一个小家伙正抽抽搭搭地哭，他的冰淇淋球掉在了地上。

七一湖里，朵朵荷花立在荷叶上，冉故和严穆的倒影映在湖面上。严穆还是那么高，可能更高了点。她加入了圣保罗女子中学的田径队，在联谊赛中拿了不少奖。她为体育课选了壁球、攀岩和马术，每周和同一学院的舍友去校外的马场上课。学校分为四个学院，与《哈利·波特》里所写的一样。学校举行的各项活动都是以学院为单位，今年严穆所在的绿色学院获得的分数总排名第一。

“听起来，你的高中生活很充实。”这是冉故今天说过的最长的一句话。

船驶过桥洞。在石桥后无人的阴影里，严穆放下船桨。（广大听众此时屏住了呼吸，如同观看《惊魂记》的结尾莱拉一步一步走向地下室。）她伸出左手，遮住冉故的眼睛，右手攥住冉故的手腕。

初中时，冉故曾经幻想过一百种严穆倾过来的场景。有轰轰烈烈的，有平平淡淡的，有在学校里的，有在橡树桩旁的，有在迪士尼乐园的，有晴天有雨天，有正午有晚上。不是这一种。不是等到严穆真正亲上来的时候，她脑子里出现的是塑料筷子和空掉的辣椒油瓶。

冉故面对台下鞠了一躬。热烈的掌声又一次响起，腱子学弟一边拍手一边拿着纸巾擤鼻子。终于轮到了最后一个节目，合唱《玩具总动员》的主题曲 *You've Got a Friend in Me*。这首曲子是全班投票选出来的。

典礼过后，莫德和冉故从人群中溜出，来到最近的一家星巴克。

莫德要了一杯粉红特饮，她要了一杯薄荷星冰乐。这不算是早退，只要别迟到晚上在腱子学弟家举办的派对就行。

“故事完了？”莫德问。

“完了。”冉故掏出钱。

“后面真的没了？”

这小孩怎么这么爱打破砂锅问到底，应该用块麦芽糖把她的牙套黏下来。冉故在糖包和纸巾中间找到吸管，抽出两根。

“还有。”

立秋的晚上，冉故收到了一张来自严穆的微博截图。这条微博一点也不“微”，足有七百多字，若是被王老师看见，至少会夸达到了作文的字数要求。至于算不算情深意切，不好说，但确实是表达出了真实想法。

冉故拿着手机坐在摇椅上。严穆在这部佳作中强调了自己并不喜欢冉故——看来十分担心冉故不记得。她必须还回这个吻，是因为冉故是她的初恋。

冉故从摇椅里站起，从壁炉踱到灶台，又踱回熨衣板。她需要找人谈一谈。准确地说，她这个黄盖需要找位周瑜来骂骂她，骂得越狗血淋头越好。她拨通了方谨的电话。

几秒钟后，方谨没好气地接起来，“干吗？”

平常日子里，会让方谨不开心的只有一件事。“姐，我是不是打扰你拼图了？”

“是你这个小傻蛋。有什么要紧事？”

冉故思考着该如何措辞，决定平铺直叙，“严穆亲了我，呃，是你想象的那样。今天她给我发了一条信息。”

方谨沉默了一会儿，只听见背后五月天的唱片与伯爵的叫声。“十分钟后，在橡树桩等我。”

她们俩几乎是同时到的。方谨一句废话没讲，伸手要走了冉故的手机。她的脸映在屏幕的光中，眉头紧锁，嘴唇抿成一条线。冉故在一旁七上八下地等待，试着从表情中读出方谨的想法——失败了，她似乎只有眼珠子在转动。

半晌，方谨抬起头。她双手交叉在胸前，目不转睛地盯着冉故。冉故把重心从一只脚移到另一只脚上，“她说，这是她的初吻，因为我是她第一个喜欢的人。”

“你再看看，这条跟作文差不多长的微博里，还有半句对得起你的话吗？”方谨的指头按在手机上，“这么说也就哄哄你，她以后还可以有其他‘初恋’和其他‘初吻’。你对她了解那么多，你很明白，她不会承认的。”

冉故从没见过方谨生气。想必方诺见过不少，她最大的天赋之一就是全方位换着法儿惹毛她姐姐。

“重点不在于她喜不喜欢你，这是她的自由，重点在于她压根没尊重你。如果生活无聊，她完全可以去干点别的，而不是把娱乐消遣建立在你的痛苦之上。妈的，假若丑陋可以发电的话，她能让全世界的核电厂停摆。”

冉故笑了起来。方谨哼了一声，“我今天想骂人，所以不骂她了，来骂骂你。你长个头是干吗用的，用来增高还是当皮球玩的？天地再大，大不过你缺的那块心眼。”她戳着冉故的脑门，“我看你真是脑子进水没装排水管。你要是还喜欢那种垃圾，信不信我现在就掐着你的脖子把你踹进池塘？”

冉故不觉得这操作性强，因为方谨得踮起脚才能拎起她的脖子。

她退后一步，“谢谢姐，别了，那得进更多水。”

方谨眉毛竖起，像一个倒写的八字，“你喜欢了她很久，我知道。烘焙那块儿的书都快被你读烂了，光一个贝克汉姆布丁你就做了几十遍。”

“你其实很清楚，见她的那天，你根本没准备点心。”

一块块乳脂松糕、巴腾堡蛋糕、贝克汉姆布丁，点缀着奶油糖霜红樱桃。似乎只要她们俩不说话，那么多点心就会飘浮在四周，塞在凝滞的空气里。

“我连面粉都没买，”冉故说，“我只是觉得挺可惜的。”

“可惜啊……”方谨顿了一下，仿佛在舌头上品味这个词是酸是辣，“是了，就是遗憾。对百分之九十九的人来说，青春要是痛，就痛在遗憾。”

“你曾经喜欢过的那个人已经死了，被她自己掐死的。那是一起蓄意的谋杀案。”黑暗中，方谨的两只手慢慢合起，最后握成拳头，好像狠狠攥住了谁的脖子。冉故怀疑方谨看完了史淮推荐的一百部恐怖电影。

“现在的这个人和你以前喜欢的那个人不是同一个。她多年前就被自己杀害了，这说不定是件好事。”

“为什么会是好事？”一片槐花掉在衣襟上，冉故将它抖下。

“拜托，她自己了结了自己，这个惩罚还不够大吗？”

风挟着槐花的香气，月色笼罩大地。四周一片寂静，只有青蛙偶尔叫唤两声。冉故开了口，“姐，你几号开学？”

“八月二十九，我买的二十六的机票。”方谨长叹一声，“我都要去大学了，诺子可以不用再那么讨厌我了吧。”

冉故犹豫着。说实话，这应该很明显。然而当局者迷旁观者清。或许方谨就是吃了这“当局者”的亏？

“其实，你是这世上她最崇拜的人。她一直在努力追赶你，因为她不想被你小瞧。”

方谨沉默了片刻。

“谢谢你，小故。”

莫德一看手表，竟然都六点四十五了，只能搭腱子学弟的顺风车。准确地说是逆风车，因为完全不顺路。莫德一个电话打过去，腱子学弟二话不说立马让他哥开过来。他哥哥是高一届的学长，放暑假从大学回来，所以派对在他家开。这位兄长的驾驶技术不太过关，晃得冉故晕头转向，到了之后必须赶紧喝点冰饮料清醒清醒。

院子里，男生们一个猛子扎进泳池，像是重磅深水炸弹，激起岸边的女生叫喊一片。冉故拉开玻璃门，“你也去狂欢呗。”

“我肚子疼。”莫德说，“你又为啥不去？”

“我不会游泳。”冉故端来两杯潘趣果汁和苹果派，这是学弟妈妈的拿手点心。又有吃又有喝，真是一场盛宴。

莫德拿起一块，“那是你最后一次见严穆。”

这不是一个问句。“值得庆祝啊。从此她走她的阳关道，我走我的独木桥。回声公园就有一座木桥，底下都是浮萍，特别像莫奈的《睡莲》。”

“可是，为什么生活没有越变越好呢？”莫德问。

“你又瞎扯啥，打断我讲话。”

莫德板着脸，虽然脸上还带着苹果派屑，“不用蒙我，小故。

我见过火车轨道，我知道它们还会滴血。”

“我想，”她停顿着，“我想，会不会像我的腿一样。平时破了能痊愈，但如果是复杂的伤，比如骨头断成九十度，就必须要动手术，否则靠自己永远也好不了。”她拍了拍脑袋，“脑子是不是也是这样？”

冉故请她吃了颗蚕豆，“年纪轻轻，发起言来一套一套。”

“我是认真的。”莫德叉着腰，“你会有一个丰富多彩的大学生活，我不怀疑这个，但你选了一个那么偏远的地方。”

冉故仰起脖子，将潘趣果汁一饮而尽，“放一百个心。我已经准备好迎接崭新的我了，最难的高中已经过去了。”

“你要向我保证，做不到的话……”莫德皱着眉思考。

冉故把空杯子投进垃圾桶。她不能在每个毕业典礼上喝醉——喝的东西连酒都不是。上次是茶，这次是潘趣果汁，下次会是什么？

“我的初中语文老师说，写作讲究凤头猪肚豹尾。我向你保证，我的大学生活也会刚劲有力，不虎头蛇尾、拖泥带水。做不到的话我就答应孟桓的表白，怎么样？”

“这个比喻真有趣。”莫德鼓着掌，“别忘了要多交朋友。”

“那得看缘分。”冉故说。方谨也说过这样的话，她引用的是诗句——莫愁前路无知己。

外面有同学挥手叫她俩去照相，一个女生带了拍立得。莫德站起来，“你说那天你们聊到凌晨两点，就这么点内容？”

“还有别的，不过我光记得方谨火冒三丈的脸了。我的脑袋差点被她戳出一个坑。”

实际上，她记得最清楚的是方谨的最后一句话。

“你不是婊子。”

冉故愕然地转过头。“你说梦话。”方谨看着她，“刚来就会说。别担心，只有我一个人听到，那群家伙睡着了跟死猪似的。”

“我还用过这种字眼？”

“如果是听错了那更好。”

“听着。”方谨说，“我不知道具体发生了什么，也不知道你听不听得进去，但我告诉你，你不是婊子。严穆是，那个使你这么觉得的人也是。”

大学

拖着箱子去往宿舍的路上，冉故停下来看松鼠。草坪上，两只松鼠在互相追逐，堪比两辆迷你方程式赛车，刮起一阵龙卷风，转眼消失在树干上。

宿舍大厅里铺着积了百年灰尘的地毯。冉故用升降机把箱子运到四楼。光秃秃的房间里，古老的暖气管盘踞在墙角。等天冷了，蒸汽会在里面叮叮当当地响，像是住了一个拿锤子的精灵，尤其爱在你睡觉的时候开演奏会。

从房间窗户能望见大草坪。开学典礼那天是烧烤场，听完校长演讲，众人来这儿排队拿香肠和汉堡。一个星期以后又摆满了桌子，其中不乏奇装异服者，举着社团招新的牌子四处走动。

冉故在一排脑袋后停下。厚厚的人墙中间，两位从头武装到脚的学生正在对战。高一些的似乎敌不过攻击，矮一些的快赢了。一位学姐连蹦带跳地挥着击剑社的海报，比场上流汗的二位还要激动。许多同学签上了名，包括冉故。她纯粹是捧个场，一身防护服看着就闷得慌，还不如隔壁那五彩缤纷的社团有趣。

冉故放下笔，转向堆满彩色毛线的编织社。后面响起一个声音，“冉故？”

冉故回过头。刚才比赛——或者说表演——中稍矮一些的男生正盯着报名表。他能透过那种渔网般的面罩看清上面的名字，眼神真不错。片刻，男生抬起头，把头盔摘掉。两根粗眉毛下，浅色的眼睛熠熠生辉。

莫愁前路无知己的下一句是什么？天下谁人不识君。每个中学生都会背。冉故笑了，朝他挥挥手，“曹耀，这下师父不会说你出拳轻飘飘的像羽毛了。”

日记

当你看见一件别人能做到的事，而你做不到的时候，你就会觉得“哇，好厉害！”可别人会认为这是信手拈来，从来没想到还值得夸奖。比如今天上课时，我看到前排同学那完美无缺的指甲，我就觉得“哇，好厉害！”夸奖别人容易，夸奖自己不容易。

冉故推开礼堂的大门。上边刻着礼堂的名字——虎克礼堂，和那个左手是钩子的船长同名。这是一堂大课，礼堂里能容纳两百位学生。冉故的心脏在胸腔里怦怦直跳，她手脚冰凉，喘不过气。她不知道是不是每个人上大学的第一堂课时都这么紧张。

一个包裹到了，吃完午饭冉故去收发室。这个扁平箱子是从宜家买的床头柜，她用一辆小推车运了回去。在大厅的地毯上，她从工具箱里拿出锤子和螺丝刀，嘴里叼着钉子。

两个大一生从身后路过，惊叹道，“一个人装柜子，学姐真厉害！”

“谢谢。”冉故把最后一颗螺丝拧进去。

钟紫听说这件事后，在电话里大笑不止。她说这俩人大概从没装过宜家的家具，只吃过宜家的肉丸。

去吃饭时，冉故总会带一本书。学校很小，食堂也很小。学校有十五栋宿舍楼，其中三分之一的大厅是食堂。她希望大二的时候能分到带食堂的宿舍，这样下雪时不用裹成粽子去吃饭。

每周一和每周三饭后她需要打工，意为倒垃圾和洗盘子。没工作的时候，她会去湖的上游与马场散步。她的宿舍挨着下游，背靠后山。称作山，实际上只是一座长了几棵树的土坡。坐在后山上，能看见马路对面的幼儿园，小朋友们在院子里荡秋千。

冉故站在镜子前。她的腮帮子肿了起来，一颗智齿在里面作祟。上完文学课，她搭三十分钟公交，去到离学校最近的一座购物中心，购物中心的底层有一家牙科诊所。

商场里人来人往。她坐在诊所外的长椅上，看着拐角处的滑板店里挤满青少年。冉故想起了孟桓。她还会踩着滑板去教室吗？她有没有改掉说脏话的毛病？早晨她还会咬牙切齿地梳头吗？

叶子开始变红的第一天，冉故被钟楼吵醒。七点钟整，钟楼不徐不疾地敲了一百下，像唱针卡住的留声机。这宣告着今天的课一概取消，所有人去附近爬山，因为学校以这座山命名。山顶上，等待吃冰淇淋和做徽章的队绕了几个圈。

曹耀送给她一张票。戏剧专业的学生排了场戏，叫作《瓷器店里的公牛》，讲的是第十一届校长与英文教授间的爱情故事。戏很精彩，演员们非常敬业，脸上的汗珠不停往下淌。第一幕刚结束，冉故迅速从座位上站起，飞也似的蹿出剧院大门。夜色要来临了，她得回到宿舍，回到只有她一个人的地方。

初雪降在十一月，雪花从半夜一直落到午后。冉故在仓库里找到一架无人问津的雪橇。她爬上后山，滑到山脚，来回十趟。

食堂里开始烤感恩节的火鸡。冉故把一盘盘巨大的火鸡腿骨头倒进垃圾桶里。三周后将举办圣诞节晚宴，每张餐桌都要铺上白桌布，中间放盏蜡烛。圣诞布丁在白瓷碗里摇来晃去，像是一块巨大的油脂。

湖边，冬青树上挂着红色的果子，像是一串串糖葫芦插在稻草靶上。在这冰天雪地的日子里，若是能吃上一串糖葫芦，该是多么惬意的事。

期末考试总共三天。虎克礼堂里有十五位志愿者，站在五十个标着学科的盒子后。大家报上姓名和班级，领到放有卷子的文件夹。没有监考老师，没有摄像头，找一个教室写完便行了。

寒假到了，冉故锁上宿舍门。第一个学期完成得不错，晚上只拖了一次地。保持这个劲头，保持胶带的黏性。

不用等大二重新分宿舍，因为小食堂退出了历史舞台。建了好几年的大食堂终于在下学期开放了，位于下游与草坪的中间。食堂门口摆着驯鹿的冰雕，一道道前菜主菜点心任君选择，能媲美拉斯维加斯赌场里的自助餐厅。

二月份格外冷，开学三周已经停了三次课。冉故把一盒巧克力牛奶放在窗台上，次日早晨变成了巧克力牛奶冰沙。连不惧严寒的武夷都戴上了堪比头盔的羊毛帽。他在隔壁镇的大学读书，曹耀和他每周见一回。

日记

今天非常冷，特别冷，无敌冷（冷得我只会写废话了）。早晨零下二十度，我出去遛弯儿时眼睫毛都结了霜，眨眼的时候忽闪忽闪的。上半边脑袋快被风吹掉了，冻得嘎嘣脆，仿佛一碰就碎成渣儿。

除夕晚上，冉故在宿舍门口贴上一副她买来的对联，拗出了一点年味。除此之外，年味比她初中军训时喝过的紫菜蛋花汤还要清淡。食堂里供应了一块红豆年糕。冉故想把红豆年糕喂给校草吃，但大概不符它——一只大白鹅——的口味与肠胃。

一个包裹到了。拆开一看，不是牙刷，也不是洗衣粉，是一只笑眯眯的毛绒水煮蛋，还长着两只脚。冉故把它放在床头，把贺卡放进抽屉里。孟桓一直记得她的生日。

图书馆的柱子上张贴起新海报。国际部要办一期杂志，接受任何语言的投稿。冉故在日历上用红笔标出了截稿日期。

春假前，收到一封来自语言组的邮件。周末俄语班计划去纽约，大都会博物馆正在举办关于亚美尼亚人的展览。大巴早晨七点出发，十点半抵达第五大道。博物馆由米灰色的砖盖成，不知道存不存在米灰这种颜色，或许学艺术的人知道。

冉故在莫奈的《睡莲》前驻足了很久。这是一幅绿色的画，绿色的池水，绿色的木桥，绿色的树林。树林后面是什么，会是秘密花园吗？如果找到钥匙，便能开启大门，那里有知更鸟和小羊羔，有玫瑰花和勿忘草，那里通往童年一般没有痛苦的世界。

中央公园里，孩子们把遥控帆船放在湖面上。圣帕特里克节快到了，第五大道的商店挂起了绿色的条幅。大道的尽头是华盛顿广场，广场的拱门后是纽约大学。听说冉故考上了却没有选纽约大学时，莫德失望得牙套都快从嘴里掉出来。

四月初下了最后一场雪，霍镇的冬天格外漫长与黑暗。冉故来到艾米莉·狄金森的墓前。墓园里没有人，雪地上留下一串新鲜脚印。狄金森的墓碑上放着石块、橡子与铅笔。她从书包里拿出一支彩色铅笔，插在雪里。

文学课的成绩发了下来，八十分，同学们会说这不算低。冉故躲进了洗手间里。吸气，呼气，吸气，呼气。她把脸没入水中，她需要一个氧气罐。

日记

她们说，放轻松，顺其自然。我做不到。永远不够好，还能更好，这样才安全，才不会陷入以前的境地。

四月底，她第一次踏上了学校心理咨询室的台阶。桌子对面坐着一位干巴瘦老太太，冉故窝在沙发里。她有什么可抱怨的？许多人比她惨多了，她根本不惨，用大脚趾头想也知道。

干巴瘦老太太用圆珠笔叩了叩桌面，“我们这儿有一位说中文的老师，你下次可以找她。她还是你们的学姐，她也是从这里毕业的。”

文学课要写十五页的期末论文。冉故选了白先勇，带去食堂的书变成了《寂寞的十七岁》与《树犹如此》。实在不应该这么做，因为看得她涕泪横流，全部滴进了桌上的饭里。

期末考试前的最后一个周五，大草坪上立起了五月花柱。同学们每人牵着一根丝带，绕着花柱起舞。国际部在发披萨和奶油草莓。曹耀正在搅拌草莓和奶油，一顶厨师帽歪戴在他的卷发上。他递给冉故一碗。

“预祝你暑假愉快。”他说。

泰勒·斯威夫特在开全球巡回演唱会，冉故从抽屉里拿出洗盘子挣来的钱，买了一张票。她用剩下的钱请莫德吃了一顿咖喱饭。

莫德考上的大学离家只有半小时车程。冉故也被这所学校录取了，但她选了远在天边的霍镇。

莫德的脸几乎埋进盘子里，根本听不清她的问话，“你这学期过得怎样？”

“还可以。”

拖了三次地。比上学期多，但还在可控范围内。要是大二也能保持，事情还不会变得太糟。

莫德总算暂停了一下狼吞虎咽。她抬起头，“你下个星期就回国了？”

“对。”冉故拿起玻璃杯，“想我的话给我发短信。”

日记

我有些理解了乡土文学作家们的心情。故乡寄托着他们的美好幻想，但这不一定是真实的故乡，甚至可能完全相反，像是鲁镇与茶峒与呼兰河城。在我们离开之后，故乡才会是故乡。

开学前三天，冉故站在马路边，伸出大拇指。片刻，一辆小汽车在她面前停下。这时节搭顺风车很容易，大家都赶着去沃尔玛采购生活用品。

她从仓库里把纸箱搬上来。打开窗户，让新鲜空气流进宿舍。她用抹布擦了柜子，清洗床单与被套。最后她拿出毛绒水煮蛋，摆在床头。

开学典礼结束后，冉故去到心理咨询处。她在表格里勾上了安媛的名字。茶几上摆着免费小零食，她从筐里捡出一包鲜葱饼干。

周五下午没课，适合去隔壁镇转转。这座镇子比霍镇繁华，公交车站旁边是教堂，紧邻教堂的是药店与咖啡厅。镇图书馆在山坡上，对面是大学的音乐厅。武夷经常随他们学校的乐团在这里演奏。

从图书馆出来，阳光照在咖啡厅的玻璃上。里面，曹耀正一边吃着草莓蛋糕，一边盯着笔记本电脑屏幕。他穿着一件红色卫衣，上面画着一团红色的东西。冉故推开门。曹耀抬起头，把对面的椅子拉开，“你怎么在这儿？”

定睛一看，曹耀的卫衣上原来画着一碗红菜汤，就差用加粗字体写上一句“红菜汤，味最棒，世界第一响当当”，这是他小时候爱讲的一个顺口溜。

“你这穿衣审美真独特，反正武夷没意见就行。”冉故说。

“我在等他放学后去看电影。”武夷这小子真够忙的，天天表演不断，算得上是乐团的领衔大提琴手了。曹耀却不以为然，说再忙也忙不过心理专业。

“你和武夷是从大一开始交往的吗？”

“是我高三，他高二的时候。在辅导班认识的。”

“我以为你们是一所高中的。”

“哪儿有那么巧的事。”曹耀蹙着眉，“大学能挨这么近已经很不错了。”

“你不知道，这世上巧的事多着呢。”冉故扑哧一乐，“我想起你以前总是拧着两条眉毛。一天到晚凶巴巴的，和现在简直不像一个人。”

“老是和自己过不去多累啊，我本来就不是凶的人。”曹耀摸了摸额头，“于是我接受了自己，我确实长得不够硬汉，怎么着？”

当钟楼当当当地敲了一百下时，冉故睁开眼。又是一年一度的山日。今年她没去爬山，而是从地下室里找到一辆自行车，骑去了江边。这条江流经四个州，两岸的绿树成荫，波浪在中间翻滚。站在桥上往下望，江水蓝幽幽的，盯久了又是一片焦黑，如同深不可测的东海。她想起哪吒立在东海边，拾起父亲的宝剑，噙着头发，眼含泪光，“爹爹，你的骨肉，我还给你，我不连累你！”

南瓜出现在教学楼门口，宿舍楼梯上，和食堂的派里。老师在课上发巧克力给大家吃。晚上，冉故戴上面具，扯下枕头套。她在附近的居民区逛了一圈。回到宿舍，她把枕头套里的糖倒在床上，堆成了一座小山。

冉故挑出几颗包装较为精美的，放在书包里带给安媛。安媛将它们摆在碟子里，碟子里还有许多花花绿绿的糖果。“谢谢你。蜘蛛形状的巧克力，真可爱。”

“您这么一说，我突然想起来，严穆之前很怕蜘蛛。”

每个星期二冉故去到咨询处，在等候室吃一包鲜葱饼干。据说心理咨询很难约，临近考试时需要等一个月。安媛却在开学第一天问她愿不愿意周周来。

日记

我感到受宠若惊，这种机会应该让给那些极度需要帮助的同学，可我不是，我不想显得是为了博取同情和关心。我只是胆小无能，又蠢到骨头里。

感恩节假冉故留在了学校。第一天，她去杂货铺买了冷冻食品和一袋苹果。第二天至第三天，她透过窗户欣赏外面的暴风雪。第五天，国际部组织电影活动，从早到晚循环播放老片子。冉故赶上的是《女孩梦三十》。

“我看过这部电影。”安媛说，“我记得上映的时候我在上中学。”

“那您记不记得，詹娜开睡衣派对的时候播的歌叫什么？”

安媛想了想，“《爱情如战场》，对吧，这首歌还火了一阵子。”

冉故从碟子里拿起一颗花花绿绿的糖果，“我想说的是，生活如战场。”

日记

生活如战场。意外出现在四面八方，没有人可以信任。不要讲，不要回忆，不要让他们靠近，千万不要让他们发现你有多不堪。

为大二下学期选课的时间到了。冉故勾上了历史和文学，这两门都是必修课。

十二月，学校里弥漫着圣诞节的气氛：校门挂上了彩灯，食堂里放着巨大的姜饼屋，图书馆里挤满了准备考试的学生。隔壁镇子上，人们在商场里选购各式各样的圣诞礼物，连酒瓶也包装成拐杖糖的样子。

“您喝酒吗？”冉故问。

“偶尔小酌一下。”安媛说，“你还没到买酒的年龄吧？对了，你讨厌酒。”

这是学期结束前的最后一个星期二。为了给大家加油鼓劲，国际部又一次组织在虎克礼堂看电影。这绝对是曹耀的提议，他称得上是电影狂魔。

安媛与她握手，“要安然无恙地度过圣诞假期哦。”

安然无恙，这学期她总共拖了十次地，算是安然无恙吗？算，她又没缺胳膊少腿。

虎克礼堂里正在播一七年拍的真人版《美女与野兽》，冉故在最后一排坐下。当贝尔牵着野兽的手走进宴会厅，钢琴声缓缓响起时，她的脑海中浮现出一幅画面。曾经有个人穿着裙子，站在聚光灯下，对她唱着这首歌。

航空公司打来电话，回学校的飞机取消了。罕见的暴风雪使跑道全部结冰，大批航班停飞。冉故改签了换乘两次的机票。折腾了二十四小时后，她终于站在宿舍楼前，细小的冰雹落在她的头发上。

第一堂课是历史。要读的文章和要写的论文列了三张纸。这堂课太难，冉故的大脑一片空白。吸气，呼气，她提醒自己，实在不行还可以去拖地。

周末又有去纽约的车。冉故走去自然历史博物馆。她见过这儿，霸王龙骨架、猴子标本和复活节岛像都和《博物馆奇妙夜》里一模一样。

纽约公共图书馆长得像一座宫殿，四楼阅览室的墙上刻着罗曼·罗兰的那句名言：人们并非为了读书而读书，而是在书中发现自己。自然这回是英文。从图书馆向南一英里是熨斗大厦，再向南一英里是格林尼治村。白马酒吧外，人们在太阳伞下喝着威士忌。石墙旅馆前的斑马线漆成了彩色，赤橙黄绿青蓝紫。一旁正在举办跳蚤市场，地上铺着一张张毯子，摆着蚕丝巾、秋刀鱼标本、古旧的风筝和面包画像。冉故买了一沓空白明信片。

快要过年了。冉故把红纸剪成福字，粘在空白明信片上，再贴上邮票，全部塞进邮筒里。她可以当面交给同学们，但那样失去了神秘感。

宿舍剪贴墙的主题每月一换，二月的主题是爱自己。放学回来，墙上钉着二十八张粉色的爱心卡片，这应该是为每一天准备的。冉故一条条读下来，比如“对自己温柔”“赞美自己”和“允许自己犯错”，听上去都十分诱人，就像糖葫芦一样——假如你现在想吃上一串糖葫芦，只能做梦。

正月十五，她开始读白先勇的《细说红楼梦》，里面说道：《红楼梦》的悲剧与希腊悲剧完全不同，希腊悲剧是讲天神震怒、人神冲突。《红楼梦》是人生常态，是人世间合情合理的发展，每个人都有自己的难处，有时候冥冥中、无意间点到自己的命运都不知道。曹雪芹写这本书，有很深的自传成分在里头，这是他的《追忆似水年华》，前面写得兴高采烈，后面写得满腔悲哀。某一种了悟之后，他对人世间有那么深刻的怜悯。大二的文学课正是关于《红楼梦》。最近讲到第九十六回，这时元妃去世了，宝玉丢了玉，黛玉吐了血，贾府再没精力庆祝元宵。很久以前的元宵节，冉故猜过有关《红楼梦》角色的灯谜。她想，是和一位学姐一起。

“她叫卢艾。”

安媛在本子上记了几笔，“这是个有趣的名字。”

“她生在五月初五，所以取名叫艾。过端午的时候，我们都在门上挂艾草和菖蒲。”

“我们那里会包艾团吃，菖蒲倒不多见。”安媛说，“关于卢艾，你想聊聊吗？”

冉故看着自己的手，“我记得，她以前住我附近，比我高一个年级。”

“这样啊，你们关系近吗？”

“应该是，她和我一起上下学。”

“那后来呢？”

“她离开了，去别的市读高中。我们那儿有座很有名的寺，我曾经许过愿，保佑她考中。”

“你很舍不得吧？”安媛问。

“我不知道……我不知道。有时候，我希望她走得越远越好，永远不要回来。”

“我恨她，恨严穆，恨我自己。我希望她死掉，也希望我死掉。”冉故忽然抬起头，“对不起，我不该这么说。怪我。”

“为什么怪你？”

“我是自愿的。我没有拒绝。”安媛不可能猜到发生了什么，她今天才听说卢艾。冉故松开掌，发现纸巾不知何时被撕得破破烂烂。

随后冉故谈起了在纽约城中的见闻。她手脚并用地描述着繁华的时代广场，一会儿把纸巾盒当作布鲁克林大桥，一会儿用抱枕搭起帝国大厦。一小时很快过去了，她从沙发里站起身，背上书包。

在安媛拉开门的一瞬间，冉故开了口，“您要知道，我很喜欢她，我总希望能一直和她做朋友。现在也是。”

日记

我不知道这是怎么了，一切事情都不在我的掌控内。

所有的情绪像浪潮一般淹没我的头顶。我掐着我的脖子，想顺着喉咙把心脏掏出来。可是没有真正要紧的事发生，只是历史课的论文没拿到优，或是有陌生人和我说话。每次发生的时候，无尽的苍凉与悲哀，如一只骨节分明的手攥着我的内脏向上爬。我知道它无法解决问题，它任何时候都无法解决任何问题。然而，我并没想解决问题。我只想让这种痛苦停下。我只想让我的脑袋放弃思考。这太多了，太嘈杂了。停下，停下，停下。

三月的雪盖住了艺术馆的弧顶，艺术馆在上游与下游中间。这周的历史课在这里上，老师吩咐大家分组研究收藏品。厅里的暖气不够热乎，冉故缩着脖子，转了一圈后，她在一张照片前停下。远处，北面的小山铺着连绵的云，宛若一群长绒毛的羊。近处，炊烟从屋顶上高高升起。晨光照在灰瓦与红砖上，照在一颗颗晶莹的弹珠上。铁皮箱的盖子掀起，里面放着两罐新鲜的牛奶。左侧，一个小姑娘站在路旁的土墙上。右侧，银杏树的叶片在风中飘拂，仿佛一团金色的薄纱。

艺术馆里热闹非凡，同学们三五个聚在一起，正沸沸扬扬地讨论。冉故如一根木桩般扎根于照片前。世界纷扰不宁，她想休息一会儿。

十次，二十次，三十次。拖多少次地也不管用了。虎头蛇尾看来无法避免了，不拖泥带水还是能努力一把的。夜里，冉故解开纱布。她微笑着，在赤色的狼藉中，望着自己的倒影。

院子里，知了在柿子树上拉长了声叫唤。大家围在风扇旁边，西瓜刚端上来就被抢光了。十里嫌不够吃，一边东张西望，一边深深吸了一口气，“我好像闻到了香味。”

冉故使劲推了他一把，“你的口水要滴到我胳膊上了！”

“师娘说今天煲菖蒲汤，”禾禾正在给足球打气，她从背带裤的许多个口袋里找出气针，“后天就是端午节了。”

菖蒲还可以做汤？冉故皱着眉头，听上去和《查理与巧克力工厂》里的发丝太妃糖一样奇怪。那玩意儿只要吃上一块，半小时内你便会长出一头厚实的头发和一把旺盛的胡须，秃头的小男孩和小女孩再也不用发愁了。希望菖蒲汤没有那么立竿见影。冉故坐在桌前，盯着自己的碗——至少看起来很正常，里面是莲子与排骨。

野兔舀起一片菖蒲，咬了一口，“哎哟，好苦！”他龇牙咧嘴地吐着舌头，“可是这个汤很好喝啊。”

“所以，这是一碗矛盾的汤。”老头最近新学会一个高深的词，“矛盾不好。”

“哦，矛盾并不是不好的事呀。”师娘说，“比如你们的师父，虽然很严厉，但其实非常喜欢你们。”

“还比如我。”禾禾举起手。

“对，还比如禾禾。”师娘笑眯眯的，“禾禾是个特别勇敢的孩子。你们知道吗，端午节也是一个‘矛盾’的节日。”

“怎么会呢？”羽毛问。

师娘拿着筷子，“在古代，夏天总会死去很多人。所以在古人看来，端午是为了预防疾病的。现在你们又吃粽子，又写王字，是不是很快乐？”

“每个人身上都有矛盾的地方，这才让我们与众不同。世界若是非黑即白的话，是要出大问题的。”

“非黑即白是什么意思？”冉故咯吱咯吱地嚼着一大块排骨，好不容易咽下去。

“好比画画的时候，只有黑白两种颜色，其他颜色全没有。”师娘向她眨了下眼睛，小鲸鱼的尾鳍拍打波浪，“小故不是最爱画彩虹了吗，没有红橙黄绿青蓝紫的话，该怎么画呢？”

冉故点点头，她明白了。

下午的阳光把大地烤得滚烫。从道馆出来后，大家到田埂上看火车。羽毛那蓝眼睛的外公刚给他发了零用钱，他请每个人吃泡泡糖，所以这会儿又在举办吹泡泡大赛。

“对了，师父是不是说，明天要来个新人？”禾禾用脚尖颠着足球。

冉故吹了个巨大无比的泡泡，还没来得及展示就破了，只好自行收拾满脸残局，“最好来个女孩，讨厌的小子已经够多的了。”

野兔朝她做鬼脸，“万一是头恐龙怎么办？”

冉故捡了块石头，作势要扔过去，“是头恐龙第一个吞了你。”

后面传来咔嚓一声巨响，大伙纷纷转过头。只见十里拿着弹弓，一脸无辜地垂着手。栅栏里面，火车站的窗户玻璃破了一个角。别人都是假装扔石头，敢情只有他是真把石头射出去了。

“你又闯祸！”羽毛冲着他嚷，“让你哥知道你动他弹弓，看他揍不揍你。”

“别吵啦，火车来啦。”禾禾指着远处。冉故匆忙从土坡上跑下来。已经能听见轰隆轰隆的声音了。先看到的是火车头，后面跟着一节一节车厢。数不完的黑色的箱子下，巨大的轮子卷起狂风，枕木旁的小草被刮得贴在地面上。

冉故着迷地站在风里，风如刀片一般割在身上。烦恼仿佛全部被吹跑了，作业，学校，父母，消失得无影无踪。

她往前迈了一步。火车压过来。

二年级的时候，我得到一本叫作《长袜子皮皮》的书。我十分喜欢皮皮，她一个人住在一座大房子里，她有一匹马和一只猴子，她想去哪儿玩就去哪儿玩，没有人管她。最重要的是，皮皮不需要长大。

皮皮有一种长得像豌豆的药片，叫作天书药片，是从一位印第安老酋长那儿得到的。她把药片分给杜米和阿妮卡，并且告诉他们，这颗药一定要在黑暗中吃，同时还要一边念“小巧的天书药片呀，我不愿意长达”。

杜米说，“你想说的大概是‘大’吧。”

皮皮说，“如果我说了‘达’，我的意思就是‘大’。绝大多数人都说‘大’，结果最坏的事情就会发生。因为一说大，人们就比任何时候都长得快。有一次一个男孩也吃了这种药片。他说了‘大’，而不是说‘达’，他就长了起来，简直把人吓坏了。一天就长了很多很多米，太叫人伤心了。”

小时候，我特别羡慕皮皮，她有吃下去就永远不会长大的药。但我也像阿妮卡一样特别担心我说错，万一我说成“大”了，那我就长得和太阳一样高了。那时我上小学二年级，如今已经读大二了。

我曾经是一个完整的小孩，后来我变成了一地碎片。我努力用胶带把自己粘起来，粘成一个正常人的模样，现在胶带要失效了。

昨天晚上，我梦见彼得潘给我写信，邀请我来永无岛。我想是时候了。不能再长了，再长就太大了。让我永远停留在二十一岁之前吧。

我要回到篝火和童话的世界了，十四岁那年我就想去了。我把骨肉留下，我不连累谁。人们最好能忘了我的存在，仿佛我从来没有出现过。他们要明白，我只是需要休息一下，一直和自己打仗太累了。

小王子说：“你要明白。路太远了，我没法带着这个躯体走。这太沉了。”

这是一件幸事，人们以为是不幸。就像老树脱下一层树皮，是用不着伤心的。

宿舍里，曹耀靠在床头，手里拿着游戏机。他刚刚写完实习简历，再完善一下就该投出去了。楼下，从派对里出来的学生正大呼小叫地挥手道别。喧哗声传进屋里，混杂着救护车的鸣笛。

曹耀按下暂停。他放下游戏机，从床上跳下。的确是救护车，在夜色中闪烁着红光，往校园北侧驶去。希望这辆救护车里载着的不要是学校里的人。在这乍暖还寒的天气里，住在医院里可够受的。医院的暖气不足，晚上得盖三层毯子睡觉。

他把窗户关上，抓起桌上的黑列巴，啃了一口。别瞎想了，哪有那么巧的事。

安媛在办公室里接到一通电话。

“您好，我想知道道冉故现在在哪儿。她不回我的短信，电话也不接。我只能打到学校来。”

“你叫什么名字？”安媛问。

“莫德。”

是那个红头发的女孩，安媛想。“她现在在霍镇医院。”

“真的是医院？”莫德的声音拔高了，“她还好吗？”

“她很安全，没有危险。”

莫德沉默了一会儿，“谢谢您。”

莫德放下手机，上面拴着一串星之卡比的铃铛。她打开电脑，开始搜索起霍镇医院。

冉故穿着一件长衫，站在走廊尽头。她在六点半醒来，护士来房里测量血压心率。洗漱完毕后，她去窗口领半颗白色药片。

坐上救护车前，安媛对她说，“有的时候，当我们跌到谷底，无路可走，就只能向上爬了。”

可她没有往上爬的力气了，做什么的力气都没有。白色药片像是秤砣，拴在她的情绪两端，把这根弦抻得笔直。隔壁房里有人在吼叫，她堵住耳朵。

白天，她坐在客厅里写日记。客厅里有一台电视、一副扑克牌和一座书架。她一般省下早餐的英式松饼作下午茶。若是没有英式松饼，她会在午饭后做一个花生酱加草莓酱三明治。到了四点钟，边吃边看尼克卡通台的 *Loud House*。

手工室隔天开放一小时。冉故盼着这个时候，她喜欢折纸和穿珠，或是用冰棍棒搭房子。她最爱的还是给绘本涂色。各式各样的绘本放在柜子里，旁边是彩色铅笔和橡皮擦。

那么多铅笔。

一盒盒铅笔放在桌子上，一支支铅笔按照颜色排列。冉故的手指从上面拂过。

什么时候想改都能改。

纸太脏就从头开始，永远不算晚。

现在呢？在一切都支离破碎的时候，在她甚至被送到医院的时候，她还可以说永远不晚吗？还来得及吗？

住进医院的第二周，冉故在客厅里读起杂志。这些杂志种类五花八门，有关于烹饪的，有关于武术的，有关于化学的。书架里还塞满平装书，许多被翻得起了毛边。有一本看起来却很新，可能是刚被捐过来。冉故将它抽出，掀开第一页：

> 我的一生充满羞耻，我甚至都猜不出正常人的生活应该是什么样的。
>
> ——太宰治

大二下学期四月的第一天，冉故首次拿起了这本书——《这不是你的错》。

住进医院的第三周，她收到了两封信。

第一封上盖着霍镇本地的邮戳。她拆开信封，抽出一张纸，上面写着："等你回到学校后，我想和你聊一聊。"署名是曹耀。

冉故把信纸叠起来，放进口袋里。她想起《四世同堂》里，瑞宣在出狱后遇见了钱默吟先生。钱伯伯对他说，"你有资格和我谈一谈了，瑞宣。"

第二个信封上盖了好几个邮戳，贴了好几张邮票。右下角的署名是三个字。

冉故把《这不是你的错》读了十遍。

这本书不属于她，但她偷偷在上面做了标注。读了十遍后，整本书上都是标注了。那些用笔画得最重的地方，她几乎背了下来。

最致命的人类情感是什么？通常的回答是愤怒或恐惧。然而事实上，羞耻感才是最为致命的。在所有情感中，唯有羞耻感会破坏我们对自我的评价，认为自己肮脏丑陋、低人一等、毫无价值、不值得被爱。如果一个人长时间受羞耻感的折磨，他会厌恶自己，从而不惜自残甚至自杀。

许多受害者认为自己不配得到别人的悲悯和关爱。他们难以接受赞美、认同与爱情。他们对自己抱有不合情理的高要求，在犯错时又会不近人情地大肆批评自己。他们很少或几乎从不为自己的失误找原因，他们认为不能给自己找借口。

怪罪自己会让受害者误以为能够阻止事件发生，但这一切都是假象。人们总想掌控一切，因为可控才有安全感，而我们的社会又一向推崇为自己的人生负责，做命运的主人。因此当出现问题时，我们会因束手无策而觉得羞愧。

成为受害者让我们觉得很无助，进而感到受辱和羞耻。为了抵御这种羞耻感和无助感，我们宁可将受害归咎于自己。

从来没有人对她说过这句话——这不是你的错。人们说的是，要为自己的行为负责。当然，也因为没人知道到底发生了什么。

冉故把书放到一边，她需要喘口气。她掰下一块英式松饼，抽出最后一本没读过的杂志。这本杂志是关于化学的，扉页上画着一幅巨大的元素周期表。金属元素为红色，非金属元素为蓝色，过渡金属元素是黄色。氢氦，锂铍硼碳，氮氧氟氖，钠镁铝硅磷硫氯氩，钾钙钪钛钒铬锰，铁钴镍铜锌镓锗。

侵害，这个故事叫侵害。

那的确是侵害。她受到了伤害。

冉故走到窗边。雪花落在她的手心里，落在蜻蜓的翅膀上。一只蓝色蜻蜓停在窗框上，翅膀在阳光下扇动着，仿佛一团透明的雾气。

她想起来了，那种蜻蜓在肚子里飞舞的感觉，撞得心脏怦怦直跳。她想起来水枪大战、课本上周杰伦的照片、与菜市场里新鲜的黄瓜西红柿。她想起她以前想当煎饼师傅，后来又想写故事。但最重要的是，人要照亮自己，要成为自己的灯。

小王子从没想过结束生命。他愿意被毒蛇咬，因为他要回到他的星球上，回去照顾玫瑰，疏通火山，拔掉猴面包树。他要对玫瑰负责，因为玫瑰驯服了他。所以他义无反顾地迈出去，怀抱着对生活的热情，怀抱着极大的勇气。

屋外电闪雷鸣，狂风和雨点敲击着窗框。冉故在地板上躺下，冰凉的瓷砖硌着她的后背。风铃声中，她听见老房子的声音，“回来吧，孩子，回来吧……”

对于霍镇来说，四月底是仲春季节。玉兰花出现在枝丫上，大雁在湖边四处啄食，学生们握着冰淇淋甜筒走在街头。

“你要什么味的？”冉故推开冰淇淋店的门。

“草莓芝士。”曹耀说。冉故瞟了他一眼，“硬汉配草莓芝士？”

“怎么，硬汉就得吃机油味冰淇淋不成？”

“有道理。”冉故递出钱，“孟桓最喜欢香草。”

“你明天就走了？”

“对啊，学校快被我吓死了，他们迫不及待要摆脱我这颗炸弹。”冉故看了看表，“所以我最晚六点得回去收拾东西。”

“我要是那个可怜的清洁工，我也会吓到。”曹耀举着他的草莓芝士甜筒。

冉故想象了一下。她笑了，“我也是。”

下午四点的校园熙熙攘攘。学生们从教室出来，去往宿舍和食堂。人行道上的积雪化开，来往的脚步使道路变得泥泞。“你去福建玩的时候，武夷山上下雪了吗？”冉故问。

“我去的时候是夏天。”曹耀在书包里翻找起来，“提醒了我，武夷叫我给你带点礼物，于是我买了这个。”他掏出了一个巴掌大的相框，里面是一幅水粉画，彼得潘带着温蒂、约翰和迈克尔在空中飞翔。底下有一行小字：Grow wise. Grow strong. But never grow up.

“真漂亮！代我谢谢武夷。”冉故接过相框，“可惜见不上他一面，要不也得请他吃冰淇淋。”

“他的口味跟你很像，他喜欢吃开心果味的。”

开心果和薄荷可不一样，只是颜色都是绿的。武夷从小就是开心果，做各种插科打诨的事，牺牲小我的尊严，成全大我的欢乐。

一辆自行车从身边掠过，惊起后山脚下的大雁。“医院的伙食怎么样？”曹耀问。

“比食堂差，花生草莓酱三明治还可以。”

“我喜欢英式松饼，很正宗。”

“你去过英国吗，就知道正宗了。”冉故嘲讽道。

“好吃就行了呗。”曹耀在坡顶上找了个地方坐下，“我走之前，馆里是不是来了一个要去英国的姑娘？”

冉故捡起一根树枝，抛下山坡，“她叫严穆。”

“聊聊她吧。”

“有什么可聊的。”

“你在医院待了一个月，有她的原因。”

冉故端详着曹耀，“作为一名男性，你的洞察力有时候过于敏锐。”

“我当成是夸奖。”曹耀说。他望着马路对面的幼儿园，孩子们正在院里滑滑梯，捉迷藏，过家家。

半晌，冉故开了口，“你知道吗，上初中的时候，我们总在自习课上放电影。”

“看来全国中学生的偷懒方式是一样的。”

“有一回放《初恋这件小事》，我看见钱逸悄悄抹眼睛。他和我掉泪的原因是一样的。我们由衷地为小水感到高兴，因为我们的初恋永远不可能那么美好了。”

冉故把脸埋进了手里，“我不能抱怨。又不只有我一个人被甩过，却只有我如此萎靡不振。”

“那不代表你不会受伤。”曹耀说，“而且你不一样。没人想听你讲。他们觉得你大惊小怪，只是朋友绝交。”

小鸟在枝头上叫着。后山上一共有十棵树，每一棵上都站着小鸟。“所以，我把她藏在心底最深处。我曾经那么思念她，但等她真正亲上来的时候，心里却没有悸动了。什么也没有。”

曹耀弹了下舌，“真有趣，吻和璺这两个字听上去那么像。”

“问？”冉故皱着眉头，“你要问什么？”

“是璺，裂痕的意思。”曹耀的食指在空中画来画去。这个字有二十道笔画，亏他记得怎么写。“破镜难圆。受过伤的心，总是有璺的。”

冉故笑了一声，“你挺文绉绉的，有点像司马顺。”

“那是谁？”

“我一初中同学。两周前我收到一封她的信。”冉故从书包里拿出一个信封，在曹耀面前晃了晃，“她最近读了很多人物传记。她说既然我不用忙学业上的事了，也可以试着把自己的故事写下来。”

曹耀看起来比她兴致还大，“你要是真这么做了，一定要拿给我看。我觉得你行，我读过你的投稿文章。”

“好啊。”说得好像明天就能完稿了似的，“她在信的最后还写了一句话：我们并非年复一年地变老，而是日复一日地焕然一新。”

“有点耳熟。”曹耀思考了一会儿，“我想起来了，是艾米莉·狄金森的诗。”

“我读过她的诗集，很久以前，初中的时候。”

“不简单啊，初中就开始买诗。”曹耀听起来一半像称赞，一半像嘲讽回来。

冉故摇摇头，“是卢艾的书。”

阳光一点一点褪去，在树干下拖出长条影子。冉故闭上眼睛，“其实……我害怕我会变成她们那样，伤害到喜欢自己的人。”

“你不会的。”

“你就这么相信我？”

“你不会的，我们道馆的人从小就懂得那句话，挂在廊下的——己所不欲，勿施于人。”

“廊下还挂着‘忠言逆耳利于行’呢。你为这个和程暝打了一架。”冉故忍俊不禁。

曹耀微笑着，“现在我发现，能说出顺耳的忠言是一件更了不起的事。”

“何况，你没有对自己扯谎。你顶住了压力，即使在最困难的时候。五月天那首歌听过吧，第一句是这样：当我和世界不一样，那就让我不一样，坚持对我来说就是以刚克刚。”曹耀咳嗽两声，直接唱了起来，这音准水平比冉故可高多了。

“你和武夷真是高山流水，一个吹一个唱。上街卖艺能赚不少钱。”

“我以前送过他一台黑胶唱片机，买完以后穷得我差点上街卖艺。”

“我也有过。”冉故说，“高中的时候，我省吃俭用了很久，送给严穆一条项链。”

“后来呢？”

“她发了一条微博，配了张图，说‘来自同学的礼物’。她没说来自那个白痴已经很不错了。”

冉故掏出手机，“上回她转发了一张骄傲游行的照片。”她翻了一会儿，递给曹耀，“你自己看吧。”

曹耀盯着屏幕——我不是同性恋，但我为他们发声。他抬起头，“你怎么想？”

她想，火暴脾气的孟桓实在应该跟曹耀学学。就算有骂人的冲动，曹耀也只是在按他的指关节，从左边按到右边，再从右边按到左边，咔嗒咔嗒。“这太离谱了，”冉故说，“这不是此地无银三百两吗？所以后来我想，她也不一定是在隐瞒。她可能是无性恋、双性恋、泛性恋，都有可能。”

下游金光闪闪，波平如镜，没有一丝微风扰乱。曹耀总算开了口，再不开口他可能就得把手指掰断了，“对，我们不清楚她的性取向是什么。但是她肯定没告诉过别人她喜欢过你。更重要的是，她当初完全不必以那么校园欺凌的方式对你。”

“我没有被欺凌过。”冉故顿了顿，“应该吧。”

“很多欺凌是隐形的，不是只有打耳光和收保护费才算。她大概率不知道这是欺凌，但她明知你会不好受，却还要那么做，就够了。”

“可你也受过。”

“是。”曹耀缓慢地点点头，“但是我没有被喜欢的人欺凌过，你比我要难。”

冉故忽然想起了史淮的大哥，和她嘴里那千千万万的孩子。她想起黑暗中，方谨的两只手慢慢合起，最后攥成拳。她又想起那个四月一号的下午，她惊恐地望着严穆的眼睛。严穆看上去那么冷漠，但她的瞳孔却在哭。那是无声的啜泣，掉下的是无形的眼泪。破碎的鲸鱼淌着蓝色的血，夹杂着白色的骨头，与四月的春风一齐流进下水道里。

良久，冉故轻轻地叹了一口气。这声叹息非常轻，轻到可以承载在小鸟的翅膀上，而使小鸟不会下沉。

“她什么也不知道。她可以支持骄傲游行，可以为文学作品而感伤，可以宣称她保有初吻，但她什么也不知道。”

“我记得。我是她们的初恋，无论她们承不承认。”

云朵环绕着粉色的光晕，变得越来越深，倒映在下游的湖面上。

“你还有事没讲。”曹耀说，“你不用告诉我，你可以告诉安媛，告诉莫德、钟紫、孟桓——关于你和卢艾之间发生了什么。”

冉故猛地转过头，“你怎么……？”

“我猜的。我知道你们之前关系很好。”曹耀指着冉故额头上那道几乎看不见的疤，“当年，我和她把你拉去了医务室。现在，我也想拉她一把。”

钟楼威严地敲响了六下，传到后山时，已经变得微弱。远处，太阳朝地平线沉下去，天空中燃烧着一片赤色的晚霞。

曹耀向她递出手，“回家之后，好好治疗，好好休息，好好耍火眼金睛的如意棒。”

冉故做了个鬼脸，然后伸出手握了一握，“你也是，好好学习，好好谈恋爱，把大头鬼敌人都杀个落花流水。”

冉故站起身，拍掉裤子上的泥土和草根。她走下山坡。

“灯。”

下游对面，食堂灯火辉煌，宿舍楼里的灯一盏接一盏地点亮。冉故停下了脚步。

“如果有可能的话，我希望你永远也不会写出这部小说。”曹耀的声音在身后响起。

冉故哭了起来。

“谢谢你。”她说。

之后

两年后，安媛在邮箱里收到一个信封。

这是一个很大的信封，放在手里沉甸甸的。安媛把封口挑开，里面有一个笔记本、一片叶子和另一个小信封。她花了一周时间，把笔记本从第一页读到最后一页。在第八天的早晨，她取出小信封里的信，在书桌上展开。

老师您好。许久没见，最近如何？端午节快到了，您准备买粽子还是包粽子？我最喜欢蜂蜜红枣粽，不知您爱吃甜粽子还是咸粽子。

此刻，我正坐在桌前写信，企鹅蹲在窗边看雨。它已经是一只老猫了，一上午都在睡觉。最近是雨季，衣服很难晾干，高中住校时阳台上总是满的。

高一下学期时，我们宿舍组团去参加配音比赛，取名叫洗衣机队。这个名字真的很妙（虽然名义上是我取的）。生活有时候就像宿舍里的洗衣机，里面有方谨的碎花裙，也有史准从她无数个兄长那儿继承的铆钉夹克。这些衣服来自天南海北，用各式材料做成，某一刻却都在滚筒里相遇。

我遇到了严穆和卢艾。您已经认识了严穆。关于卢艾，我只聊过一次。我必须把发生的事忘掉才能继续生活。

《这不是你的错》整本书都在讲羞耻，我却一个字也没向您提过。当你被根深蒂固的羞耻感包围时，你是不可能说出来的。羞耻就像是一个百发百中的杀手，它封住受害者的嘴，它阻止受害者寻找帮助，它使我们的伤口见不得阳光，越烂越深，最后自我毁灭。

您一读就懂，可是我花了六年才明白那是侵害。那不可能是，对吗？我已经上初二了，又不是二年级小孩。我知道遇到意外时应该大叫，应该逃跑，应该反抗，不是吗？她并不比我强壮多少，我完全可以推开她。然而我并没有这么做，我仿佛被扔在地上的熊仔，一句话也没说，那只能说明我是自愿的。

严穆和我分手后，我依赖于卢艾。有时候我觉得自己是在利用她的喜欢，所以那一晚我受到了惩罚。我认为我胆小无能，我没有大声说出不愿意，是因为我害怕她像严穆一样离开。我也认为我蠢到骨头里，我对她讲了很多过分的话，她说得没错，我太幼稚了。另一些时候，我说服自己喜欢她，如果我喜欢她的话，那就不是侵害了。

更重要的是，您要怎样描述一件您不知道是什么的东西呢？女孩不会侵害别人，从来没有听说过。尤其是十五岁的女孩，她们只会被侵害。人们假装这是无稽之谈，或者当作奇闻逸事。他们觉得女孩之间只是在玩过家家。他们不愿想象它存在的可能性——还会造成心理创伤？更没听说过。

人们说，不要穿吊带衫，不要穿超短裙，不要穿紧身裤；没人说不要穿校服。人们说，小心巷子里的陌生男人，小心某些道貌岸然的老板、教授、牧师；没人说小心邻居家的姐姐。人们说，不要在晚上独自去酒吧，去无人的公园，去偏僻的旅店；没人说不要去墙上贴着迪士尼海报的房间。我觉得不止我一个，但没人关心女孩侵害别人，这种事情不存在于这个世界上。

我能很好地为她辩护——我明白她不是故意的，她从来没有想伤害我。她喝多了酒，她害怕我离去，她也仅仅是一个做错事的孩子。但您可别以为我同情心泛滥，用也用不完。很多时候我恨死她了，她永远体会不到那种十指连心的绝望，那种任何语言都不足以形容的痛苦。我想拿一把大铁锤掀掉她的天灵盖。

您能理解吗，这才是最糟糕的地方。矛盾无时无刻不在啃噬我的内心，而矛盾是不好的东西。你如果同情侵害者，你一定不是完美的受害者。你如果惦记侵害者，那你一定是活该。我想我是活该。我一遍又一遍地回到她家，一次又一次默许她那么做，为了换取她的陪伴。如果是我自愿的，怎么能怪别人呢？

我大概从小就和矛盾结了缘。我叫冉如雨——我没向您解释过爸妈为什么给我取这个名。我出生的那天是正月十五，“如雨”二字来自辛弃疾的《青玉案·元夕》；而且正是傍晚家家户户挂上灯笼的时候，因此我的小名叫明灯。您想想，冉冉升起的太阳和骤雨，似乎明摆着互不相容。小时候我觉得卢艾的名字和我的特别配——星光如雨啊。她叫卢星光，舒頔写过一首词叫《小重山·端午》，结尾是“无人解，树转午阴凉”的那一首。至于严筱寒，我以前总是调侃她的大名听上去很冷。《羁游饯别》其中一句为“槿丰朝砌静，筱密夜窗寒”。这是一首表达思乡之情的诗，我猜在她姥姥心中，或许有一个遥远的思念的地方。其他人的名字就先不一一介绍了，不过莫德的确叫莫德。

所有人都觉得冉如雨是个聪明伶俐的姑娘，学习成绩又好。不，我觉得我一无是处。十四岁时，我不明白为何我会突然被甩，留我一人保留喜欢女生的秘密；更不明白毕业那晚发生了什么。没有人能向我解释。所以我想，唯一的解释只能是我自作自受，我太有恃无恐了。在高一的班会上，熊老师叫我们多发现身上的长处，不要光盯着不足。但一张纸要是本来就是黑的，就无所谓盯着哪儿了。

如果一个人害得你被校园欺凌，被侵害，你会不会十分憎恶他？假若那个人就是你自己呢？

大二那堂历史课使我的面具彻底破裂了，我无法拿到优，这说明我是个懒惰的废物。我的脑子仿佛一根非黑即白的二极管——我没有其他办法来保护自己了，没有哪里是安全的，善的也会变成恶的。老师，那时我想把自己干掉，是因为我累得要死，从早上睁眼到晚上睡觉都在跟自己打架。所以，只剩下一个一劳永逸的办法。

我曾经真的认为，事情永远也不会变好了。您了解那种感觉吗？一部分的我永远地死去了。许多被侵害过的人都说过类似的话，希望它还没成为陈词滥调。但只有当你真正体会过，像一个破损的娃娃般被按着无法挣扎，你才会懂得，“永远地熄灭”是怎样一种感觉。你被剥夺了保护好最后一个属于自己的东西的权利，你的身体。

阁楼里没有幽灵，没有鬼怪。阁楼里坐着一个十四岁的小姑娘。周围所有人都在向前走，她被困在时间里。她相信她不配得到美好的事物，因为美好的事物在她眼前被撕碎了。

初中的品德课上，老师教导我们要学会用法律武器保护自己的权益，满十四周岁就需承担部分刑事责任，也拥有了性同意权——十四岁的女孩若是愿意发生性关系，对方便不构成犯罪。可那是什么意思呢？意思是读八年级的时候，你不应该早恋，却能“自愿”躺在别人身下。

老师说，要保护好自己。爸妈说，要保护好自己。报纸电视网络说，要保护好自己。所以，当你没保护好自己时，你总觉得那是自己的错。你总会一遍又一遍地问自己：为什么当时我没有做得更好？为什么我没把“不”说得更响亮？你不敢告诉别人，你怕受到责怪。为什么没有人教导侵害者尊重别人？为什么没有人告诉女孩子和男孩子，“你要是没保护好自己，那不是你的错，那是侵害者的错”？

这些男孩和女孩有一个名字：幸存者。实际上，在成为幸存者之前，我们首先是受害者。我不愿成为受害者，我不惨，也不想像祥林嫂一样终日谈论过去的苦。然而有时乐观太假了，装作欢欣鼓舞的样子太假了。就像有的事情，一句轻飘飘的原谅会显得过于荒唐。没杀死你的可以使你更强大，积极向上也确实是极好的品质，但为什么我们不能承认，有些伤痛无法被抚平。受过伤的心，总是有璺的。人的心，是脆的。

您别错怪方诺，是我爸妈从小教育我要乐观，凡事要先从自己身上找原因。

我让冉故成为一个天不怕地不怕的小孩，会说很多聪明话，自由自在地住在一座老房子里，远离大人的看管。我没有冉故那么勇敢，以前我爸常常工作到很晚，每天回家后都要检查我的功课和成绩。听见他的脚步声在走廊响起时，我就会吓得边哭边从床上爬起来。满分、奖状、第一名，永远不够，永远得不到我妈的赞扬。但我的确把核桃的门牙揍了下来。他应该感谢我的，那两颗牙已经在他嘴里晃了好久了。而且我读的书比冉故多。我想徐老师应该拿我很头疼，我成绩好，却爱调皮捣蛋，有时还跟男生打架。

二年级时，徐老师跟我们讲过解铃还须系铃人的寓言，我特别佩服那个叫泰钦的小和尚。后来，我渐渐发现，其实世间哪儿有那么多解铃还须系铃人的事，负责解铃的总是我们自己，欺凌者说不定连你是谁都忘了。并且你不能诉苦，因为诉苦的受害者没人喜欢。鲁迅在《祝福》里说了，“她未必知道她的悲哀经大家咀嚼赏鉴了许多天，早已成为渣滓，只值得烦厌和唾弃。”

北岛有一首只有两行字的诗，叫作《艺术》。这首诗老让我想起《祝福》：祥林嫂在大年夜死去了，鲁四老爷家在鞭炮声中迎接福神。太阳象征着温暖与光明，如今呈现在打碎的镜子上，裂成千千万万片，上面全是狰狞的疤痕——您再反过来看它名为《艺术》。不过自然，一千个读者心中有一千个林黛玉。焦点肯定觉得这是一首明亮的诗，否则他抄给方谨不是找打吗。

焦点是我们杂志社的副社长。高二时有一期主题是“风物志”，我交了一篇游记，内容和初二时拿了三十九分的《目送绿色》相仿。熊老师所说的人生五堂课，我在努力践行前两堂。交国的特点的确是多元化，不过和葱油鸡没有关系。当时有八十个社团，据说现在有一百六十多个了。比如钟紫是时装秀社的，我诚心地讲，她设计的飞机婚纱真的很漂亮。她读的是航天工程专业，她俩哥哥读的是车辆工程和武器发射工程，姐姐是通信工程，望海潮这一家子有工科的基因，有趣吧？我的第二所高中比交国小多了，莫德总说学校没她家农场大。秋天开学她就读大四了，比我还高一个年级。

莫德读这个故事的时候，问了我好几遍，“那么多年，你一个人是怎么过来的啊？”钟紫读完后，在扉页留下一张字条：“灯，你长出了翅膀。”她太抬举我了，我如何能跟阿多尼斯比，我还在地上趴着呢。我从不选晚上的课，不下水游泳，更不会谈恋爱。我没有同废墟一起倒塌，但有些东西一旦被毁灭，便再也无法复原了。

钟紫还说，能做到这样，我简直是圣人了。我才不想当什么圣人呢。我纯粹是没有选择而已。不死，就得活下去。再说哪儿有想把别人天灵盖掀掉的圣人。

您可能会好奇卢星光和严筱寒的近况。据方谨说，卢星光考去了澳大利亚，在皇家墨尔本理工大学读平面设计硕士；严筱寒大概就留在英国了，在那里当律师非常赚钱的，她爸妈应该很为她感到骄傲。据说她交了一个也读法学院的男朋友，风度翩翩且学识丰富。一次出门散步时，我路过严筱寒家。我猜她爸爸妈妈现在还住在这里。我蹲下来，抚摩着她家的门：玻璃碎掉处依旧有些刺手，胶带上沾满了灰尘。北美洲、欧洲、大洋洲，在地球仪上连起来是一个三角形。我们三个都离开家，去到了很远很远的地方，或许我们都想逃离故乡。

方诺说，去年的同学聚会上，当钱逸提起我的时候，严筱寒正好坐在旁边。

“你们在聊谁？”严筱寒问。“冉如雨。”方诺说。

严筱寒思考了一会儿，“是不是那个矮个子女生？”

“你们之前关系挺好的。”钱逸加了一句，“也可以说挺糟的。”

严筱寒满脸惊讶，“是吗？我没什么印象了。”

方诺寄给我一盒她自己烤的薄荷曲奇，她宣称她的贵族烘焙技术无人能敌。我记得小时候在诺子城堡里，我们把毯子搭在床上当帷幕，钻到里面开茶话会。大家优雅地展开餐巾，人手一块她妈妈刚烤好的小点心。方诺说她是躺在沙发上读完我的小说的，曲奇渣掉得到处都是，包括她姐姐最新的拼图作品上。但愿她姐姐还没被她气得七窍生烟。

我不知道卢星光后来有没有买到芬理希梦的彩色铅笔。她原先住在二道街二十三号。芬理希梦的彩铅有五百种颜色，每一支都有名字，第二百二十三号叫作“端午节的菖蒲汤”。您在新华词典里查“汤”这个字，会发现它指烹调后的汁液，也有热水和温泉的意思。端午节古时也称浴兰节。屈原在《楚辞·九歌》中说，“浴兰汤兮沐芳，华采衣兮若英”。拆开信封的时候，您有没有发现一片剑形的叶子？您说您没怎么见过菖蒲，所以我寄了一片给您。

高一的端午节，我们宿舍去镇上吃火锅。路过菜市场，方谨买了束菖蒲。摊上还卖字符，其中一张写着“忍寒苦，安淡泊，与清泉白石为伍，待泥土而生者”，出自苏轼的《石菖蒲赞》。您若是见过山间的菖蒲就明白了：万物凋零的冬天，只有菖蒲郁郁葱葱，出淤泥而不染。有人视它为浴火重生的仙草，值得颁发无数奖杯奖状；有人视它为矫情自饰的野草，既不积极向上也难登大雅之堂。对菖蒲来说那都是镜中花、水中月。它知道自己是谁，始终安逸地成长着——像长袜子皮皮一样。皮皮一直是我的偶像。小时候，我们学皮皮玩海上遇险，把求救信装在空罐头盒里。孔续掉进了池塘，还是伍巍跳下去把他拽上岸，吓得他都不中了。

海明威曾经说过：“不幸的童年是作家的摇篮。”这句话说了和没说一个样。有许多经历了不幸童年的人没成为作家，也有许多作家拥有美满的童年。莫言在引用这句话时加上了批注：“如果给我一个幸福的童年，我宁愿不要当作家。我也愿意从小衣食丰足，上了小学上中学，上了中学上大学。”我的童年比不少人要幸福，我有爱我的爸妈，不愁吃穿，无病无灾，每天和同学们一起去上学。然而，如果可以选的话，我希望我能度过更加平淡的中学时光，与大部分人一样。没人真正希望自己的人生像那些疼痛文学一般，倘若每个人都碰上车祸癌症堕胎，社会会大乱的。我不想要轰轰烈烈的青春，我的青春不轰轰烈烈。如果可以选的话，我才不想写这篇什么劳什子小说呢。

假使徐老师读到这篇劳什子小说，大概会建议我去投稿。小时候我想写出让全世界小朋友开心的书，后来又想写严肃文学。这玩意儿既不能让小朋友开心，也不晓得哪点能和严肃文学沾上边，多半和青春疼痛文学更为相似。感谢钟紫给我留了些脸面，没有嘲笑我。再说，就算真的投稿成功，也会有不少人认为这个故事编得荒谬幼稚且低俗。这样也好，我也相信它是编的。

我比许多孩子幸运多了。我还活着，没有被送到精神病院，只记得如何剥香蕉皮。我不像哈桑，出生就是兔唇；不像嘉莉，面对全校同学的恶意，在毕业舞会上被淋满猪血。没有恶意，也意味着没有同情，因为我没叫任何人知道。人们不清楚这种状况下该说些什么。我害怕他们问我，“你要是不愿意，为什么不反抗？”我问我自己，你为什么不反抗？我也害怕听见他们说，“没关系，总会过去的，你要勇敢一些”；或是“你们那儿的学校尽出这种人吗？”事实上，这很有关系。它应该过去，但是没有，我勇敢不起来。而且我们那儿的学校不是尽出这种人。

我多希望那时候能有人告诉我，“你什么也没有做错。这是一件很可怕的事。它不应该发生在任何一个人身上，不应该发生在任何一个孩子身上，尤其是你。”

我多希望那时候能有人告诉我，勇敢不是没有恐惧，或是把恐惧深深藏在心底。独自面对困难并不是勇敢的必要条件。求助也是勇敢，坦诚也是勇敢，善良也是勇敢。

我多希望那时候能有人告诉我，在遇到危险的时刻，我们通常会进入“战斗或逃跑”的本能模式。然而当一个人无法战斗，也无法逃跑时，便会进入木僵状态，像被冻住一样动弹不得。木僵还会导致解离。若是一直持续下去的话，解离会引发“不清楚自己是活着还是死了”般的麻木感。在许多方面，麻木比疼痛都要更糟，人们宁愿随便感受到什么也不愿什么感受都没有。

我忘了我是谁，我忘了我有照亮自己的本事。不要讲，不要回忆，不要被发现。好孩子才不会被侵害。大家都说，这是为了你好。我不知道什么是为了自己好。

那时候没有人告诉我这些。在那些风雨如晦的日子里，我把自己托出深渊。现在，我可以告诉其他孩子，男孩子和女孩子们——你不是孤单一人。校园欺凌也罢，性侵害也罢，发生的事情都不是你的错。实际上，侵害和性别年龄身份都没有关系，只和是否违反意愿有关系。世上总会有人的经历比你更惨，但不说明你的苦就不苦，更不说明你是无病呻吟。至于大人说少年不识愁滋味，说时间能治愈一切，没有治愈只是因为还不够久，那全是放屁。

少年人可以懂得愁滋味。不是只有老人才有资格谈愁，就像不是只有小孩才有资格谈乐。度过多少岁月不重要，在于经历。人要有经历，要从吃过的苦流过的泪咬紧的牙关中成长。每个人都需要成长，但不一定要变老。那些不分青红皂白瞧不起年轻人伤痛的大人，他们只是不够自信，因为他们八成没有成为能让小时候的自己骄傲的人。

后来我才明白，那些斥责、评判、苛求的声音，原来出自那个被困在阁楼里的小女孩。她想方设法要保护我，她不知道该怎么做，她没有爪牙。她只能要求我变得更好，变得更完美。她认为只要足够好就不会受到伤害，她受了伤是因为她不够好。

后来我才明白，那种“无尽的苍凉与悲哀”来源于哪里。情绪闪回是复杂型创伤后应激障碍的典型特色。不像普通型创伤后应激障碍的视觉闪回，情绪闪回并不会看见图像。它无法预测，像八音盒里突然跳出的小丑一样吓你一大跳。

我有过一个那样的玩具，是爸妈送我的，奖励我的作文登上当地报纸。我的文学生涯起源于小学，每当我写了高分作文，徐老师会帮我拿给当地报纸投稿。汪曾祺说，“要对生活充满热情，即使在残酷的现实面前，也不能觉得世事一无可取。一个人，总应该用自己的工作，使这个世界更美好一些，给这个世界增加一点好东西。”

我还是没改掉这臭毛病。史淮嫌我显摆，我没有显摆，也没有假装没显摆其实在显摆。这么说您就明白了——我要是自个有本领写出像大师一样的话，那我还引用大师的话做什么！

史淮最崇拜的导演是斯坦利•库布里克，他导演了《闪灵》。据说库布里克是一个高智商的怪才，电影里看似不合理的地方都不是穿帮，都是他精心设置的，比如用错位的窗户，来暗示故事背景是一座虚构的酒店，所以里面的部分角色也是虚构的。您已经看过《闪灵》了，多说两句不怕剧透。我也拙劣地模仿了一下库布里克，在文章里留了一些线索和纰漏。您闲来无事的话可以找找，都不咋高明，但说不定还挺有意思的。

我爸妈很少给我买玩具，他们给我买辅导书比较多。没有人教过他们。他们不了解纪伯伦的《你的孩子》，更不了解复杂型创伤后应激障碍。他们熟悉的是“玉不琢不成器”与“孩子是一张白纸”。殚竭心力终为子，可怜天下父母心。而且正是爸妈小时候送我的那么多书，让我的心得以飞出房子，知道在一二三四五道街外，在师大附小、北山东海之外，还有一个更广阔的世界。

我写下这个故事，并不是为了叫大家感到悲伤。只是有的东西只能摆在纸上，没办法说出来。它们太沉重了，仿佛还没有开口，文字变成的铅块就会把嘴撑破。也不是为了叫卢星光悲伤。恰恰相反，我希望这对她来说是一个解脱。我不跟别人说，她也不会跟别人说。她能说什么？“我在十五岁的时候强奸了一个女孩？”

这是我的故事，是我前二十年的回忆录，是我的《追忆似水年华》。这个故事写给女孩子和男孩子、女孩子和男孩子的爸爸妈妈、与心里住着女孩子和男孩子的人们。更是写给阁楼里的那个小姑娘。她从没被人看见过，我想告诉她，我看见了。

自然，我是为了树立一个反面教材。所以不要学我，遇到性侵害事件时，请务必第一时间报警。

老师，在信的最后，我得向您承认——漂亮话我会讲，讲得一套一套的，这封信里全是漂亮话。我要是真能做到那么漂亮就好了。我刚把自己从废墟中打捞出来，离顶天立地还差得远呢。但我已经开始努力了，伤口愈合的第一步，就是不再捂住它。侵害不分年龄性别身份，善良也不分。

至少现在，我可以用左手牵起右手，告诉自己，“这一次，让我们一起面对困难。”

致爸妈：

你们是第一次当父母，我是第一次当女儿。我们都不太擅长，都犯了很多错。离开学校之前，安媛告诉我，“生活会越变越好的，即便你可能不相信。”现在我相信了。

你们说，多么幸运能够拥有我成为你们的孩子，谢谢我给你们第二次机会。我也想说，谢谢你们的支持与爱。

小时候，我读过一个关于和尚煮汤的故事。和尚告诉小姑娘，他要煮一锅名为爱的汤。小姑娘问为什么要叫这个名字。

和尚说，“因为没有爱解决不了的问题。”

附赠给老妈一盒纸巾，你的鼻涕要滴到书上了。

致曹千钧：

请在读完后，将此笔记本转交给武夷，让他捎给他姐姐。

盛夏，烈日悬在透蓝的天空中。道路两旁的槐树郁郁葱葱，槐花像一串串洁白的葡萄缀在叶子下面。魏桑干把棒球帽摘下，在耳边扇了扇。她用空着的手叩响了门。

脚步声在地板上响起，接着门拉开了一条缝。“哟，你变白不少。”

“说明擦防晒霜是起作用的。”魏桑干说，“这么热的三伏天，不让我进来歇歇？不会是怕浪费冷气吧。”

卢星光闪到一侧，“这嘴没变，依旧够贫的。”

魏桑干脱掉鞋，掏出一个橘红色纸袋扔过去，“亏我给你带了礼物。”

卢星光在最后一秒接住了，否则山楂酥就要变成山楂一把渣，“谢谢。我都没给你准备什么。”

“你啊，准备好洗耳恭听就行了。”魏桑干径直往屋里走。餐桌上摆着一碟刚洗好的桃，她抓起一个，“不错，甜。”

“你真是一点儿也不客气。”卢星光哼了一声。

“客气啥，又不是第一天认识。”

卢星光的房间没有变多少。十年前墙上贴着迪士尼电影的海报，如今挂着芬理希梦的彩铅，按照色系码在透明的架子里。

“你不是说等有钱了要买两套吗？”

“目前只有钱买用来欣赏的。”卢星光摇摇头，“就这还攒了两年呢。”

魏桑干走近那面墙。卢星光指着第一排第二十八号，“这是专属你的，‘带来幸福的金丝雀’。”

魏桑干没有回答。她眯着眼，一排一排往下看。片刻，她指着编号为一百九十的那支，上面印着一行日文字：古书的皮封面。“小灯最喜欢这个名字。”她说，“我们很久没有谈到她了。”

她听见卢星光顿了一下，“所以？两年不见，你来就是为了专门提她？”

魏桑干对着自己长叹一口气。然后她转过身，“我从小闽那儿收到一个本子。”

“什么？”

“小闽给了我这个，我今天带过来了。”魏桑干从包里拿出一个硬皮笔记本，放在桌子上。几乎能称作砸，因为它厚得能用来打人。卢星光盯着什么字也没有的封面，“它很重要吗？”

魏桑干似笑非笑，“是的，重要。从一方面来讲，这是写给你的。”

“武夷写给我的？”卢星光皱起眉。

“呵，我从来不知道他有那么好的文采。不是他，这也不是他的东西。是曹千钧给他的。”

“曹千钧能有什么要讲的。”

魏桑干将她上上下下地打量了一番，仿佛这位朋友的头上长了角，“魏武夷的男朋友跟谁一个学校，你该不会不晓得吧？”

卢星光的嘴抿成一条线。她退后一步，在椅子上坐下。

“你不用假装面不改色心不跳，你的心跳声我站在客厅里也听得见。”魏桑干的视线瞄到桌下，卢星光的双手在哆嗦。“天哪，你别再假装了。你要是不对我说真话，你还能对谁说呢？”

“我现在明白了，为什么她把本子交给我。因为有的话她想让我来告诉你。”魏桑干沉默了三秒，“你不问我就自己答了。小灯得忘了过去才能过下去。我知道，你也是，否则你会被内疚和罪恶感击垮，堕入万劫不复的深渊里，到死也爬不出来。”

“我不像曹千钧一样学心理，我也能给你讲清楚。你们俩是如此相像。她讨厌柔顺的自己，你讨厌暴力的自己，你们都被那么多羞耻压得喘不过气。”

书柜上的闹钟寂静地走着，一分钟，两分钟，十分钟。卢星光趴在桌上，脸埋进手臂。“她……都写了什么？”

“该写的都写了。”

卢星光没有动作，没有说话，似乎连呼吸也没有。良久，房间里的时间宛若凝住了。等她再次开口时，声音像是从罐头盒里洒出来的豆子，颗粒分明，一地都是，“我让你失望了。”

“每个人都会犯错。”

“有的错实在太大了。”

魏桑干在床边坐下，“那你在这儿空讲有个屁用？去道歉啊，说你再也不会犯这种错。”

“我总担心太迟了。”

“我告诉你，别当个朽木疙瘩，不知好歹。”魏桑干把大拇指按在笔记本上，“妈的，我一辈子也写不出一本书。你要是不读，才是真正对不起她。”

卢星光终于抬起了头，“但是，这不可能。”

“啥不可能？”

“她应该恨我。”

魏桑干抬手给了卢星光脑门一记爆栗，“恨，就知道恨。你不变，还不许冉如雨变了？我不想提前说的，书里关于初三的部分被切掉了，你猜为什么？”卢星光呆呆地捂着额头，“蠢，她不想叫你看了伤心啊。”

“我不知道严筱寒会不会读到这本书，就算读到她也不会自省，要不轻飘飘地来一句‘抱歉啊，没想到让你那么难受’，要不根本不承认，说这全是小灯在夸大渲染，把自己塑造成受害者。你也和她一样，㞞得只会把头埋进地里，骗自己什么都没发生？”

一阵风吹过，槐树叶子哗啦啦地响。槐花清甜的气息从窗户飘进来，连衣袖都沾上了香。半晌，卢星光缓缓地伸出手，小心翼翼地触碰着笔记本的封面，好像它是什么易燃易爆危险品，过安检时会使金属探测器嘀嘀嘀地响。

“这点你说错了，我有变。你以为我一点也没想过吗？我很久以前就该向她道歉的。”

激将法果然有用，魏桑干在心里给自己竖了个大拇指。“七年级春游去儿童乐园，什么鬼屋啊云霄飞车啊你都敢坐，我们叫你卢大胆。怎么，越长越懦弱了？”

卢星光举起胳膊，作出投降的姿势，“我承认，我是懦夫，我一直在逃。”

“逃到了南半球，你还真是奔着天涯海角去啊。”魏桑干说，“怎样，逃出自己的心了吗？”

“她大概永远不会宽恕我。”卢星光深深吸了一口气，“实际上，我不奢求她的宽恕。有的事情就是错的，再过一百年也不会变成对的。”

“这么多年我没问过她一声好，因为我在乎她，我没有脸再介入她的生活。”

魏桑干靠在床头，闭上眼睛，揉着自己的太阳穴。为了今天这场谈话，她其实准备了很久，首要的是把卢星光痛斥一通。然而她发现卢星光是责备自己最多的那个。

“是的，以你做的事，她完全有资格拿个什么玩意儿砸碎你的脑壳，砸得你脑浆迸裂。”她睁开眼，“但是原谅不是说过去的事就过去了，而是放自己一条生路。像你说的，小灯恐怕永远不会原谅你。她寄了一本书，而不是寄来一把大铁锤，说明她谅解了自己。”

卢星光的眼珠子瞪得快掉出来，“可她什么也没做错啊，为什么要谅解自己？”

“她生了病，好比骨折的腿必须做手术。”魏桑干说，“读完这本书你就能明白我在讲什么。”她拍了拍旁边的柜子，“这底下藏着的东西，有朝一日你可以拿出来了。”

“那里只有颜料。”

“给我装聋作哑？”她想拎着卢星光的耳朵，“人家用心做的礼物，你一次都没挂起来过。”

窗外，孩子们在阳光下戏水，一只小狗在池塘边跑来跑去。卢星光的嘴开开合合了半天，仿佛想讲的话有一百度高温，“你……见过她了？”

“我没会错意的话，”魏桑干把桃核抛进垃圾桶，“我觉得她想见见你。”

“你把自己驱逐得太久了。给自己一个机会，和自己和解吧。小灯也是这么想的。”

四周后的一个晌午，卢星光把本子合上。

其实用不了这么长时间，但她常常需要停下来削铅笔。为了读完这本书，文具店里的铅笔被她买得一盒不剩。

掀开封面前，她犹豫了许久。她问自己，最坏的结果能是什么？不过是冉如雨在书中把她骂了个狗血淋头。倘若如此，那也是她该受的——任何有一点良知的人都会这么说。况且据魏桑干的描述来看，这并不是事实。

实际上，她怕得不行。手指与封面的距离仿佛从北极到南极，要跋山涉水两万公里才能触碰到。她惧怕她即将读到的内容，她惧怕面对过去，面对小灯，她惧怕面对自己。

途中，她好几次放下书，没有勇气继续下去。小灯太善良了，对自己又太狠了。她都想替小灯揍自己，直揍得满地找牙。她这种人应该被抓到监狱里去。阿晋的措辞过轻，何止是讨厌，她憎恶那个易怒又偏激的自己。这么多年，她用铁链绑住那个张牙舞爪的野兽，竭尽全力不令它伤到别人。

她能自学读唇，自学手语，她能自学插画，自学设计。她以为她也能自学如何去爱。

卢星光把本子合上。她蹲下身，从床底抽出十年不曾碰过的初中纪念册。打开一页，中间夹着一张贺年卡和一张拍立得照片。她拿出贺年卡，上面贴着红纸剪成的福字。

致小艾姐：

新的一年又到啦，你跟你爸爸守岁了吗？我查了你上次说的那句关于洪水和抽屉的话，是艾米莉·狄金森的诗。你会读诗，真厉害！你画画当然更厉害了，你肯定能考上燕艺的。中考完我去你家庆祝怎么样？我的零花钱不多，但还是可以给你买点山楂酥的。啊，想想就等不及那天了。

去了燕艺就不能老见面了，要记得给我打电话哦。等你放假回来我们可以去游乐场和电影院。昨天我和爸爸妈妈又看了一遍《玩具总动员》，我超喜欢里面的主题曲，尤其是这几句：

我是你好朋友，你什么也别愁
有天大困难，我们一起承受
我们手挽着手，一起向前走
没有人能像我这样爱护你
对你是毫无保留

你总觉得我是小孩子，其实我明白很多东西，所以仔细听着：你很独立，下定决心的事绝对能做到。我知道是因为你不想显得比健康的孩子差。但你不用一个人扛着所有事，你可以试着依赖一下我，我比你想象的要可靠。有天大困难，我们一起承受嘛。而且你别一生气就戴石头面具。品德课都说了，情绪压在心里容易出问题。我可不想见你生病。

你不要生严筱寒的气，我清楚为什么的。别担心，你永远是我最好的朋友，我最信任你了。《水浒传》里说不打不相识，我五岁可就帮你打了一架！而且你只是还不了解她。其实你们俩很像，都很努力和上进，对朋友非常忠诚，心肠也特别好。

新的一年祝你平平安安，不要遇到什么坎坷的事。我生日那天我们一块儿去猜灯谜吧？这次还有奖品呢。我最近读到《红楼梦》第二十二回，贾府也在过元宵，据说他们猜的灯谜别有深意。

你的小灯

拍立得照片上印着的是夕阳下金色的钟楼。卢星光把照片翻过来，背面有一段她用钢笔写下的小字：要是有些事我没说，钟楼，你别以为是我忘了。我什么也没忘，但是有些事不能说，也不能想，却又不能忘。它们不能变成语言，它们无法变成语言，一旦变成语言就不再是它们了。它们是一片朦胧的温馨与寂寥，是一片成熟的希望与绝望。它们的领地只有两处：心与坟墓。

那时候她还算是个热爱文学的少年，四处摘抄名句。但是比不上冉如雨。小灯的桌斗里总塞着小说，被老师没收了一次又一次，屡教不改。屡教不改的还有她把掉地上的东西捡起来吃这个毛病，为此卢星光不知训了她多少回。小灯老是抱怨她的耳朵大绝对是被揪出来的结果。卢星光想，原来自己才是有恃无恐的那个。

她想起最多的，还是初中毕业的那一夜。有时她希望自己能永远想不起来，像得了失忆症一样把过去抛在脑后。但如果是这样，那就更对不起小灯了。

第二天她一直睡到中午，叫醒她的是难受的胃。头也疼得快炸开，仿佛里面有一百个小人在放二踢脚。她想揉一揉，手却停在了半空中——她发现手指上覆盖着干掉的血，已经化成了深赭色。然而毫无疑问，这是血。

为什么会有血？从哪儿来的？是她的血吗？

她撑着身子坐起，确认自己没有受伤。她转过头，床单上的血迹赫然出现在眼前。一道一道，蜿蜒绵亘，如同盘根错节的荆棘，触目惊心。

卢星光愣愣地站在床边，双手垂在两侧。桌上放着一袋山楂酥。她记起来了，她记起了一切。她记得她面无表情地按着冉如雨的胳膊，那一定非常痛，可小灯一声也没叫唤。她记得酒瓶倒在枕头上，她记得鲜血顺着她的手指往下流。

她抱住头，颤抖着嘶吼。

她几乎忘了今天是她的生日，直到她打开门。门口挂着一个裹着牛皮纸的礼物盒。她将包装拆开，里面是一个捕梦网，用各色毛线编成，穿着六角形的珠子。这绝对要花很长时间才能做好。

小灯了解她，知道她会做噩梦。然而噩梦越来越多，她常梦见警察给她铐上手铐，或是被押着游街示众。每当想到“强奸犯”三个字，都如一把利刃从前胸捅向后背，令她喘不过气。这份罪名太沉重了，不是一个十五岁女孩可以承受得了的。时时刻刻被绝望和悔恨包裹，没有人能撑得住。最后，她和小灯都被迫选择遗忘。她们以美好的幻象欺骗自己，因为她们都需要活下去。

卢星光穿好鞋，把门带上。现在她想绑住的不是野兽，是心脏。她的心脏正剧烈地跳动着，几乎蹦出胸腔掉在地上。当年等录取通知书时也没这么紧张。

她依旧觉得小灯应当恨她，应当永远不想再见到她。魏桑干说这叫以小人之心度君子之腹。不错，她的确是小人。

夏日的晌午，大朵大朵的白云飘浮在空中。天如此澄澈，阳光如此灿烂，似乎一年到头都是这般宁静的景象，从不曾有狂风骤雨。草坪上，红的黄的粉的小野花开得正艳。树荫下，蝉不知疲倦地鸣唱，和着小朋友们的笑声。文具店前，一群叽叽喳喳的小姑娘正在买汽水。夏日的汽水最可口，夏日的泳池最热闹，夏日的动画片最精彩，这是属于孩子们的季节。

远处，坡顶的银杏树映入眼帘。树干分成许多杈，树顶撑开一把绿色的大伞，枝头挂着圆圆的果子。

秋千上坐着一个女孩。

卢星光在土坡脚下停住。她的耳朵本来就不够灵敏，如今快被心跳声震聋了。

这是一个正确的决定吗？她是不是不应该出现在这里？小灯真的愿意看见她吗？小灯会说些什么，她应该说些什么？“对不起”就在她的嘴边，但这三个字好像铰断线的风筝，一出口便会轻悠悠地飘走。

我犯了罪。你不是婊子，要是也是我是。你怎么可能是婊子呢，你是这世上最美好的女孩。

我恨她们，我要变得优秀，以证明她们当初的选择是错误的。但在心里，我其实非常思念她。我相信矛盾意味着我是一个弱者。强者坚韧不拔，强者从不哭泣。

我可以原谅妈妈，我可以原谅外婆，我可以原谅所有离去的人们。我不值得与自己和解。

秋千上，冉如雨转过头。她望着卢星光的眼睛。卢星光屏住了呼吸。她无法动弹，脚下生出了根，深深扎进土里。

泪水顺着她的脸颊掉下。

小灯把食指和中指放在鼻子上，接着移到下面，伸出了拇指。